유라시아의 들꽃

유란시아의 들꽃

초판 1쇄 인쇄   2010년 12월 01일
초판 1쇄 발행   2010년 12월 07일

지은이 | 들꽃
펴낸이 | 손형국
펴낸곳 | (주)에세이퍼블리싱
출판등록 | 2004. 12. 1(제315-2008-022호)
주소 | 157-857 서울특별시 강서구 방화3동 316-3 한국계량계측회관 102호
홈페이지 | www.book.co.kr
전화번호 | (02)3159-9638~40
팩스 | (02)3159-9637

ISBN 978-89-6023-481-9 03810

⊚ URANTIA   종교철학 서적 『The Urantia Book』 독자 수필집

유란시아의
들꽃

글 들꽃

ESSAY

이 세상은 많은 우연들이 일어나고 서로 교차하면서 형성되어 가는 것인지도 모릅니다.

2004년 말경, 다른 사람, 다른 나라의 생각을 알고 싶어서 인터넷 세상을 헤매다가 우연히 *The Urantia Book*이라는 미국의 한 종교철학 서적을 알게 되었습니다. 인터넷 서점 아마존(Amazon)에서 구입해 읽기 시작한 후 거의 일 년 동안 이 책을 손에서 떼지 못했습니다. 내용이 특이하고 감동적이어서, 가까운 사람들과 이 책을 함께하고 싶었으나, 기존의 번역이 너무 적절하지 않은 것 같아 나름대로 번역작업을 시작했습니다. 이를 계기로 우연히 한 포털 웹사이트에 '들꽃'이라는 이름을 빌어 'Ascending together'라는 개인 블로그를 만들게 되었습니다. 그러다가 번역만 올리기엔 너무 딱딱한 것 같아, 책의 내용과 관련된 글뿐 아니라 생활 속의 느낌을 적다 보니 꽤 많은 분량이 쌓였습니다.

글이란 그 당시의 감정과 판단에 따라 쓰는 것이기 때문에, 시간이 흐른 뒤 다시 읽으면 그 글은 이미 내가 아닌 또 다른 존재로 바뀌어 묘한 느낌을 주곤 합니다. 글로 태어난 존재는 그냥 사라지는 것이 아니라, 읽을 때마다 다시 새롭게 살아나서 나에게 또 다른 자극과 가르침을 주는 것을 느끼게 되었습니다. 그래서 나 자신이 다시 이 글들을 곁에 두고 쉽게 읽어 보려고, 그리고 혹시 다른 분들도 흥미를 가질지 모른다는 생각에서 책으로 엮었습니다.

　익명으로 블로그를 시작할 때는 이왕 익명으로 시작한 만큼 좀 더 솔직하게 나 자신을 드러내고 싶었습니다. 그러나 어쩌다 주위 사람 몇 명이 블로그와 나 개인과의 연결성을 알게 되고난 뒤로는 이 욕심을 이루지 못하게 되어 못내 아쉬웠습니다. 왜 자기만의 비밀스런 경험을 남기고 싶어 할까. 그러한 경험을 지금의 나와 연결시켜 왜 떳떳이 소신 있게 밝히지 못하는 걸까. 그것이 아마 지금 나의 한계이리라 싶었습니다.

　어쨌든 이 책이라도 개인의 이름이 나타나지 않는 익명으로 인쇄하고자 합니다. 이 책 안의 글들은 이미 내가 아니고 내 것이 아니라는 생각이 들기 때문입니다. 이 세상을, 지금의 이 순간을 있게 해주는 많은 여러 우연들 가운데 그저 하나로 남아 있기를 바랄 뿐입니다.

　이 우연이 다른 분들에게 또 하나의 좋은 우연이 되는 계기를 줄지도 모르므로….

2010년 11월

들꽃

(차례)

제2장 2007년

제3장 2008년

제4장 2009년

제5장 2010년

제1장

2006년

생존, 경험, 성숙 이야기

생존이란 무생물보다는 생물에게 해당되는 말입니다. 생물이란 생명을 가진 하등 동물부터 인간에게까지 이르는 모든 존재를 일컫는 말입니다. 그 생명이 유지하고 살아남으려는 것이 생존입니다. 왜 생명이 생존하려 했는지, 왜 계속 살아남으려고 하는지 알 수 없습니다. 거의 모든 생명이 생존하려 하지만, 일부 자살하는 사람과 자살하는 것으로 추측되는 어떤 고래들이 있는 것을 보면, 만약 이 추측이 맞는다면 동물에게까지 확대해 생존이 꼭 절대적인 것만은 아니라 경우에 따라 예외적인 선택일 수도 있어 보입니다.

왜 생존하는 것일까요? 신에 의해서 그렇게 생존하도록 기본적으로 만들어졌다거나 생명이 존재하기 시작하면서 진화에 의해 그렇게 발전되어 왔다거나, 아니면 다른 이유가 있을 것이라고 말할 수 있을 것입니다. 그러나 현 시점에서 명확한 사실은, 일단 이것을 동물 존재의 본성, 본능 정도로밖에 이해할 수 없다는 점입니다. 동물에 있어서 생존의 큰 의미는, 첫째는 자기 개체 보존 본능이고, 다음은 종족 계승 본능입니다. 복잡한 구조를 가진 인간 이외의 동물의 경우, 위 두 가지 목적이 가장 우선이라고 이해됩니다. 인간의 경우도 기본적으로는 동물과 같습니다.

당연한 일이긴 하지만, 기본적 생존에 집착된 인간의 경우, 개체 보존이 존재의 가장 우선이어서, 첫째로 몸에 좋은 것은 가려서 먹고, 찾아서 먹고, 죽고 살기로 먹을 뿐 아니라, 조금이라도 아프면 만사 제쳐두고 병을 없애고 살아남으려 온갖 노력을 기울입니다. 개체 보존의 본능인 것입니다. 처절하기까지 한 이 본능을 누가 막으며 누가 탓하겠습니까.

다음, 종족 계승의 경우도 이에 못지않아, 건강하고 잘생겨 보이는 이

성만 보면, 그와 짝 지으려고 온갖 기교를 부립니다. 아마 그 내면에는 좋은 새끼를 계승하려는 본능 때문이겠지만, 또한 어떤 희생과 노력도 마다하지 않고 기회만 있으면 많은 대상에게 정력을 쏟으려는 것도, 또는 씨를 받으려는 것도, 새끼를 많이 번식할 수 있는 확률을 높이기 위한 본능 때문일 것입니다. 그리고 그 자식이 살아남을 수 있게 하기 위해 경쟁력 있는 새끼로 키우려고 온갖 노력을 기울이는 것이 모성과 부성의 본능입니다.

대부분의 인생살이란 이 두 가지 본능에서 비롯되어, 사랑이란 미명 아래 이리저리 얽히고 복잡하게 발전, 전개된 인간관계와 사회 구조에 얽매여 있는 것일 것입니다. 인간의 경우 동물에서 발전해 동물과 달리 인간일 수 있는 점은 이 두 가지 본능에 덧붙여, 생존을 통해서 무엇을 경험하려는 생각, 의지가 곁들여 있다는 점일 것입니다. 일부 개미가 식물을 재배하고 돌고래가 인간과 감정을 나누기도 하지만, 이들이 인간처럼 경험을 의식적으로 하고 그것을 통해 의미와 가치를 부여하는지는 알 수 없습니다.

경험에는 자기가 의도하는 경험도 있지만, 자기의 소망과 상관없이 환경이 가져다주는 불가분의 경험이 대부분입니다. 많은 친구를 사귀고, 여러 가지 놀이를 하고, 자기 취미와 개성에 맞는 직업을 가지려 하고, 지위와 계급이 올라가고, 정치를 하고, 바다 밑과 높은 산을 탐험하고, 여러 나라를 여행하는 이 모든 것들—이러한 행위를 인간은 왜 할까요? 무엇인가 자기가 느껴 보지 않은 느낌을 느끼고, 그것이 무엇인가 알고 이해하고, 그것을 해보고 싶어 하는 본능적 욕망이 일어나기 때문입니다. 그래서 인간은 저마다 온갖 종류의 경우와 사건을 경험하기를 갈구하는 본능 때문에 일을 저지르고 앞으로 나아갑니다.

그러나 경험이 경험 자체로서 끝나 오직 경험의 느낌만 존재하고 그것으로부터 어떤 의미와 가치를 얻지 못한다면, 그것을 경험한 인간에게도, 그 인간이 영향을 미치는 사회의 발진, 진화에도 아무런 도움이 되지 못할 것입니다. 진화와 발전은 인간이 형성한 사회 구조가 갖는 태생적 성격입니다. 경험을 통한 의미와 가치의 형성, 다른 말로 표현한다면 깨달음을 얻음으로써 인간 정신의 성숙을 이루게 될 때, 그 개인뿐만 아니라 그가 구성하는 사회 구조의 성장, 성숙을 이루게 됩니다.

경험을 통한 성숙이란 무엇이며, 그 성숙의 끝은 무엇일까요? 성숙은 근본적으로 모든 사물, 존재가 바람직한 방향으로 변화하는 것을 말합니다. 암수가 교배된 사과의 배(胚)가 비와 햇빛을 맞으며, 바람과 추위를 겪고 발갛게 익어가는 과정은 그 존재의 성숙이지만, 중간에 벌레에게 파먹히거나 까치에게 쪼임을 당해 썩거나 일찍 떨어진다면, 이는 성숙이라고 할 수 없을 것입니다.

인간에게도 입학시험에 떨어지고, 일찍 부모를 여의거나 사귀던 사람으로부터 채이고, 사고가 나서 재산을 잃거나 불구가 되는 등, 인생에 있어서 여러 가지 경험이 있을 수 있을 것입니다. 이러한 경험에서 좌절해 피폐해지고 남과 사회를 비난하며 자신을 망가뜨린다면, 성숙으로 나아간다고 볼 수 없을 것입니다. 그러나 이러한 어려움을 겪으면서 자신의 어려움과 고난을 이해하고 극복한다면, 그 고난이 깊고 클수록 더 뛰어난 남다른 정신의 성장을 얻게 될 것입니다. 그러므로 성숙은 사람마다 그가 겪는 경험, 사건, 종류와 이를 어떻게 받아들이느냐, 그리고 그 결과 어떤 정신을 가지는 개체가 되느냐에 따라 각각 다를 수밖에 없습니다.

결과적으로, 성숙이란 한 개인이 자기 자신의 인생과 타인의 인생, 자기의 사건과 모든 타인의 사건을 어떻게 이해하느냐, 즉 자기 기준에서 동물적 개체와 종족 보존의 본능 수준에서 반응하느냐, 아니면 어려운 고난이나 기쁨 자체를 적극적으로 받아들이고 이를 경험으로 승화시켜 어떤 깨달음 또는 의미와 가치를 얻느냐에 따라 다를 것입니다. 이는 나아가 자기를 중심으로 일어나는 모든 사건을 얼마나 객관적으로 타인의 기준으로까지 끌어올려서 이해하느냐, 즉 깊고 높은 어떤 발전적 기준에 따라 반응하느냐에 달렸을 것입니다. 모든 이유와 까닭을 떠나서 정신의 성숙은 보기 좋고, 바람직하고, 발전적입니다.

이보다 더 나은 존재와 경험의 이유를 나로서는 찾을 수 없습니다.

2006년 1월 30일

진리에 대해

많은 사람들이 진리란 무엇인가 묻기도 하고 자문하기도 합니다.

묻지 않는 사람들은 물어 보았댔자 그것에 대한 답은 없거나 힘들 것이라고 지레 판단하고 아예 질문할 엄두도 내지 못합니다.

진리란 무엇일까요.

절대적 진리란 있기나 한 것일까요?

진리는 크게 두 가지 영역으로 나눌 수 있습니다. 즉 과학적 진리와 철학적 진리입니다. "하나 더하기 하나는 둘이다." "해는 동쪽에서 뜬다." 등은 과학적 진리에 속하고, "인간은 무엇인가. 영혼은 있으며, 사후 세계는 존재하는가. 신이나 하나님은 있는가." 등은 철학적 진리에 속한 것입니다.

과학적 신리란 대체로 객관적으로 이해되고 증명 가능한 사실(reality)을 의미합니다. 그러나 이 사실도 상대적이며 주관적일 수 있습니다. "해는 동쪽에서 뜬다."는 어디까지나 지구의 기준에서 진리이며, 또한 태양이 존재하거나 변동이 없을 때까지 한시적이라고 볼 수도 있을 것입니다. 마찬가지로 "빛보다 더 빠른 것은 없다."라는 것은 현재로서는 사실로서 진리이나 그보다 빠른 존재가 증명되면 이는 진리가 되지 않을 수도 있을 것입니다.

지금 우리에게 보다 관심 있는 것은 철학적 진리입니다. 철학적 진리는 과학적 진리에 비해 상대적으로, 의문의 대상이 되는 실체나 현상의 사실이 실제로 있거나 있을 수 있으나, 이를 객관적으로 증명하지 못하기 때문에, 또는 현재까지 증명하지 못했기 때문에 객관적 사실, 즉 진리로 인정되지 않고 있다고 보아야 할 것입니다. 철학적 진리에는 도덕, 종교, 가치관 등에 대한 판단이 포함됩니다. "사람은 선을 행해야 합니다. 부모를 공경해야 합니다. 남을 해치지 않아야 합니다." 등은 대부분의 사람들이 도덕적 진리로 받아들이지만, 이를 절대적 진리라고 증명할 길은 없습니다.

나아가 종교적 진리는 역사적으로 나타난 현상이나 오늘의 결과를 볼 때 더욱 상대적이라고 말할 수 있습니다. 무당에게는 그의 신주(神主)가 모든 판단의 주체일 것이며, 힌두교, 불교, 유대교, 이슬람교, 천주교, 기독교, 모르몬교, 통일교, 라엘 집단, 화륜궁, 문화영의 수선재 등 모든 종교 종파는 믿고 따르는 신도에게는 믿음의 기준에 따라 차이는 있을 수 있으나, 그 교리가 그들에게는 절대적 진리일 것입니다. 그러나 이 모든 종파들이 그 교리가 주장하는 것이 사실임을 객관적으로 증명하지 못하고 개인적 경험과 믿음에 의존하기 때문에 이를 객관적 진리라고 받아들일 수 없는 것입니다.

인간은 주관적인 동시에 환경의 영향을 받는 객관적 존재입니다. 어릴 때부터 부모가 기독교를 종교로 가진 집안에서 태어나면, 자기의 의지와 상관없이 그 자녀는 기독교인이 될 가능성이 높습니다. 한 사람이 고려 시대 때 개성에 태어났다면, 독실한 불교인이 되었을 가능성이 다른 시대 다른 지역 출신보다 훨씬 높을 것입니다. 유대인으로 태어나면 유대교인이 되어야 그 환경에 살 수 있고, 그렇게 살다 보면 유대교가 그에게 목숨을 내던질 수 있는 절대적 진리가 될 수도 있을 것입니다. 각각 다른 시대와 다른 장소에서 살아오거나 살고 있는 모든 종교인들 중, 서로의 교리가 각각 다름을 전제로 할 때, 객관적 기준으로 본다면 어떤 종교는 옳을 수 있고, 또는 일부분 옳을 수 있고, 아니면 거의 옳지 않을 수도 있을 것입니다.

예수가 2천 년 전 이스라엘에 왔을 때 그를 반대한 유대인은 오늘에 이르기까지 아직도 그를 인정하지 않고 있으며, 같은 구약에서 출발한 유대교와 이슬람교는 도저히 풀 수 없는 원수가 되어 서로를 증오하고 있습니다. 또 형식과 예식, 교권에 눈이 멀어 부패한 천주교를 질타하며 새로 형성된 기독교를 보면서도 여전히 그 형식과 권위를 유지하려 애쓰는 천주교는 자신이 만든 형식적 진리에 더욱 눈이 어두워졌는지도 모릅니다. 영적 존재들이 계시하는 말이라고 믿고 예수가 곧 재림한다거나 몸이 하늘로 올라갈 것으로 믿다가 낭패를 당한 많은 신흥 종교인 등, 이들 모두는 그들의 믿음과 교리가 진리라고 생각했거나 현재 그렇게 생각하고 있습니다.

그럼 절대적 진리란 없는 것일까요?

"나는 무엇인가. 인생이란 무엇인가." "영혼은 있으며, 내세는 있는 것인가." "신은, 하나님은 있는 것인가."

이에 대한 객관적 해답은 현재로서는 없습니다. 얼마 동안은 과학적 진리처럼 이에 대한 공식적 대답을 기대하기는 힘들 것으로 보입니다. 다만 한 개인이 이를 찾아가며 알아가는 노력 가운데, 인류가 긴 역사 과정에서 낮은 정신 수준으로부터 점차 조금씩 높은 정신 수준으로 나아왔듯이, 개인도 시대의 흐름을 따라 조금씩 더 진리를 가까이할 수 있는 단계에 가까워질 수 있을 것으로 짐작됩니다. 지금이 과거보다, 내일이 오늘보다 진리를 알 수 있는 여건과 기회가 더 높아질 수 있을 것이기 때문입니다.

불과 백 년 전의 경우, 이 공간에 수많은 전파가 떠다닐 수 있다고 생각할 수 없었으나, 오늘 우리는 이 보이지 않는 존재를 당연한 것으로 받아들이고 있습니다. 그렇듯 그 보이지 않는 것이 각종 단말기를 통해서 보이고 들리고 움직이는 존재로 다시 태어남을 경험할 때, 우리 앞에 우리가 지금까지 알지 못하거나 확신하지 못한 사실에 대한 또 다른 존재나 차원의 출현이 가능할 수도 있음을 생각해야 될 것입니다.

지금은 그 어느 때보다도 정보(information)의 시대입니다. 진리도 정보로서 우리에게 주어짐을 고려할 때, 진리를 찾아 헤매는 각각 개인의 존재를 인정하고 서로의 정보를 원활히 공유할 때 진리를 가까이할 수 있는 기회도 높아질 것입니다. 과거의 정보를 밑바탕으로 해 지금 이 시대의 정보를 접할 줄 알아야 합니다. 지금 우리 주위에는 분명히 불경이나 성경, 코란을 넘어선 새로운 정보가 우리를 기다리고 있을 수 있습니다. 생각해 보십시오. 2천 년, 3천 년 전의 정보가 지금의 모든 사람에게 보편타당하게 납득되는 진리가 아니라면, 지금의 인간이 그것에 집착하는 것은 대학생이 중학교 교과서에 집착하는 것과 무엇이 다를까요?

그러나 새로운 정보가 다 옳은 것은 당연히 아닐 것입니다. 그것의 옥석을 가리는 것은 어디까지나 개인의 몫입니다. 그러려면 무엇보다도 자기 자신의 과거의 지식에 얽매인 편견을 벗어날 수 있는 지혜와 앞선 다른 지식을 받아들일 수 있는 겸허한 자세가 무엇보다도 중요할 것입니다. 편견을 버린 만큼, 자기를 낮추는 겸허함의 크기만큼 그에게 진리가 들어올 수 있습니다.

진리란 진리를 찾아 나서는 순간 그에게 가까이 다가와 있을 수도 있으며, 노력하는 만큼 얻어질 수도 있습니다. 하루아침에 손에 쥐어지는 진리는 아직 없습니다. 아마 인간은 쉽게 진리를 얻을 수 없도록 운명 지어져 있는지도 모릅니다.

진리가 있는지 없는지는 몰라도,

진리를 추구하는 정신은 아름다운 것입니다.

2006년 2월 2일

흥남부두 철수작전

나는 비밀이 하나 있습니다. '남 몰래 흘린 눈물'입니다.

6.25 전쟁 때 있었던 '흥남부두 철수작전'에 관한 글을 작년 한 월간지에서 읽은 적이 있습니다. 국군과 유엔군의 진격을 열렬히 환영했던 홍

남 시민들은 순식간에 뒤바뀐 전세로 도망갈 곳이 없어 흥남부두로 떠밀렸습니다. 후퇴하기에 급급했던 국군과 미군은 이 절박한 순간에도 이들을 버리지 않고 철수시켰던 사건입니다. 이 와중에 민간인을 받아준 미군 지휘관과 특히 이들을 적극적으로 도와준 미국 상선 이야기는 정말 감명 깊었습니다. 오늘 그 당시 상선 선원이었던 미국인 한 사람을 우리나라에서 표창한다는 신문 기사를 읽으니 다시 그 느낌이 밀려옵니다.

이 상선은 1만 4천 명의 피난민을 싣고 1950년 12월 22일 흥남 항을 출발, 부산을 거쳐 25일 거제도에 도착했습니다. 대탈출이었습니다. 그러나 미군 LST 수송선으로 구출된 인원은 자그마치 10만 명에 이른다고 합니다. 그때 그 배에 탔던 한 분의 말에 따르면, 이 구출 작전이 아니었으면 고스란히 바다로 밀려들어가 죽을 수밖에 없었으며, 그가 탔던 미군 수송선에는 발 디딜 곳이 없어서 그대로 꼿꼿이 서서 며칠을 항해하면서도 모두 고마워했다는 것입니다. 나는 이들이 당했던 극한적인 상황을, 그리고 이들을 절망에서 구출해 준 미국 군인과 여러 사람들을 생각하면, 하염없이 바보처럼 눈물이 나옵니다. 절박한 순간에 다다른 심정. 그 절박한 순간에 도움을 줄 수 있는 심정. 나는 밀려오는 감동에 눈물만 흘렸습니다. 평범한 인간에게는 생존이 가장 우선하며, 생존이 있어야 그 어떤 의미도 가치도 추구할 수 있음을 말해 주는 것 같습니다.

사람에게 느낌, 감정, 감동 등은 무엇인가요? 왜 가슴이 찡하고, 아프고, 못 견디고 할까요. 세월이 지나도 느낌이 오래오래 살아 있고 인간에게 오래 남아 있는 것은 왜 감동을 주었던 순간이나 사건들일까요? 왜 자기를 버린 부모일망정, 그 부모를 찾아 나서고, 그리고 만났을 때 그렇게 눈물을 흘릴까요? 왜 헤어진 첫사랑의 연인은 아무리 세월이 흘러도, 길거리에서 비슷한 사람을 보아도 혹시나 하고 다시 그 기억을 되살리며 뒤돌아보게 될까요? 그리고 조국이 해방되거나 민주주의를 쟁취하게 되거나, 먼 타국에서 고국의 동포를 만나거나 하면 왜 그리 흥분하며 기쁨이 넘칠까요?

인간은 영적 존재로서 각 개인마다 독특한 영적 파장을 일으켜 밖으로 발산합니다. 파동이 비슷하거나 같은 파장을 만나면 동조 현상으로 큰 파장을 만들며 느낌이 깊어진다고 하는 이야기가 있습니다. 이 파장이 멀리 떨어져 있는 어머니와 자식 사이에, 그리고 애틋한 사랑의 연인 사이에 자기도 모르는 순간에 영감을 주고받기도 한다고들 말합니다. 우리나라 축구팀이 2002년 월드컵 4강에 오른 것도 실력보다는 온 국민의 감정이 한 곳으로 큰 파장을 일으켰기 때문에 승리를 이루었다는 말도 일리가 있어 보입니다. 우리 일상생활 속에 이제 너무나 평범해 그 특이한 이치를 절감하지 못하고 있지만, 핸드폰이나 방송 또는 인터넷 등 우리 눈에 보이지 않는 전파와 파장의 세계가 놀랍도록 신기한 것을 경험하면서, 우리는 이제 보이지 않는 것이 오히려 더 큰 영향을 주는 존재들임을 알게 됩니다. 보이지 않는다고 등한시해 온 정신과 영적인 세계에 더욱 관심과 긍정적인 접근이 필요할 것 같습니다.

나는 기독교에 대해 별로 탐탁지 않게 생각해 왔습니다. 근본적인 교리가 맘에 들지 않았는데, 특히 삼위일체라든가 마리아의 무성잉태, 오직 예수만이 구원이며 그를 통하지 않고는 하늘나라에 갈 수 없다든가 하는 극단적인 주장이 싫었습니다. 그러나 한 가지 예외로 감명 받은 것은 예수의 생애로서, 그가 마지막 십자가에 가기까지 그 과정의 심정을 생각할 때는 감동되지 않을 수 없었습니다. 누구나 인간의 몸을 가지고 있는 한 육체적 괴로움이 우선이고 그것을 무시하기 힘든데, 그런 상태에서 자기의 소신을 지키고, 그 소신이 자기를 절망에 빠뜨린 자들을 오히려 염려한다는 그런 경지는, 정말 그 심정을 조금이라도 함께 느껴 본다면 처절한 느낌과 감동이 밀려오지 않을 수 없을 것입니다. 그리고 그 느낌이 밀려올 때 하염없이 눈물을 흘린 적이 먼 옛날 있었습니다. 이것이 기독교와 다른 종교의 차이일지도 모릅니다.

인간은 얼마나 영혼 깊이 어떤 상황을 체험했는가, 따라서 얼마나 다른 사람의 처지를 이해할 수 있는가에 따라서 인생의 깊이와 성숙을 가늠할 수 있을지도 모릅니다.

2006년 2월 20일

내가 없어져도 아무도 아쉬워하지 않는다

지하철에서 만나는 평범한 사람, 길거리에서 아무렇게나 보게 되는 한 얼굴을 뒤따라가 보고 싶을 때가 있습니다. 저 사람은 어떤 사람일까. 어디에 살까. 가족은 몇이나 있을까. 그러나 따라가지 않습니다. 그 대답을 미리 알기 때문입니다. 비록 다른 사람의 눈에 아무리 하찮게 보여도, 그들은 그들 나름대로 열심히 살아가는 한 사람이며, 그들의 가족은 누구보다도 그를 사랑하고 아낄 것이란 사실을 잘 알고 있기 때문입니다.

나를 포함해서 한 사람 한 사람은 너무나 보잘것없습니다. 머리에 든 지식이란 겨우 교육과 경험에서 얻은 것들로서 모두 별 볼일 없는 흔하디흔한 것들이며, 옷을 걸친 몸뚱이와 자질구레한 주변 물건들은, 나에게는 아무리 소중하고 귀중하며 죽기 살기로 필요하겠지만, 다른 사람에게는 정말 쓸데없는 것들임에 틀림없습니다. 아마 내가 오늘 당장 없어져도 기껏 가까운 가족들이 며칠 동안 아쉬워하고 기억이나 할까, 그밖의 사람들은 대부분 아무 상관도 하지 않으며, 이 사회는 그냥 아무 일도 일어나지 않은 양 굴러갈 것입니다. 나쁜 아니라 모든 지나가는 사람들이나 이 세상 어느 누구도 그가 없어졌다고 해서 아쉬워할 사람이 그렇게 많지 않을 것입니다.

사람이 그렇게 하찮은 것인가요? 그러나 묘하게도 이들 하찮은 사람이 없으면, 제 잘났다는 사람도 그 가치를 잃게 되며, 이 사회도 이 세상도 구성되지 않게 되어 있으니 묘한 일입니다. 가난한 사람도 거지도 불구자도, 그리고 부자도 지도자도 목사도 모두가 한 사람에 불과하며, 이들 한 사람 한 사람 구성원이 없으면, 즉 상대적 대상이 없으면 다른 모두가 존재할 수 없는 것이 현실입니다. 없어도 되면서 있어야만 하는 존재. 인생은 아이러니한 것입니다. 인생뿐 아니라 우주 전체가 어떤 면에서 아이러니한 건지 모릅니다.

오늘 스필버그 감독의 영화 '뮌헨'을 보았습니다. 유태인과 아랍 팔레스타인 종족 사이의 테러와 이에 대한 보복 살인에 대한 이야기였습니다. 이는 인류 역사상 종족과 종교가 서로 다름으로 인한 갈등을 보여 주는 대표적인 사례입니다. 이 영화를 보면서, 인간이 평화를 누리는 것은 아직 까마득한 미래의 희망 사항이란 사실을 다시 느꼈습니다. 요즈음 세상을 떠들썩하게 만드는 이슬람 지도자의 만평 사건도 이와 같은 맥락일 것입니다.

인간이 자기가 소속된 집단에 대한 이익의 추구를 버리지 않는 한 인류 평화란 요원한 일이며, 이는 아마 인류에게 어떤 획기적인 계기가 있지 않는 한 거의 불가능한 일이라고 다시 한번 생각했습니다. 우리 주위에 있는 평범하거나, 아니 아무리 뛰어난 인물일지라도 자기 가족, 자기 친구, 자기 출신학교, 자기 출신지역, 자기 소속회사, 자기 소속정당, 자기 소속민족, 국가 등, 이 모든 자기가 소속된 단위나 집단의 연대 이익을 위한 추구에서 한 사람도 벗어나지 못하기 때문입니다.

예수가 말한 "네 이웃을 네 몸처럼 사랑하라." 이것이 바로 이러한 자기 소속의 이익 추구를 벗어나라는 의미일 것입니다. 그러나 이는 현재의 인류에게는 불가능한 요구입니다. 그렇지만 이 도저히 불가능할 것 같은 사실을 가능한 것처럼 받아들이고 실천하지 않는다면 인류에게는 평화가 있을 수 없다는 데 그 모순이 있으며, 그러므로 만약 인간에게 타인을 사랑해야 하는―선을 지향해야 하는 숙명이 있다면 진실로 더욱 아이러니한 현실일 것입니다.

아마 거의 모든 사회적 갈등과 마찰은 자기 소속 연대의 이익 추구에 기인한다고 해도 틀리지 않을 것입니다. 그러나 이를 다른 관점에서 본다면, 만약 자기가 소속된 집단을 위한 적극적인 이익 추구가 없다면, 개인은 물론 이 사회와 세계의 성장과 발전, 진보와 진화의 동기가 없어지는 결과가 되기 때문에 이를 부정적이고 나쁘게만 볼 수가 없다는 데 문제가 있습니다. 자기 성취와 가족을 위한 노력, 자기 팀 소속 단체를 위한 투쟁, 국가와 민족을 위한 헌신, 이 모두가 경쟁을 통한 발전의 요인이고 동기이기 때문입니다.

결과적으로 인간이란 자기 소속의 연대를 위해 이익을 추구하면서, 그와 동시에 그 이익의 추구를 벗어날 수 있는 성숙된 정신의 경지에 이르러야 된다는 아이러니와 역설을 이해하고 실천해야 한다는 논리가 가장 설득력 있게 생각됩니다. 이 말이 맞는 말인지, 그리고 이것이 이루어질 수 있는 전제인지, 이 말의 뜻과 의미가 제대로 전달될 수 있는 것인지 지금의 시점에서는 의문이 생김은 어쩔 수 없는 현실입니다.

아이러니와 역설이 우주 진리의 한 단면으로 여겨집니다.

2006년 2월 24일

나는 왜 이렇게 태어났을까

사람의 인생을 되씹어 보면 참 오묘하다는 생각이 듭니다.

내가 왜 이런 모습으로, 이 나라에, 이 시기에 태어났는가. 내 부모가 흑인이라면, 또는 방글라데시 사람이라면, 아마 나는 검은색 또는 붉은색 피부를 가진 어떤 다른 얼굴 모습으로 태어나는 것을 벗어날 수 없었을 것이지요. 물론 그러한 나는 지금의 내가 아닌 또 다른 하나의 인간이겠지만, 또 내가 만약 인도에서 태어났다면 틀림없이 카스트 제도의 굴레에 얽매여 관습의 억압에서 자유스럽지 못했을 터이고, 또 내가 만약 히틀러 시대 유럽에서 태어났다면 전쟁의 소용돌이에 휩말려 온갖 고초를 겪지 않을 수 없었을지도 모릅니다. 이 모든 각각의 인간 존재가 이 세상에 주어짐에 있어서 중요한 점은, 그 어느 누구도 자기의 출생을 선택해 이 세상에 나온 사람이 없다는 사실입니다. 이런 관점에서 본다면, 인간은 철저히 주어진 여건에 따른 존재일 수밖에 없습니다.

부모도, 시대도, 장소도 선택하는 것이 아니라 주어지는 것이며, 그 주어짐에 따라 개인의 신체 특성과 고유한 성품, 생활의 정도, 사회의 여건이 주어지니, 인간의 평등 불평등은 사실 어쩔 수 없는 현상입니다. 극단적인 사례로, 기독교를 믿지 않고, 예수를 통하지 않고는 천국에 들어갈 수 없다는 주장에 대해, 기독교가 전파되지 않은 지역에서, 또는 전파되기 이전에 태어난 사람에게는 천국에 들어갈 근원적인 기회가 주어지지 않았을 것이며, 그러면 천국에 들어가지 못함이 정녕 이들의 잘못일까요?

『유란시아』서에서 이야기하는 색다른 것들 중의 한 가지가 성품(personality)의 존재 입니다. 인간 개개인은 각각 다른 성품이 주어지는데, 이는 하나님이 모든 지적 개체에게 주는 정체성(identity), 즉 개인의 존재를 구별되게 하는 기본이라는 이야기입니다. 이 설명은 대체적으로 수긍이 됩니다. 우리 인간을 보면 잘났거나 못났거나 아무리 미천해도 그만이 가진 독특한 개성으로 인해서 다른 존재와 구별이 되고, 그 독특성 때문에 어떤 경우에도 자기를 업신여기지 않으려는 강한 집념이 발생하기도 합니다. 그러나 『유란시아』서에서 아쉬운 점은, 이 성품의 존재와 특성은 이야기하면서, 이것이 인간에게 언제 어떻게 생기는지, 하나님이 이를 어떻게 인간에게 주는지 등에 대해서 내가 읽은 이해하는 범위 내에서는 자세히 언급되지 않고 있는 점입니다.

따라서 이에 대한 개인적인 이해는, 인간 남녀 성의 씨앗이 서로 결합해 태아로 형성될 때 이 성품존재의 씨앗도 형성되며, 모체의 몸 밖으로 나와 한 개체가 완전히 형성되면, 개체로서의 한 성품존재로 완성되어 이 세상에 나오는 것으로 이해됩니다. 따라서 이는 『유란시아』서에서 말하는 '생각 조율자' 처럼 지구 밖에서 인간에게 오는 것이 아니라, 신이 생명을 창조할 때 이미 설계한 법칙에 의해 자연 현상의 하나로서 지적 생명의 탄생과 동시에 형성되는 것으로 이해됩니다.

이는 쌍둥이의 출생에서 그 형성의 특징을 짐작할 수 있습니다. 즉 같은 부모, 같은 시기, 같은 장소에서 태어날 경우, 거의 비슷한 성품과 신체를 가지고 태어남을 미루어 보아 인간의 성품은 전적으로 자연적인 여건에 따라 형성되는 것으로 이해됩니다. 이 성품존재의 개체는 지적 생명체가 태어나는 것과 동시에 자동적으로 태어나며, 그러나 이것이 특별한 점은, 동물적·물리적 육체 안에 형성되고 존재하면서도 단순한 동물적·물리적 현상을 넘어서 이를 포용하고 그것을 초월하는 존재이기 때문일 것입니다.

인간이 갖고 있는 개별적인 성품의 존재야말로 이 세상의 오묘한 점들 중의 하나이며, 우리를 살아 있는 특별한 존재로 만들어 줍니다. 어느 누구도 내가 나 아닌 다른 존재이기를 바라지 않음은 특이한 현상이며, 따라서 남다른 오직 하나밖에 없는 나라는 존재로 태어났음을 고맙게 생각하며 그 개성을 꽃 피우기 위해 열심히 살아가야 하는 것으로 이해됩니다.

2006년 3월 1일

겨울 산행

눈 덮인 산.
겨울나무.
홀로 걷는 하염없는 산길.

반기듯 뒤따라오는 작은 새소리.

발밑에 눈 밀리는 소리.

낙엽 구르는 소리.

먼 하늘 어딘가의 비행기 소리.

푸르던 잎 다 쏟아버린 저 나무들.

날 따뜻해지면 잎 다시 피우고 꽃 다시 피게 할 줄 어떻게 알까.

그 많던 곤충들 이 겨울 어떻게 되었을까.

잎 피고 물 흐르면 어디서 다시 나타나는 걸까.

인간도 겨울 지나면 다시 살아나는 걸까.

먼지, 담배 연기, 쾌쾌한 냄새.

떠들고, 술 마시고, 허세 부리고.

그렇게 세월은 흐르고.

2006년 3월 3일

『유란시아』서에 대한 개인적 이해 및 견해

(이 수필집의 많은 부분에서 『유란시아』서를 언급하고 있으므로, 『유란시아』서를 모르는 분들을 위해 이 책에 대한 개인적 의견의 글을 올린 블로그의 글을 약간 수정하여 여기에 싣습니다.

『유란시아』서-The Urantia Book-는 1955년 미국에서 발간된 종교 철학 서적입니다. 약 2천 쪽에 달하는 대단히 많은 분량의 책으로서, 1부 중앙우주와 대우주, 2부 지역우주, 3부 유란시아 역사, 4부 지저스의 생애와 가르침 등으로 구성되어 있으며, 그 아래 196편으로 나누어 우주와 하나님, 인류와 영적 존재, 역사와 종교 등 전반에 걸쳐서 언급하고 있습니다. 인간 저자가 아닌 영적인 존재들이 인간의 진화를 위해 현 시대에 내려준 계시서라고 말하고 있습니다. 유란시아란 이 책에서 지구를 일컫는 용어입니다.)

『유란시아』에 대해, 이 글을 쓰는 사람-블로그 운영자가 아직 『유란시아』에 대한 이해가 낮은 위치에서 개인적 의견을 피력한다는 것은 적절치 않을 것으로 생각되나, 이미 여러 가지 글을 인용하거나 소개하는 과정에서 개인적인 의견과 이해를 말한 바 있어 부득이 이를 종합하는 것도 의의가 있을 것으로 판단되어 감히 생각을 정리해 봅니다. 그리고 이 이해와 판단은 앞으로 더욱 『유란시아』를 공부하는 과정에서 수정, 보완, 변경될 수 있음을 양해 바랍니다.

1) 인간의 종교에 대한 이해

우리 가족, 이웃들 중 교회, 성당, 사찰 등에 정기적으로 나가는 사람은 대단히 많습니다. 밤거리를 거닐면 빨간 십자가 불이 켜진 건물이 의외로 많으며, 산마다 사찰이 있고, 이름도 익숙지 않은 여러 종류의 종교를 가진 사람들이 우리 사회의 구석구석에 들어차 있습니다. 해외 주요 도시의 역사적 건물은 대부분 종교적 시설이며, 인류의 갈등과 전쟁의 역사는 종교의 역사라 해도 크게 틀리지 않을 정도입니다.

인간은 왜 종교에 그렇게 집착하는 것일까요. 그 대답은, 자연계에 있어서 인간의 원천적인 신체적 약점에서 오는 두려움, 원인을 파악하려는 인식의 발전에 따라 인간 자신의 근원에 대한 연구와 추구, 이로 인해 누적된 종교와 관련된 역사적 환경에 대한 반응 및 대응 등, 우리는 그 원인과 배경을 구체적으로 꼬집기는 힘들어도 대체적으로 모두 알고 있습니다. 그러므로 이러한 태생적, 역사적 굴레를 싫어하는 부류의 많은 사람들은 아예 종교를 하나의 잘못 기인된 관습으로 치부하고 이를 거부하기도 합니다.

저의 경우는 이러한 어떤 종교적 대상과 과제에 대해 최대한의 지식을 흡수하고 그 바탕에서 판단하고자 합니다. 근원적으로 납득되지 않는 것은, 단지 종교의 바탕은 믿음이란 이유로 무작정 받아들이는 것입니다. 그런 입장을 저는 지양합니다. 많은 사람이 그러하듯 기존 종교들과 신흥 종파들, 각종 사상과 공부들을 섭렵하면서 만족치 못하면 다음으로, 새로운 세계로 계속 찾아 나섰습니다. 한 가지 특이한 점은, 저는 이렇게 한 과정 한 단계를 거칠 때마다 새로운 것을 얻기보다는 오히려 나에게 교육과 환경, 역사와 지식으로 들어와 나를 이루고 있던 도덕적 규범과 사회적 기준, 가식적 가치들을 하나씩 모두 벗어 버리는 결과를 가져오게 되었습니다. 버리고 버리고, 벗어나고 벗어나고…. 그러나 버릴 수 없는, 내칠 수 없는, 한 가지 깊은 곳에 끝까지 남아 있는 것들이 있었습니다.

나뭇잎이 햇빛을 향하듯, 뿌리가 물을 찾아 뻗어나가듯, 나에게 남아 있는 성품, 아니 인간에게 지울 수 없는 그 어떤 것, 즉 몸은 육체의 성장을 위한 욕구, 생존을 위한 욕구 활동을 떨칠 수 없으며, 마음은 아름다움과 선을 향한 추구, 즉 정신적 성숙을 저버릴 수 없다는, 이 두 가지 사실이었습니다. 이 두 가지 성질, 성품은 존재가 있는 한 버릴 수 없는 존재 그 자체였습니다. 그러면 이 두 가지는 왜 있게 되었으며, 그 욕구가 계속 내 속에 생동해 있을 수 있는 까닭은 무엇 때문일까 생각하며 이것에 가치 기준을 두고 있었습니다.

그러한 여건에서 그 해답을 저는 일단 『유란시아』에서 긍정적으로 이해할 수 있게 되었습니다. 특히 정신적 성숙이 『유란시아』에서 말하는 '경험'과 '진화', '생각 조율자'와의 관계에서 아주 잘 이해되고 받아들여졌습니다. 이는 내가 이 세상에서 부딪치며 느껴온 나 자신과 바로 일치하기 때문이었습니다.

2) 『유란시아』의 내용에 대한 이해

a) 하나님과 신

하나님의 존재에 대해 『유란시아』처럼 자세하고 구체적으로 설명한 사례가 없는 것으로 압니다. 또한 현재 서술한 것만으로도 하나님을 묘사하기에 충분하며 더 이상 설명이 필요하지 않을 것으로 이해됩니다. 그러나 개인적으로는 솔직히 하나님을 모릅니다. 설명으로는 알겠으나, 체험으로는 알 수가 없습니다. 저는 『유란시아』가 하나님과 인간의 관계를, 하나님은 중앙우주에 계시고, 단지 인간에게 '생각 조율자'를 통해 관계를 맺고 있을 뿐이라는 설명이 아주 마음에 듭니다. 인간은 자기가 하기 나름으로 별 볼일 없는 존재에 머물 수도 있으며, 아주 뛰어난 존재가 될 수도 있을 수 있는 것이 타당하기 때문입니다.

저는 개인적으로 하나님을 찾고 의지하는 것을 잘 못 합니다. 차라리

'생각 조율자'(『유란시아』에서 언급하는 하나님의 분신으로서 내 내면에서 활동하고 있는 존재)의 의견인지 아닌지는 모르지만, 편협하지 않으려고 애쓰면서, 나의 내면에서 울려 나오는 조용한 마음의 느낌과 함께하는 것이 오히려 자연스럽습니다. 내 생각에는 이것이 현실적이며 합당하다고 생각되기 때문입니다.

이 책에서 말하는 것처럼, 인간의 아주 멀고 먼 여정은 어쩌면 하나님을 알아가는 과정인지 모릅니다. 그러나 이 지구의 인생에서 하나님을 안다고 할 만한 수준의 영혼은 그렇게 흔치 않다는 생각입니다. 정말 인간이 하나님을 알려면, 우리가 상상할 수도 없는 오랜 세월인 30만 년을 살았으며 인간의 지능과는 비교되지 않게 훨씬 뛰어난 영적 존재로서 우리처럼 상승하는 유한 생명체가 아닌 지역 우주에서 창조된 아들인, 그 고귀한(?) '루시퍼'가 하나님의 존재를 알지 못하겠다고 설파한 그 경지를 거치고 넘어서야만 가능할 것입니다.

개인적으로 『유란시아』의 가장 매력 있는 대목은 이 루시퍼의 자유독립 선언 부분으로서 이 때문에 『유란시아』를 더욱 가까이하게 되었습니다. 언젠가 그의 심정을 이해하고 눈물 흘릴 날이 있으리라 생각합니다. 그때야말로 진정 하나님을 알아볼 수 있을 것이기 때문입니다.

b) 천문학과 과학

『유란시아』는 우주의 구조와 영적 존재들에 대해 아주 자세히 설명하고 있습니다. 현재의 우주는 7개의 대우주로 되어 있으며, 대우주 안에 각각 10만 개의 지역우주가 있고, 하나의 지역우주 안에는 1천만 개의 생명 거주 구체가 있고, 그리고 지구는 이 우주 전체 안에 있는 7조 개의 생명이 거주할 수 있는 행성 중의 하나라고 말합니다. 영적 존재 중의 하나인 세라핌은 빛의 속도보다 세 배 이상 빠른 속도로 여행할 수 있으며, 지저스는 하나님의 611,121번째 아들이라고 합니다. 이러한 숫자를 이용한 설명은 현재 지구의 과학이나 객관적인 판단으로 검증될 수 없으니 그냥 있는 그대로 인식할 수밖에 없습니다.

그러나 상식이 미칠 수 없는 여러 가지 서술, 예를 들어 '생각 조율자'는 '디비닝턴'으로부터 117시간 42분 7초 만에 지구로 온다고 서술하는 것 등은 약간 이해의 한계를 넘어서므로 의아심을 불러일으키기도 합니다. 영적 존재가 아무리 빠르더라도 이것이 속도로 나타낼 수 있는 시간의 제약을 받는 존재라면, 중앙우주에서 우주의 변두리 지구까지 불과 5일이 채 안 걸리며, 그것도 움직이고 있는 우주 안에서 몇 초 단위까지 표현한다는 것은 일견 무리가 있어 보입니다.

지구에서 멀리 떨어져 있는 많은 우주의 별들이 지구에서 수천만 광년의 거리에 있는 사실을 감안하면, 속도의 개념으로 이를 설명하는 것은 근본적으로 접근 방식의 무리라고 생각됩니다. 예를 들어 4천만 광년의 거리에서 5일 만에 지구에 도달하려면, 적어도 초당 100광년의 거리를 갈 수 있어야 합니다. 이는 현재 인간의 속도 개념으로는 따라잡기가 힘이 듭니다.

한편 현재 과학이 우리에게 주는 정보도 그냥 무비판으로 받아들일 뿐이어서 그렇지, 난해하기는 마찬가지일 수도 있습니다. 최근 NASA가 밝힌 '나선형 은하 NGC 1300'의 경우, 지구로부터 6,900만 광년의 거리에 있다고 설명합니다. 이 경우 비록 천문학의 특수한 계산 기법에 의해 그 숫자를 산출했다고 하나, 일반인의 상식적인 두뇌로는 그 거리를 측정할 수 있다는 것이 이해 불가능한 것이 정상입니다.

이같이 현재의 우리 인식과 이해를 뛰어넘는 이해 불가능한 사실들은 어디까지나 다른 차원의 사실과 현상들에 대한 설명으로 보고, 이에 앞선 다른 여러 가지의 긍정적인 설명들을 고려해, 이들이 이해될 때까지 그냥 있는 그대로 놓아두고 올바른 판단의 능력을 갖출 때까지 기다리는 것이 타당하리라 생각됩니다.

3) 『유란시아』와 개인 및 사회

『유란시아』의 장점은 이렇게 대단히 많은 양의 새로운 내용을 전달하면서도 처음 저술한 사람들이 이를 과시해 새로운 종교 체제와 집단을 구성하지 않았다는 점입니다. 만약 일부 인간이 자기의 노력과 힘으로 이러한 내용을 구상해 저술했다면 당연히 이러한 지식과 교리를 활용해 새로운 종교 집단의 형성을 추구했을 것입니다. 이는 간접적으로 이를 전달하는 주체가 진리란 기존 기독교나 다른 종교가 시도한 것처럼 강압적으로 전파를 시도한다고 해서 그것이 원만히 이루어지지 않음을 이해한 높은 수준에 이른 것이며, 오직 인간 개개인이 정신적·영적으로 이를 받아들일 수준에 이르러야 된다는 사실에 기반을 두었기 때문일 것입니다. 따라서 교리 전파를 위한 인간의 조직으로 발생할 수 있는 새로운 우상과 폐습을 피한 이 『유란시아』의 자세가 옳게 생각되고 받아들여집니다.

구약, 신약으로 이루어진 성경은 그 내용으로 볼 때, 단순히 인간이 서술했다고 보기에는 대단히 어려운 뛰어난 책입니다. 많은 이들이 이는 영적 계시서로서, 심지어 한 자도 틀림이 없다고 주장하기도 합니다. 그러나 지금 시점에서 보면 그 내용에 있어서 많은 잘못과 한계가 드러나 보입니다. 이는 만약 영적 계시서일지라도, 그 서술에 잘못이 있을 수 있음을 나타내는 것일 것입니다.

『유란시아』의 경우도, 비록 그 내용이 우리가 알지 못하던 웅장하고 고귀한 지식을 전달한다 할지라도, 그것은 어디까지나 한 시대 인간들에게 전달하는 과정적 지식으로 이해하고, 문자적 자구(字句)나 표현보다도 전체적 의미와 뜻을 이해해야 한다고 생각됩니다. 그러므로 『유란시아』의 내용을 머리로 아는 것이 중요한 것이 아니라, 이를 통해서 얼마나 영적으로 성장하느냐가 중요할 것입니다. 이 경우 단순한 지식에 머무르지 않고, 각 개인의 생각이 바뀌고 생활 태도가 변화하며, 마음의 평화와 정신의 순수, 맑고 밝은 파장의 영혼을 이룰 수 있어야 할 것이고, 이러한 영적 인간들의 활동이 서서히 사회 전반에 퍼져 나가야 할 것입니다.

지금의 우리 인간은 너무나 우매합니다. 하나님의 아들인 지저스가 그 높은 인격으로 이 땅에 왔을 때도 그를 제대로 알아본 사람은 열 손가락으로 꼽을 정도였습니다. 그 이후 지저스의 가르침을 이해한 인간은 오랜 세월의 인류 역사에서 그리 많지 않았던 것으로 이해됩니다. 마찬가지로 이 『유란시아』가 아무리 좋은 내용을 가지고 있어도 이 시대에 그 뜻을 알고 실천할 사람은 아직 전체 인류 숫자에 비해 그렇게 많지 않을 수도 있을 것입니다. 저는 단지 이 책을 눈으로는 알 수 있으나 마음으로 이해하기는 아직 까마득하다는 사실을 알 뿐입니다.

한편, 지금의 시대는 진리가 전달되기에 아주 좋은 여건도 갖추고 있습니다. 통신과 컴퓨터의 발전은 인류에게 언제든지 새로운 정보를 접하고 의견을 전달할 수 있는 여건을 마련해 줍니다. 그러므로 모든 개인이 어느 수준에 오르면 자연스럽게 진리의 지식 정보를 쉽게 접할 수 있을 것이며, 자기의 역량에 따라 얼마든지 영적 상승을 이룰 수 있을 것입니다.

이 세상은 한 사람 한 사람이, 오직 자신만이 특별히 경험할 수 있는 유일한 기회가 주어진 시간과 장소인지도 모릅니다. 자기를 성실히 체험하는 것, 거기에서 모든 것이 시작될 것입니다. 진리를 추구하는 많은 사람이 이 『유란시아』를 접할 수 있기를 기원합니다. 그리고 다 함께 영적으로 성숙하기를 바랍니다.

2006년 4월 25일

보기 좋은 부드러운 사람

인간은 행동하지 않고는 살지 못합니다.

모든 주위의 자극과 환경에 대해 반응하며 살아갑니다. 어떻게 반응하느냐, 어떻게 행동하느냐, 이것이 모든 것을 결정하며, 따라서 그것은 중요하고 어렵습니다.

길을 걷다가 몸을 부딪쳤는데 그냥 아무렇지도 않게 지나가기도 하고 힐끔 쳐다보고 가기도 하고, 미안하다는 말을 건네고 가기도 합니다. 이러한 행동은 주로 그 사람이 속한 사회의 습관과 문화에 따른 인식의 차이에서 결정됩니다.

자기주장이 강한 사람이 있습니다. 다른 사람의 이야기를 듣고는 있지만, 이미 자기 머리 안에 들어 있는 생각은 움직이려 하지 않습니다. 기회가 오면 즉각 자기 생각을 내세워 반격에 나서며 그 생각을 관철시키려 합니다. 어떤 사람은 상대편의 이야기를 귀 기울여 들으려 합니다. 그 사람 말이 고집으로 넘쳐 있으면 그냥 가만히 듣고 있습니다. 그러나 그가 조금 양보할 자세가 있어 보이면 자기 생각을 조용히 내어 보입니다. 이러한 사람들 사이에는 자기의 주장이 잘못되었을 때 이를 깨우칠 수가 있습니다. 생각의 전달, 의견의 교환은 쉽지 않습니다. 개개인의 인격과 편견의 정도에 따라 그 대화의 성격이 좌우됩니다.

한 사람이 다른 사람을 사랑하기는 어렵습니다. 그러나 기회가 닿으면, 일생에 몇 번은 사랑을 하는 행운을 얻기도 합니다. 사랑은 기쁨을 주기도 하고 괴로움과 슬픔 또는 아픔을 얻기도 합니다. 사랑은 서로가 이끌리는 느낌이 생길 때 이루어집니다. 이끌림의 욕구가 충족되면 기분이 좋아집니다. 그러나 서로의 이익과 성격이 부딪치면 충돌하고 마음을 접게 됩니다. 어떤 사람은 헤어진 사람을 욕하고 증오하고 미워합니다. 어떤 사람은 헤어져서도 보고 싶은 느낌이 있고 좋은 추억으로 생각나기도 합니다. 그것은 그 사람이 인생을 대하는 태도에 달렸을 것입니다.

저마다 그 순간, 그 시점 자기에게 맞는, 자기가 그동안 경험한 지식에 근거한 저마다의 행동 기준을 가지고 있습니다. 자신 있게 행동하기도 하고, 그냥 빈둥대기도 하고, 열심히 기도하기도 합니다. 그러나 인간의 행동이 바람직하고, 원만하고, 포근하고, 아름답게 행동하기는 정말 힘이 듭니다. 진리를 알고 모르고는 그렇게 행동에 큰 영향을 미치지 않습니다. 먼저 인간이 되라고 합니다. 가장 어려운 과제입니다.

인생에 있어서 우리는 경험과 의미와 가치를 말합니다. 가치란 어떤 기준에 따른 평가입니다. 기준은 제 각각 다를 수 있습니다. 올바른 가치 기준을 자기 안에 세운다는 것은 어렵습니다. 진리를 머리로 알기보다는 인생의 올바른 가치 기준을 자기 안에 세우고 이를 행동에 옮길 수 있다면, 그분은 보기 좋은 부드러운 사람일 것입니다.

내 안의 나 자신에게 물어봅니다.

네가 하는 지금의 네 행동이 네가 바라는 대로 인가?

2006년 6월 14일

모순과 역설의 질서

장사꾼은 조금 더 이윤을 남기려고 손님에게 미사여구를 늘어놓으며 손해 보는 장사라고 거짓말을 예사로 합니다. 기업가는 어떻게 해서든지 법과 종업원을 속이고 보다 많은 이윤을 빼돌려 개인 재산을 불리려 애씁니다. 선생들은 10년, 20년 학생들에게 같은 교재로 같은 말을 앵무새처럼 반복해 가르치면서도 앞서가는 인격자인양 으스댑니다. 정치가는 패거리를 만들어 세력을 형성하지 않고는 아무 일도 하지 못합니다. 국민의 생활과 국가발전을 위한 입법은 아예 안중에도 없으며, 관심은 누가 눈먼 돈이나 가져다주지 않을까 온통 콩밭으로 쏠려 있습니다. 그렇게 모두들 위선과 기만 속에서 세월을 보내면서 한 생애를 보냅니다. 그러나 묘하게도 사회는 발전합니다.

형제가 잘살게 되면 배가 아픕니다. 친구가 병에 걸리거나 사업이 망하면, 까불더니 잘되었다고 얼굴을 돌리고 고소해 합니다. 잘생긴 이성을 만나는 기회가 있으면 이를 어떻게 엮을 수 없을까 속으로 온갖 계교를 떠올립니다. 그러나 자기 배우자에게는 정숙한 척 가면을 씁니다. 술자리에서 조금 기분 나쁜 소리를 들으면 당장 시비를 걸며 큰소리를 내지릅니다. 상대의 마음에 대한 이해나 양보는 찾아보기 힘이 듭니다.

마음이 바람직하지 않게 멋대로 움직이고 행동이 억제를 받지 않고 제멋대로 일어나도, 이를 어쩌지 못하고 그냥 적당히 타협하는 것이 우리 인생입니다.

『유란시아』의 진리를 읽었다고 해서 별반 다를 게 없습니다. 우리들은 그렇지 않은 양 그들을 비난하지만, 그 자리, 그 위치에 있게 되면 그러한 행동을 하지 않으리라 자신하기 어렵습니다. 부자는 하늘나라에 갈 수 없다고들 말합니다. 도의 길을 가려면 모든 욕심을 버려야 한다고 말합니다. 그러나 지금 세상의 기준은 돈이 최고입니다. 모든 것은 돈의 많고 적음으로 가름합니다. 높은 정신과 깨달음을, 기도와 봉사를 높은 덕목으로 얘기합니다. 그러나 날씬한 몸매가 우선이며, 고급 승용차를 탄 사람을 우대합니다. 형제를 사랑하고, 이웃을 사랑하고, 적을 용서하라 말합니다. 그러나 모든 것이 경쟁이어서 이웃도 이웃 나라도 모두 쓰러뜨려야 할 적(敵)에 불과합니다. 사랑이란 그저 자기 가족, 자기 학교, 자기 팀, 자기 나라에게만 한정되고 그 울타리 밖에는 조금도 적용되지 않을 뿐 아니라 존재할 수도 없습니다.

인생도, 사회도, 종교도, 우주도 모든 것이 어떻게 보면, 모순과 역설과 아이러니로 얽혀 있어서, 이를 지배하는 또 하나의 별다른 질서가 존재하는지도 모릅니다. 이 우주는 질서와 역 질서가 공존하면서, 서로 조화를 이루어 발전하는지도 모릅니다. 이를 이해하는 깊이만큼, 그에 따른 행동을 실천하는 만큼 인간의 정신은 성숙을 기대할 수 있을 것입니다. 참으로 어려운 일입니다.

이 생애에서 이를 이해하고 조금이라도 발전을 이룰 수 있다면 다행이라는 생각이 듭니다.

2006년 6월 23일

누가 인생을 아름답다고 말하는가

누가 인생을 아름답다고 말하는가.

누가 사랑을 아름답다고 말하는가.

평범한 삶을 살아가는 사람들은 그렇게 쉽게 말할 수 있을지 모릅니다. 가난을 모르는 가정에서 자라서 제대로 교육 받고 결혼하고 애기 낳고, 그렇게 저렇게 살아가는 인생을 우리는 아름답다고 말하는 걸까요. 그들은 아름답다고 말하기보다는 그저 평범했다고 말할 수 있을 것입니다.

잠을 설치며 공부를 해도 성적은 오르지 않고, 대학은 겨우 이름만 걸치고 나와 취직은 되지도 않고, 취직은 됐어도 언제 잘릴지 몰라 불안하고, 가족은 나만 쳐다보고 있는데 믿었던 상사가 나를 내몰아칠 때, 그리고 다시 취직이란 까마득히 먼 세상의 이야기가 되어 버릴 때, 아침에 밥그릇을 마주 대하면서 오늘 하루는 어떻게 해야 할 것인가를 생각해야 할 때, 당신은 무슨 생각을 할 수 있을까요?

첫눈에 반해 사랑을 시작하고, 아침부터 저녁까지 온통 당신만을 생각하고, 온몸을 다 바쳐 아낌없이 사랑을 나누고, 모든 기쁨을 함께 나누고, 모든 기억이 그대로 채워진 그러한 사람이, 어느 날 갑자기 당신을 떠난다고 할 때, 더 나은 상대를 만나 사랑하게 되어 어쩔 수 없다고 할 때, 당신은 제 정신일 수 있을까요? 붙들어도 한번 떠난 마음은 돌이킬 수 없는 것, 잊으려 애써도 더욱 집념에 빠지는 자기를 발견할 때, 당신은 어떻게 하겠습니까?

나이를 먹으면서 허전한 마음이 자주 들고 나에게도 이제 종교가 필요할 것 같아 가까운 사람의 권유를 받아 나가게 된 교회, 열심히 일요일을 지키고 성경을 읽으려 노력하지만, 삼위일체니 부활이니 하는 말들이 무언가 사리에 맞지 않는 것 같고, 목사의 설교를 들으면 그 이면에 교회에 돈 많이 갖다 바치라는 의도가 깔려 있는 것 같고, 기도는 정말 누가 듣기나 하나 의심이 들면서 형식이 되고, 이웃 사랑이란 그저 지하철에서 구걸하는 불구자에게 건네는 동전 정도로 자위하고, 그렇게 형식적인 종교 생활이 이마저도 하지 않는 것보다는 조금 나은 것일까요.

사랑하던 사람은 어느 날 예고 없이 먼저 이 세상을 떠나고, 일주일에 한 번쯤 걸려오던 딸아이의 안부 전화는 한 달을 넘기기가 예사이고, 혼자서 끓여먹는 밥은 제때를 찾기가 힘들고, 안개 속에 하염없이 내리는 빗줄기를 혼자서 멍하니 쳐다보게 되었을 때, 그대는 인생이 어떻게 받아들여질까요? 어느 누구도 그렇게 되지 않는다는 보장이라도 있는 걸까요? 인생은 아무리 어려워도 피할 수 없는 것이고, 아무리 아픈 마음도 시간이 지나면 나아지게 되어 있습니다. 누구나 빈손으로 혼자 떠나는 게 인생이려니 생각하면, 인생을 그렇게 애달파할 것도 아닌지 모릅니다.

좋은 자동차도 새 집도 몇 개월만 지나면 그저 그런 것이 되고, 사랑하는 사람도 그저 혼자 살기 힘드니 같이 사는 것이고, 부모는 좀 잘 보여서 유산이나 좀 더 돌아오게 할 수 없나 쳐다보는 대상이 되고, 자식은 머리가 커서 세대 차이로 대화도 되지 않고, 손자라도 자주 보고 싶은데 애 버릇없어진다고 가까이하게 하지도 못하고, 친구들은 고집들이 세어져 만나면 다투기 일색이고, 그렇게 보내는 세월의 인생에 어디 아름다움이 있을 수 있단 말인가요.

보기 흉한 늙어진 얼굴과 생기 없는 몸매만 남았을 때, 인생 어디에 인생을 찬양할 아름다움이 있을 수 있단 말인가요. 어쩌면 한때 순간적인 착각에 빠져 인생을 아름답다고 보고 있는지도 모릅니다.

누가 인생을 아름답다고 말하는가요.

2006년 6월 26일

(창 밖에 비가 내리니 쓸쓸한 마음이 들어 우리 생활 속에서, 우리 주위에서 있을 수 있는 부정적인 면을 한번 생각해보았습니다. 부정을 이겨야 긍정이 나타날 테니까요.)

성품존재(personality)의 탄생

『유란시아』의 설명 가운데 인간 자체와 관련된 사항의 핵심 요소는 성품존재(personality)와 생각 조율자(Thought Adjuster)의 개념 도입입니다. 『유란시아』에서 말하는 생각 조율자를 간단하게 설명하면, 인간이 약 5세 경 처음으로 도덕적 판단을 하게 되면, 영적 세계에서 인간에게 주어지는 하나님의 한 분신, 조그만 한 조각이 생각 조율자이며, 이 존재가 인간 안에 함께 있으면서 인간의 영적 성장을 위해 소리 없이 도와준다는 것입니다. 그리하여 인간이 어느 수준 이상 성숙해지면 인간과 하나로 융합해 파라다이스로 향하게 됩니다. 그러나 성품존재의 경우는, 특히 성품존재의 탄생 및 출처에 대해서는 책에 자세한 설명이 나와 있지 않은 것으로 보입니다. 따라서 번역자뿐 아니라 대부분의 독자들이 일반적으로 잘 알지 못하있는 것으로 알고 있습니다.

그러나 5-6장인 "성품의 하나님" 편을 번역하면서 성품존재의 출생에 대한 내용이 어느 정도 나타나 있는 것으로 보여서 이를 이해하는 기회를 갖게 되었습니다. 5-6장 세 번째 문장에 다음과 같은 설명이 나옵니다.

"성품존재란 자기 자신을 의식하는 조그만 존재로부터 **하나님**을 의식하는 큰 존재에 이르기까지, 마음 특성과 자질을 가진 모든 생명 창조물 안에 잠재적으로 있다. 그러나 마음 특성 자질 그것만으로, 또한 영이나 물리적 에너지만으로 성품존재가 되지 않는다. 성품존재는 **아버지 하나님** 혼자에 의해서 물질·마음·영의 에너지가 서로 결합하고 협력하는 이들 생명조직 체계(즉 신체) 위에 주어진, 우주적 실체 안에 있는 바로 그 성질이며 가치이다. 성품존재는 결코 진보에 의해서 얻어지는 것이 아니다. 성품존재는 물질적이거나 영적일 수는 있지만, 그러나 그들 어디에도 성품이 없으며 성품존재가 아니다. **파라다이스 아버지**의 직접적인 행위에 의한 것을 제외하고는, 성품 아닌 다른 어떤 것도 결코 성품 수준을 얻을 수 없다.

성품을 주는 것은 **우주 아버지**가 상대적이며 창조적 의식이라는 특성과 그에 따른 자유의지의 통제력을 부여하는 것, 즉 살아 있는 에너지 조직 체계(신체)를 성품화하는 것으로, 이는 **우주 아버지**의 독점적인 기능이다."

위의 설명에 의하면, 자기 자신을 인식하는 마음을 가진 생명체 안에 성품존재가 될 수 있는 가능성, 잠재성이 있다는 것입니다. 다음 줄에서 더욱 자세히 설명됩니다. 성품은 이들 생명체가 가지고 있는 생명 체계(living system), 즉 인간의 신체 위에 내려주는 어떤 성질(quality)이며 가치(value)라는 것입니다. 즉 이 말은 자기 자신을 인식하는 수준 이상의 생명체가 생기면 자동적으로 주어지는 어떤 성질, 가치가 성품이라는 것입니다. 바꿔 말하면, 성품존재는 생각 조율자처럼 인간이 도덕성을 판단하는 어느 수준에 오르면 외부로부터 인간에게 오는 것이 아니고, 인간이 어느 수준의 생명 체제를 가지게 되면 원천적으로 만들어진 하나님의 설계에 의해 자동적으로 조성, 탄생하게 되어 있다는 것으로 이해됩니다. 그러면서 이 성질, 가치는 다른 곳으로부터 오는 것이 아니라, 바로 우주적 실체(cosmic reality) 안에 있는 것이라고 말합니다. 이 경우의 실체는 우주에 모습을 나타낸 존재인 생명체를 의미하는 것으로도 해석할 수 있습니다.

이러한 이해가 옳다면, 성품존재의 출생에 관련된 여러 가지 의문점이 풀리는 듯합니다. 즉 왜 종족에 따라, 지역에 따라, 부모에 따라, 유사한 성품을 가진 인간이 태어나는가. 왜 얼굴 모습이 비슷하면 성품도 비슷하고, 따라서 일란성 쌍둥이는 거의 같은 성품을 가지고 태어나는가 하는 문제들이 이해되게 됩니다. 나아가 그 다음 문장에서 성품존재를 가진다는 것은 인간 생명 에너지 체제가, 즉 인간 자아의식이 상대적이며 창조적인 능력을 갖게 되고(이 말은 인간의 의식작용 특성 중 가장 대표적인 것인 두 가지, 즉 인간의 모든 관계에서 상대적인 점, 그리고 인간이 가지고 있는 창조적인 능력을 지적해 말하는 것으로 이해됨), 이에 수반해 자유의지를 행사하고 자제할 수 있는 기능을 가지게 되는 것, 곧 성품을 가진 존재로 만드는 것, 성품존재화하는 것으로 설명하고 있습니다. 짧은 문장이지만 많은 내용을 함축하고 있어 더 깊은 이해가 쉽지 않습니다.

여기에서 분명히 말하고 있습니다. 즉 성품존재화하는 것은 하나님이 하는 고유한 기능, 작용(function), 다시 말하면 임의로 하는 것이 아니라 어떤 질서에 따라 조건이 갖춰지면 자동으로 작동하는 것이라는 설명입니다. 영어에서 function이란 단어는 기본적으로 기계가 그 기능을 하거나 작동하는 것을 의미하며, 임의적으로 선택적으로 하는 행위에 대해서는 쓰지 않습니다.

이 간단한 문장에 의해 성품존재의 탄생에 대한 의문점이 다소 해소되어 기쁘게 생각합니다.

2006년 7월 12일

편견과 이해

세상살이란 참으로 묘하다는 생각이 듭니다.

어떤 한 사람이나 한 쪽의 생각이 치우쳐 있다고 비난하지만, 그 치우침이 다른 한 쪽의 동기가 되고, 그러므로 어떤 발전도 가져올 수 있기 때문입니다. 요즘 모임에만 가면 정권에 대한 비판과 아울러 우리나라 국군 작전권의 이양 문제에 대한 의견들이 분분합니다. 한 쪽은 북한 공산주의는 결코 한반도 적화통일을 포기하지 않을 것이며, 그러므로 조기이양은 나라를 위기에 몰아넣는 큰 실수라고 말하고, 다른 한 쪽은 북한은 러시아와 중국의 지원 없이는 전쟁을 일으킬 수 없는데, 현재는 그들이 지원할 생각이 없으므로 전쟁을 할 능력이 없어서 조기 이양해도 무방하다는 주장입니다.

역사는 어느 한 사상이나 정책이 그 방향의 정점에 이르면, 그 반대 방향과 부딪힌 후 새로운 방향으로 나아가곤 하는데 참 특이한 현상입니다. 제가 『유란시아』의 번역을 시도하게 된 동기도, 기존의 번역이 어느 한 쪽으로 치우쳐 있다고 생각되었기 때문입니다. 그런데 이는 결과적으로 저에게 더 깊은 공부를 할 기회를 주었기 때문에, 어쩌면 저는 개인적으로는 고마워해야 할지도 모릅니다.

인간의 오만과 편견이 영적 성장의 가장 큰 걸림돌이라고 합니다. 편견인 줄 알면 누가 그 편견을 고집할까요. 인간에겐 자기의 판단에 따른 고집과 편견을 버리지 못하는 것이 약점이며 장점일지도 모릅니다. 편견을 할 줄 알아야 자기의 주장과 의견이 형성되지만, 그러나 그것에 집착하면 편견이 되고 맙니다. 한편, 그 편견을 넘어설 때 그 편견의 깊이만큼 더 큰 영적 발전을 할 수 있기 때문에 때로는 편견이 발전의 밑거름이 되기도 합니다.

그러나 문제는 그 편견을 쉽게 극복하지 못하는 인간의 약점에 있습니다. 사람이 겸손해야 한다는 이유 중 하나도, 아마 자기의 편견을 깨달으려면 겸손하지 않고는 결코 알 수 없기 때문일 것입니다. 어제의 나의 생각과 판단이 오늘의 편견이 될 가능성이 언제나 있기 때문입니다.

세상살이 대부분의 분쟁과 투쟁, 갈등이 사람과 사람 사이의 의견의 차이, 편견에 그 원인을 두고 있습니다. 역으로 말하면, 대부분의 경우 인간이란 상대를 받아들이려는 겸손이 대단히 부족하며, 한편으로는 상대를 이해하려는 정신적 깊이가 그 문제를 넘어설 만큼 깊지 않기 때문입니다. 그래서 영적 성장이란 얼마나 상대를, 상대의 생각과 사정과 배경을 깊이 이해하느냐에 달려 있을 수도 있습니다. 영적 수준이란 어떤 의미에서는 인간이 얼마만큼 상대 또는 세상의 편견을 이해하느냐의 깊이에 달려 있는지도 모릅니다.

나 자신에게 묻습니다.

너는 얼마나 편견에서 벗어날 수 있느냐.

너는 얼마나 상대의 심정을 이해할 수 있느냐.

2006년 9월 3일

사주(四柱)와 성품

어제 한 TV 프로그램에서 재미난 내용을 보았습니다.

서울에 사는 한 청년과 충남 아산에 사는 또 다른 청년이 서로 이름과 생년월일이 같은 것입니다. 이들은 미니홈피 탐색을 통해 서로 알게 되었는데, 이를 알게 된 TV 제작진이 별도의 질문을 통해 알아본 결과, 다른 여러 가지 성격들도 같거나 비슷한 점을 발견한 것입니다. 이를 나열하면:

이름 및 성별: 이 일수. 남자(이름은 한자까지 같음)

생년월일: 1980년 2월 11일생

혈액 형: A형

종교: 기독교

성격: 외향적 성격 vs 쾌활한 성격

좋아하는 색: 어두운 색, 회색.

연인 이상형 배우: 김태희

족보: 전주 이씨, 양녕대군 17대손.

그러나 두 사람이 만나서 서로 확인한 결과 외모나 체격은 아주 달랐습니다. 확률학자에 따르면, 위와 같이 두 사람이 우선 이름과 생년월일이 서로 같을 확률은 415억분의 일로서, 이 같은 일이 발생하기란 아주 희소하다는 이론입니다. 그러나 여기에서 말하고자 하는 점은 그 희소성의 문제가 아니라, 그렇게 생년월일이 같은 두 사람이 왜 성격이 같으냐 하는 것입니다. 위의 상황에서 추론할 수 있는 사실은, 두 사람이 성격에 있어서 이렇게 너무나 같을 수밖에 없는 이유는, 그것이 결코 우연의 산물이 아니라, 같은 핏줄의 계통에서 같은 연월일에 태어났기 때문인 것으로밖에 이해할 수 없다는 것입니다.

이는 『유란시아』에서 설명하는 내용과 같이, 어떤 한 생명 구조가 탄생하면 그에게 즉각 성품이 형성되는 것으로, 이는 생각 조율자처럼 다른 영역에서 오는 것이 아니라, 그가 태어나는 모든 여건과 조건에 의해 자동적으로 형성되기 때문입니다. 이에 대해 일반적으로 『유란시아』 독자들은 성품이란 우주 아버지 하나님이 우리에게 직접 주는 것이며, 그것이 주어지는 절차에 대해서는 아직 명확히 밝혀지지 않은 신비 중의 하나라고만 말하고 있습니다. 이에 대해 저가 얼마 전의 글에서 쌍둥이가 비슷한 성격을 가진 사실의 예를 들면서, 성품이란 다른 곳에서 오는 것이 아니고 인간의 탄생과 함께 형성되는 것이라는 의견을 말한 바 있는데, 위의 사례, 즉 같은 혈통에다 사주(四柱) 중 태어난 시간을 제외한 연월일이 같은 두 사람의 경우 성격이 비슷한 점이 저의 이러한 생각이 근거 있음을 뒷받침해 주는 사례라고 생각됩니다.

그러면 왜 『유란시아』는 성품을 하나님이 직접 주는 것이라고 말하고 있을까요? 그 이유는 우리를 에워싸고 있는 물질적 우주도 바로 하나님이며 그 속에 하나님의 속성인 성품이 성품 이전의 성질로 있다가, 생명 구조체가 생겨나면 하나의 독립적 성품존재가 형성되도록 하나님이 설계해 놓았기 때문이며, 이 경우 성품이 하나님으로부터 주어진다는 설명이 옳은 것으로 이해됩니다. 이렇게 성품존재가 형성되면 성품 회로를 통해 다른 성품존재들과 서로 교류가 가능한 것으로 생각됩니다. 그러나 이러한 저의 설명과 이해는 아직 검증되지 않은 것임을 이해 바라며, 앞으로 서로의 노력에 의해 확인될 기회가 있기를 기대합니다.

2006년 9월 7일

'Rise Up Korea' 모임을 보면서…

어제 밤늦은 시간 서울 시청 앞 광장 가까이를 지나가게 되었습니다. 멀리 보이는 광장 마당 휘황한 불빛 조명 아래 요란한 마이크 소리와 함께 큰 집회가 열리고 있었습니다. 그러나 여느 모임과 달리 그 큰 마이크 소리는 기도 소리였습니다. 발길을 돌려 그 군중 속으로 가보았습니다. 이백 여 명은 됨 직한 하얀 옷을 입은 찬양대 위에는 "Rise Up Korea 9. 23"이라고 네온으로 대회 명칭이 씌어져 있었고, 무대에는 30, 40대 나이 정도의 강사가 기도와 설교를 연이어 하고 있었습니다.

놀라운 것은 광장에 가득 찬 사람들이 거의 10대와 20대의 젊은이라는 사실이었습니다. 목사의 설교를 넋 나간 듯이 들으면서, 두 팔을 하늘로 뻗고 몸을 흔들며 "하나님 아버지, 주님, 예수님"을 연이어 울부짖듯 외치고 있었습니다. 두세 명, 또는 십여 명씩 손을 잡아 고리를 만들어 눈을 감은 채 이웃을 위해, 세계를 위해 기도하고 모두에게 성령을 내려줄 것을 간절히 빌고 있었습니다. 이런 광경을 보면서 그들의 그 큰 열성의 파장으로, 잠깐 동안 내 온몸이 쩌릿쩌릿하면서 피부로 느껴지는 떨림을 어쩔 수 없었습니다.

착잡한 마음으로 그 자리에 오래 동안 머물렀습니다. 우리나라에 이렇게 많은 젊은이들이 신앙생활을 하고 있구나. 이렇게 간절한 심정으로 갈구하고 있구나. 세상 어디에 이런 현상이 쉽게 있을 수 있을까, 싶었습니다. 기도는, 갈구는, 간절한 심정은 서로의 마음이 울리면서 큰 파장의 진동을 이루고, 이는 어딘가에 반향의 작용을 일으키면서 그 영향과 결실을 이룰 것입니다. 그 결실이 어떤 것이든 우리 지구 인간 사회의 한 영역에 영향을 주면서, 이렇게 저렇게 일들을 만들면서 앞으로 나아갈 것입니다.

과거 중세 유럽 국가들은 몇 사람 지도자들의 이해관계가 얽히면서 광적인 기독교인을 앞세워 수많은 전쟁을 일으키고, 십자가의 깃발 아래 아프리카와 남미를 쳐 들어가 많은 피를 흘리게 하기도 했습니다. 그 당시는 그게 최선이었고 오늘 우리는 그들을 비난하지만, 그 일들의 잘잘못을 누가 쉽게 판단할 수 있을까요. 역사는 모든 요소들이 어울려 작은 물결과 큰 파도를 일으키면서 그렇게 앞으로 나아가는 것으로 보입니다.

광장 집회의 강사의 내용에 따르면, 어제와 같은 부흥 집회는 이 집회를 시작으로 곧 미국의 뉴욕, 시카고 등 몇 개 도시와 일본 태국 등 여러 나라에서 열릴 예정이라고 전했습니다. 우리나라의 기독교가 세계를 향해 뻗어 나가는 것입니다.

몇 년 전 업무 관계로 뉴질랜드의 한 작은 도시인 '팔머스턴 노스'라는 곳을 방문해 며칠 머문 적이 있습니다. 우연히 그곳에서 한 목사를 만나 십여 명의 교민이 함께하는 일요일 모임에 참석했습니다. 이런 오지에 한국의 목사가 있다는 점이 놀라웠습니다. 그 목사의 말에 따르면, 그는 서울의 한 교회에서 파견되었으며, 세계 곳곳에서 선교활동을 벌이는 숫자는 한국이 미국 다음으로 가장 많다는 사실이었습니다. 6.25의 처절한 전쟁으로 과거 수백 년간 조선이라는 나라를 통해 내려오던 기존 사상이 무너지고 난 후, 그 정신적 공백을 급속히 메운 기독교는 이제 한국인의 적극적인 성향에 의해 세계로 뻗어 나가고 있는 것입니다.

각 개인의 성품이 다르듯 그러한 성품의 인간이 집단을 이룬 한 국가의 성품도 제 각각 그 독특한 성격을 형성하게 마련입니다. 이러한 성격 중 한국인에게서 최근 발견되는 남다른 것은 깊은 신앙적 소질, 열성일 것입니다. 이러한 신앙적 소질과 열정이 한국이 현재 이루고 있는 인터넷 같은 뛰어난 통신 능력과 함께 어울린다면, 그리고 만약 『유란시아』
의 가르침이 진실이며, 이 진리를 한국의 젊은이가 접속하게 된다면, 가
까운 장래에 어떤 현상과 어떤 일이 전개될 수 있을까, 세계 속에서 한국
이 어떤 역할을 할 수 있지 않을까, 이 일요일 아침 잠깐 상상의 나래를
펼쳐 봅니다.

2006년 9월 24일

이 가을에 멀리

이 가을에 멀리 떠나갑니다.
들풀이 물결치는 언덕을 하염없이 걷습니다.
아무런 생각 없는 듯 깊은 고독에 젖어 마냥 거닐고 있습니다.

들꽃 향기를 맡으며 애절했던 순간들을 떠올리고,
이끼 낀 바위를 만지며 찬란했던 몸짓들을 되살립니다.
그러나 그것도 순간, 바람결에 모습들이 흩날립니다.

내가 떠나온 도시는 지금 어디를 향하고 있는가.
미친 듯이 마주 보는 눈길은 무슨 의미가 있는가.
하늘을 향해 부르짖는 기도는 무슨 가치가 있는가.

숨 쉬는 나 자신을 들여다봅니다.
바람결에 내 마음을 멀리 실어 보내려고
이 가을에 멀리 떠나고 싶습니다.

2006년 9월 27일

고달픈 우리네 인생

추석 명절이라고 많은 사람들이 모였다가 헤어집니다.

어떤 이는 즐거움으로, 어떤 이는 씁쓸한 마음으로, 또는 아쉬움으로, 아니면 더욱 상처를 받고 헤어지기도 합니다. 어떤 친척이 암에 걸렸다는 이야기와, 어떤 이는 안타깝게 일찍 돌아가셨다는 소식을 주고받습니다. 사람들은 조그만 일에(그러나 당하는 사람에겐 무엇보다 심각하지만) 웃고 울고 섭섭해 하거나 앙심을 품고 헤어집니다. 인간은 그렇게 감정을 쌓으며, 세월을 보내며 맞이합니다.

어떤 이는 일이 잘되지 않아 힘들어하고, 어떤 사람은 아이들 학원비 때문에 부부 사이에 말다툼을 하며, 어떤 사람은 가족과 있으면서도 어떻게 핑계를 대고 몰래 만나는 정부에게로 달려갈까 노심초사합니다. 어떤 친구는 자기가 좋아하는 야구 선수가 홈런을 날리지 못한다고 안타까워하며, 집안 어른에게 예의를 갖출 줄 모른다고 꾸중을 하고, 대통령이 정치를 못한다고 열을 올리고, 북한이 언젠가 일을 치를지 모른다며 두려움에 싸여 이민이라도 가야 한다고 열변을 토합니다. 이것이 우리네 인생, 인간의 길입니다.

한 사람은 '인생이란 무엇인가, 내가 무엇을 위해 사는가, 내가 해야 할 일이 무엇인가', 매일 자신에게 물어야 한다고 말하고, 다른 한 사람은 어차피 알 수 없는 답인데 그건 시간과 노력 낭비일 뿐 그냥 편하게 살면 된다고 주장합니다. 한 형제는 예수님을 믿고 천국에 같이 갈 것을 권유하며 이를 받아 주지 않는 형제에게 안타까움을 토로하며, 어떤 형제는 부모가 돌아가시면 재산을 어떻게 분배할 것인가 서로 신경을 곤두세우고 있습니다.

먹고 살아야 하고, 사랑을 찾아야 하고, 가족을 아껴야 하고, 돈을 벌어야 하고, 친구 또는 친척과 어울려야 하고, 병들까 걱정해야 하고, 늙어서 어떻게 죽을까 두려워해야 하는, 그것이 우리네 인생입니다.

그러면 이러한 인생살이에서 나는 어떤 존재일까요. 인생을 이해하고, 가야 할 길을 알고, 어떤 존재가 되려고 노력하는 이 모든 것들이 정말 제대로 된 길인지 확신할 수 있을까요. 자기도 모르는 사이에 어떤 환상에 휩싸여 있는 것은 아닐까요.

떠들썩한 명절을 보내면서 한번 돌이켜 봅니다.

2006년 10월 7일

북한 핵이 주는 느낌과 생각

북한의 핵 실험으로 한국과 온 세상이 떠들썩합니다.

이를 계기로 한두 가지 생각과 느낌이 떠오릅니다.

인간의 얼굴 표정과 행동은 그 사람의 사고와 성품의 발현일 것입니다. TV나 신문의 사진에 나타나는 북한 김정일의 얼굴과 몸짓을 보면, 물질에 바탕을 둔 저급 인간의 전형적인 결정체로서, 이와 다른 정신적 또는 영적 가치와 의미를 조금도 고려하거나 추구해 보지 않은 듯한 인상의 느낌을 줍니다. 즉 사랑과 자비, 이해와 겸손, 양보와 배려 등 선과 덕에 바탕을 둔 미덕은 전혀 개의치 않고, 오직 기본적 생존을 위한 개인적 욕구와 욕망만을 추구한 1차적 동물의 누적만 느껴지는 것은 나만의 느낌이 아닐 것으로 생각합니다. (그러나 혹시 이러한 추정이 틀리고 그의 개인성이 보다 인간적이라면, 그리고 북한 인민을 생각하는 마음에서 우러나온 처사라는 것이 밝혀진다면, 아마 그때 개인적으로 미안함과 아울러 다른 이해를 가져야 할 것입니다.)

근본적으로 모든 물질은 그 내부 심성의 발현으로서, 우리는 이러한 질서를 주위에서 쉽게 체험하고 있습니다. 얼굴과 체형을 보면 그 사람의 직업, 성격, 인품을 느낄 수 있는 것은 아주 자연스러운 일일 것입니다. 자기의 얼굴을 보면 자기의 걸어온 과정을 알게 될 것이며, 나아가야 할 길을 알게 될 것입니다. 이런 의미에서 김정일의 종말은 철저한 물질 지향 존재가 어떻게 역사에 영향을 끼치고 그 결과가 어떻게 되는가를 보여 주는 사례가 되리라는 느낌이 들었습니다.

한편, 앞으로 만약 미국과 일본이 북한을 궁지에 몰아넣고 한국이 이에 동조하며 북한에 대해 등을 돌릴 경우, 북한이 핵 공격을 남쪽에 할 수도 있을 것입니다. 이럴 경우 우리는 어떻게 될까요. 죽을 수밖에 없을 것입니다. 발전 과정에 있는 인류에 있어서 소수 인간의 결정으로 다수가 혜택을 보거나 희생당하는 것은 어쩔 수 없는 사실임이 역사가 보여줍니다. 칭기즈칸, 나폴레옹, 히틀러 등 그들의 결정으로 인해 그 시대에 살았던 인류는 그 영향을 벗어날 수 없었던 것입니다. 마찬 가지로 김정일의 영향권 이내에 살아가는 우리들도 만약 그러한 사태가 발생한다면 피할 수 없는 사태가 올 것으로 생각합니다.

그러면 인간을 창조하고 다스리는 하늘은 무엇을 하는 곳이냐, 영적 세계란 무엇 하는 곳이냐고 반문을 제기할 수 있을 것입니다. 이에 대한 제 생각은 기본적으로는 이는 하늘하고는 무관한 일이 아닌가 하는 것입니다. 첫째는 모든 생명 존재의 기본 존재 이유는 '자유 의지'에 의해 자기의 길은 자기가 결정하는 것입니다. 이는 우주 안에 있는 성품을 지닌 모든 생명 존재의 기본적인 자질이며 생존 이유이기 때문에 변화의 여지가 없습니다.

그러면 창조물에 대한 행정적 다스림은 무슨 소용이 있느냐고 생각됩니다. 이 경우는 그 다스림의 대상이 문제일 것입니다. 제가 보기에는 이제 물질적 단계에서 겨우 벗어나는 인류는 영적 기준으로 볼 때 그렇게 중요하거나 어떤 가치를 가진 존재로 아직 되지 못했으므로 크게 다스림의 대상이 되지 않는 것으로 보입니다. 그러나 유란시아 생명을 이끌어가는 하늘 관리 측의 관점에서 볼 때, 어느 영역에 영적으로 가치가 있거나 진화 사업에 중요한 인물이 있을 경우는 당연히 어느 선에서 이들을 보호, 지도하려고 관여하리라 예상됩니다. 이는 다른 차원의 문제이므로 쉽게 판단하기 어려울 것입니다.

또 다른 고려 사항은, 이 지구 유란시아는 인간만을 위해 존재하는 것이 아니라 다른 차원에서 동시에 이곳을 바탕으로 존재하는 중도자나 다른 영적 존재들의 터전이기도 하기 때문에 그들 자신들을 위해서도 지구의 환경을 지키려는 노력이 있으리라 생각합니다. 하늘의 영적 관점에서 오늘 이 시점의 한국이 가치가 있다면, 아마 한국이 그러한 파경에 이르는 것을 피하게 도와주려고 애쓸지도 모릅니다. 그러나 궁극의 결과는 인간, 이 땅에 사는 인간의 선택이며 몫이지 하늘 세계의 탓은 아닐 것입니다.

인간의 고난과 죽음이 다른 관점으로 보면, 인간에게 절대적으로 없어야 하는 요소는 아닐 수도 있습니다. 한 사람, 한 사람의 영적 성장을 위한 노력만이 우리를 구하고 인류를 생존케 하는 근거가 될 것입니다.

2006년 10월 14일

인간의 조건

인간의 가장 큰 관심사는 경제적 · 사회적 성공, 이성에 대한 사랑의 만족, 철학적 · 종교적 안정 등, 이 세 가지로 요약할 수 있을 것입니다. 이들 세 가지에 대해 그 동기를 근거로 하여 볼 때, 경제 · 사회적 안정은 자기 생존을 위한 것이고, 이성에 대한 사랑은 대를 잇기 위한 번식의 본능이 발전한 것이며, 철학과 종교란 인간의 죽음에 대한 의문과 두려움에서 시작되어 그것이 변화, 발전, 미화된 것으로 짐작됩니다.

개체 생존을 위해서는 기본적으로 먹고, 입고, 잘 곳이 필요하며, 이를 위해서 돈이 필요하게 된 것이며, 또한 내일의 생존을 보장하기 위해 저축이 필요한 것이며, 이것이 발전해 경제적 · 사회적 성공을 추구하게 된 것입니다. 또한 생존과 더불어 본능으로 인간에게 주어진 성욕은 자기의 대를 이을 자식을 남기기 위한 것이며, 나아가 생존력이 더욱 강한 우수한 후손을 갖기 위해 보다 나은 이성을 구하고자 경쟁 상대를 물리치고 쟁취하기 위해 최선의 노력을 기울이는 것입니다. 이 본능이 발전해 애정과 사랑으로 미화되었으나, 그 바탕은 번식을 위한 교미가 목적일 것입니다. 인간의 예술과 문화를 장식하고 발전케 하는 원동력이 되는 사랑이란 것도 이렇게 미화된 성적 본능의 장식품일 것입니다.

한편, 모든 사건과 현상에 대한 이해를 요구하는 이성을 갖게 된 인간은 인간 자체의 원인과 결과에 대한 의문에서 철학적 사고가 발생했으며, 나아가 이것이 종교로 형성되었을 것입니다. 만약 인간에게 죽음이 없다면 종교도 철학도 존재할 가치가 없을 것입니다. 이 죽음의 문제가 인간의 한계와 제한에 대한 해결, 반발, 회피 등의 반응을 일으키게 해, 온갖 사상과 철학, 종교를 낳게 했을 것입니다. 이들 인간의 생존, 번식, 죽음에서 출발한 생활, 사랑, 종교가 서로 얽히고, 섞이면서, 인간관계가 형성되고 사회가 전개되고 역사가 만들어지고 있을 것입니다.

먹고 입을 것이 해결되면 생존의 걱정은 덜게 될 것이고, 후손을 얻고 성적 호르몬이 감소되면 이성에 대한 사랑도 당연히 줄어들 것이며, 죽음이 가까워지면 어쩔 수 없이 자기의 성격에 맞는 종교를 가지고 안주하려 할 것입니다.

인간은 그렇게 조건 지어져 있는 존재인 것입니다.

2006년 10월 21일

제 잘난 멋에 살다

인간은 제 잘난 멋에 삽니다.

참 특이합니다. 아무리 못 생기고 가진 것 없고 볼 품 없어도 제 못났다고 하는 사람 이 세상에 없습니다. 아무리 볼 품 없고 가난할지라도 다른 사람과 자기를 바꾸겠다고 희망하는 사람은 없습니다. 참으로 신기합니다. 자기가 별로 잘나지 않은 것처럼 보이려고 남 앞에 겸손한 척하는 것도 그 내면을 보면 제 잘난 것을 우회적으로 돋보이려 하는 고도의 수법에 지나지 않습니다. 부자가 되려는 것도, 얼굴 성형을 하는 것도, 국회의원이 되려는 것도 모두 제 잘난 것을 뽐내려고 몸부림치는 수단에 불과합니다. 이 성질은 인간이 본래적으로 타고 나는 것으로 어쩔 수 없습니다. 아마 잘 난 척해 보여야 상대로부터 대우를 받고, 나아가 이성으로부터 관심을 끌게 되어 좋은 상대를 얻으려는 본능을 달성할 수 있을 것을 잠재적으로 알기 때문일 것입니다.

이러한 성품이 인간에게만 있을까요? 동물은 우선 살아남아야 하는 생존 자체에 초점이 맞추어져 있으므로 자기 과시까지는 아직 생각하지 못하고 있을 것입니다. 그러나 생존의 걱정을 하지 않아도 될 정도의 편한 위치에 있는 동물들, 예를 들어 여성들의 사랑을 한껏 받아 온갖 치장을 하고 편안히 지내는 강아지들은 차원이 낮지만 멋을 부리며 이를 즐기는 것 같은 느낌이 들기도 해, 이 본성이 꼭 인간에게만 국한된 것이 아닌지도 모릅니다.

그러면 물욕을 버리고 모든 욕심을 버리고 도의 길을 걸으면 자기 과시욕에서 벗어 날 수 있을까요? 부정적인 생각이 듭니다. '산은 산이요, 물은 물이다.' 라고 갈파한 분도 그렇게 이 과시욕에서 크게 벗어난 것 같지 않아 보였습니다. 그런 경지에 이르렀다면, 아마 그런 말을 하기보다는 다른 말을 했거나 아예 하지 않았을 것입니다.

금 지팡이를 든 교황은 어떨까요? 마찬가지란 느낌이 듭니다. 휘황찬란한 망토를 두르고, 콧대 높은 시종들을 거느리고, 엄숙한 표정으로 알아듣지도 못하는 라틴어를 되뇌는 자세를 보아서는, 그분도 제 잘났다는 멋과 맛에 취해 있지 않나 하는 생각을 저버리기 힘이 듭니다. 그러나 비록 비천한 모습으로 구걸은 하면서도 제 잘난 멋을 가지고 있지 않다면, 그때는 또 어떻게 될까요? 별로 살맛이 없어지며 의욕을 점점 잃어 시들어갈 것입니다. 어쩌면, 제 잘난 멋으로 사는 것이, 멋을 내려고 발버둥치는 것이 모든 인간, 인생의 원동력이 되는지도 모릅니다.

그러나 그 위에 그 다른 무엇이 있을 듯한데….

일단 제 잘난 멋과 맛에 살아 봅시다.

2006년 10월 25일

죄와 악

인간에게 왜 '악'이 있으며, 그에 따른 '죄'가 왜 발생하는가는 종교와 철학에 있어서 기본적인 의문과 질문들 중의 하나입니다. 특히 하나님이 만물을 창조했으며 모든 것의 근원이라고 믿는 기독교의 교리에 대해, 악의 존재도 하나님이 책임을 져야 하지 않느냐는 반론을 흔히 제기합니다. 이에 대한 대답은 대단히 궁색한 편입니다. 또 한 가지 특이한 점은,

자연과 동물에게는 악이 존재하지 않으나 인간에게, 나아가 영적 세계에도 악이 존재한다는 사실입니다. 이러한 악과 죄에 대한 원인과 해석을 『유란시아』에서 자세히 설명하고 있습니다. 이러한 설명과 비슷한 이론이 종전에도 있었던 것으로 알고 있으나 이 책에서처럼 자신감 있게 설명해 이해를 시키지 못했기 때문에, 이 책의 설명이 더욱 돋보입니다.

　죄와 악에 관련된 대표적인 설명을 『유란시아』에서 아래와 같이 간추렸습니다.

　(2:6.8) **하나님**은 죄는 미워하나 죄인은 사랑한다. 죄는 사람이 아니다. **하나님**은 비록 죄인일지라도, 그가 영원할 수 있는 가능성이 있는 성품을 가진 실체이기 때문에 그를 사랑한다. **하나님**은 죄가 영적인 실체가 아니기 때문에 그에 대해서 아무런 개인적인 감정이 없다. 죄는 성품이 아니기 때문에 정의의 **하나님**은 단지 그것의 존재만 인지할 뿐이다. **하나님**의 사랑은 죄인을 구하며, **하나님**의 법은 죄를 파멸시킨다.

　(3:5.15) 다만 인간의 의지가 심각한 비도덕적 판단을 의식적으로 인정하고, 이를 알면서 받아들였을 때, 잘못된 판단(악)의 가능성이 죄가 된다.

　(54:0.2) **하나님**은 악을 창조하거나 죄와 반란을 허용하지 않는다. 악의 가능성은 의미와 가치의 완전한 수준이 아닌 다른 낮은 수준에서 일어나는 우주의 시간적인 존재인 것이다. 죄는 선과 악을 선택할 능력을 가진 불완전한 존재가 있는 모든 영역에 잠재적으로 있는 것이다.

　진리와 비진리, 사실과 거짓이 상충적으로 존재함이 실수와 잘못의 가능성이 있게 하는 것이다. 악의 고의적인 선택이 죄를 이루며, 진리를 의도적으로 반대함이 잘못을 낳으며, 죄와 잘못을 완고하게 추구함이 죄악인 것이다.

(54:2.5) 자유의지는 죄의 가능성을 가지고 있다. 자유의지는 상징적 이상이거나 단순한 철학적 개념이 아니며−그것은 우주의 실체이다. 우주의 어느 누구도 한 개인으로부터 이러한 *하나님*에게서 주어진 자유를 빼앗을 수 없다.

(54:6.4) 만약 당신이 다른 사람의 잘못의 결과로 고통을 받는다면, 그 것은 일시적 시련에 따른 과정적 고통에 불과할 뿐이지, *파라다이스*로 향한 영원의 길에 해가 되는 것은 아니다.

(67:1.3) 우주적 관점에서 보면, 죄란 우주 실체에 대해 의식적으로 저 항하는 개인의 태도이다. 잘못이나 실수란 실체에 대한 잘못된 개념이 나 왜곡으로 볼 수 있을 것이다. 악이란 우주의 실체에 대해서 일부분만 이해하거나 잘못된 판단을 하는 것이다.

(89:0.1) 원시인들은 영들에 대해서 빚이 있는 존재이며, 이를 갚아야 한다고 보았습니다. 시간이 지나면서 이 개념이 죄와 구원의 교리로 발 전했다. 영혼은 그 죄과로 이 세상에 원죄를 가지고 오는 것으로 보았습 니다.

(89:10.2) 죄는 *신성품*에 대한 의도적인 불충성심, 불성실로 다시 정 의되어져야 한다. 불성실성에도 정도가 있다. 우유부단함은 부분적인

성실함이며, 갈등은 성실성이 나누어진 것이며, 무관심은 성실함이 죽어가는 것이며, **하나님**이 없는 높은 이상에 헌신을 보이는 것은 성실성의 사망이다.

죄책감을 느끼는 것은 사회적 관습을 위반한 것을 의식하는 것이다. 그것을 죄라고 할 수 없다. 신성품에 대해 의식적으로 불충하지 않는 한, 참다운 죄가 되지 않는다.

(103:4.3) 죄책감을 느끼는 것은 영적인 소통이 중단되거나 그 사람의 도덕적 이상을 낮춤으로부터 온다. 이러한 잘못된 고통의 상황에서 구원받는 길은 오직 도덕적으로 아무리 높은 이상이라도 **하나님**의 뜻과 꼭 같은 것이 아니라는 것을 깨달음에서 온다. 인간은 자기의 가장 높은 도덕적 수준에서 살기를 희망해서는 안 되며, **하나님**을 발견하고 더욱 그와 같이 되기를 목적함에 참다움이 있다.

(111:6.3) 죄의 문제는 유한한 세상에 인간 자신이 존재하기 때문이 아니다. 유한하다는 사실이 악하거나 죄스러운 것은 아니다. 유한한 세상은 **하나님 아들들**의 창조물로서 틀림없이 선하다. 죄와 악의 근원이 되는 것은 유한한 것을 잘못 사용하거나 왜곡 또는 남용하는 데 있다.

(118:7.4) 공간의 조건 아래 시간 안에 있는 죄는 유한한 의지가 나타내는 일시적 자유―심지어 방종임을 뚜렷이 증명한다. 죄란 다른 존재에 대해 상대적으로 의지라는 특권을 가진 성품존재들이 그것이 주는 자유라는 것에 현혹되어, 이 자유가 우주의 시민이 되기 위한 지고의 의무이며 책임인 것을 알아보지 못하는 미성숙이라고 말할 수 있다. 유한한 세

계에서의 죄악이란 ***하나님***과 아직 하나로 되지 않은 모든 자아들이 보여주는 지나가는 일시적인 실체인 것이다.

(188:5.3) 지저스는 인간에 대한 개인적인 사랑의 능력으로 죄와 악의 힘을 깨칠 수 있었다. 아름다운 신성한 사랑이 인간의 마음에 완전히 받아들여졌을 때, 죄의 유혹과 악의 힘을 영원히 물리칠 수 있을 것이다.

위의 설명에서 몇 가지 특기할 점은,

죄란 이 유한한 세상에 존재하는 일시적이고 과정적인 현상의 것.

죄란 선택의 자유가 주어진 의지를 가진 존재에게는 그 발전 과정에서 발생할 수 있는 것. 악을 고의적으로 의도적으로 계속 택하는 것이 죄라는 것.

일반적인 도덕적 가치나 사회적 관습을 어기는 것이 죄가 아니며, 하나님이 본래적으로 가지고 있는 성품, 우주를 창조하면서 제시한 지선의 방향과 목적을 거슬러 반대로 나아감이 죄가 된다는 것.

우주 실체(universe reality)는 신의 성품이며, 이에 반하거나 이를 잘못 이해하거나 이에 대해 성실하지 못함이 죄가 됨. 실체란 물질이나 영적인 단계를 넘어선 의미와 가치의 영역으로서 자유의지도 이 영역에 속하며, 자유의지는 어느 누구도 침해할 수 없는 것. (* 이 책에서 사용되는 '실체'라는 용어의 의미는 정확히 이해하기가 쉽지 않습니다. '실체'가 의미하는 수준과 차원은 제 각각 자기의 수준에 알맞게 이해할 수밖에 없으며, 이는 우리의 성장에 따라 그 이해가 점점 깊어질 것으로 예상합니다.)

다른 존재가 행한 악으로 어떤 개인이 피해를 입을 수 있으나, 이것을 우주의 먼 성장 여정의 관점에서 볼 때 결코 잘못된 것이나 피해를 준 것으로 볼 수 없다는 점.

위와 같이 『유란시아』가 밝히는 죄와 악에 대한 내용은 종전의 주의 주장과 비교할 때 상당히 획기적이며 새로운 해석입니다. 인간의 자유의지와 과정적 유한성을 고려할 때 가장 합리적인 설명으로서 이를 수긍하지 않을 이유를 찾기 어렵습니다.

위에 요약한 설명이 『유란시아』가 말하는 죄와 악에 대한 이해에 도움이 되기를 바랍니다.

2006년 10월 30일

어려운 고난의 길, 이해심과 이타심

사람은 자기 주위, 다른 사람들의 행동을 보면서 반성하고 배웁니다.

지난 며칠간 여러 가까운 사람들과, 그리고 어린 두 남매를 동반한 가족과 함께 지낼 시간이 있었습니다. 처음 보게 된 이들 두 남매가 조그만 것에도 서로 양보하지 않고 심하게 다투는 것을 보면서 인간의 시작은 저렇게 출발했구나 하는 생각이 들었습니다. 또한 나이 든 몇몇 분들은 하나같이 건강에 좋은 음식 이야기를 온통 화제의 전부로 삼았습니다. 맛있는 음식이 나오면 눈치껏 먼저 먹으려고 젓가락질이 빨리 움직였습니다. 어린아이는 누나나 동생을 위한 양보는 있을 수 없는 일이며, 한두 사람 나이든 분은 다른 일행을 위해 남겨 놓는 배려를 안중에도 하지 않았습니다.

인간은 동물에서 출발해 인간으로, 그리고 신의 경지인 신선으로 향해 나아가는지도 모릅니다. 이런 관점에서 보면, 우선 제 몸을 지키려는 인간의 동물적 본능과 욕구는 당연할 것입니다. 왜냐하면 인간의 정신을 담을 그릇이 아주 중요하기 때문일 것입니다. 그러나 그 그릇은 오랫동안 쓰면 아무래도 흠이 가게 마련이며, 따라서 그 내용물을 다 먹을 때까지 그 그릇이 깨어지지 않을 정도이면 될 것이지, 그 안에 담을 내용은 생각하지 않고 좋은 그릇 큰 그릇으로 너무 욕심내는 것은 궁극의 목적으로 보면 바람직하다고 볼 수 없을 것입니다.

이런 관점에서 인간은 이기심-이기주의에서 출발해 이해심의 성장과 확장을 거쳐 이타주의, 남을 먼저 생각하는 정신적 수준에 이르는 발전의 단계를 거쳐야 하는 존재로 생각됩니다. 오늘날 우리 인간 수준은 육체의 발전과 생활의 편리를 위한 이기주의를 꽃 피우는 단계는 어느 정도 이루었으나, 남의 입장과 사정을 이해하는 것은 아직 많이 부족합니다. 상대편이 부당하게 나올 경우 이를 어떻게 대처하느냐는 아주 어려운 문제입니다. 상대에 대항해 과감히 부딪쳐야 할 때도 있을 것이며, 또는 그의 위치와 심정을 이해하고 양보할 수도 있을 것이며, 나아가 그것을 시정시켜 줄 수 있는 계기를 마련해 줄 수도 있을 것입니다.

우리의 현실은 이제 겨우 이해심을 넓히는 정신적 수준 단계에 와 있는 것 같습니다. 그 다음 단계인 남을 돕는 수준은 이해의 경지를 터득한 후 이타의 경지에 다다랐을 경우 가능할 것입니다. 남을 돕는 것이 평등을 이루고 질서를 찾는 것이며, 궁극적으로 자기를 돕는 일이란 것을 깨닫게 될 때 자연스럽게 행동으로 나타날 것입니다.

지저스의 가르침, "이웃을 네 몸처럼 사랑하라", 이것은 우리들에게 현재의 시점에는 현실적이지 않게 보입니다. 그러나 남을 사랑하지는 못할지라도 평등하게 대하고, 나아가 조금 양보하고 조금 더 위하는 마음을 가질 때 마음의 기쁨이 생기며, 서로 사이의 부족함을 메울 수 있고 개인과 사회의 발전을 위한 원동력이 될 것입니다.

일차적, 기본적인 인류 진화의 목적은 이타주의(altruism)의 실현에 있을 것입니다. 아프리카에서 의술과 사랑으로 이를 실천한 의사 슈바이처, 가장 어려운 고난의 자리에서 이를 몸으로 보여준 인도의 간디 같은 분들은 그 시점 현실에는 맞지 않았던 존재였을지 모르지만, 인간이 추구해야 할 정신적 가치를 보여준 상징적인 인물들로 보입니다.

이를 머리로 알기는 쉬우나 마음으로 깨닫고 실천하기는 너무나 어렵고 힘든 것임을 우리는 알고 있습니다. 그러나 조금씩 노력하면 언젠가 우리 곁에 와 있을 날이 있을 것입니다.

2006년 11월 30일

우리가 완전을 추구하는 것은 허황된 꿈일까요

우리는 조그만 일에 화를 내고 하찮은 실수를 쉽게 저지릅니다. 우리 인간이란 의례 실수를 하고 잘못을 저지르는 존재로 아예 치부하며 살아가고 있습니다. 인간이란 불완전하고 미성숙한 존재로 단정 짓고, 이에 대해 상대적으로 완전한 존재를 신으로 흔히들 가정하고 있습니다. 그러면서도 가상스러운 점은 우리는 매일의 생활에서 그런 대로 실수와 잘못을 고치려고 안간힘을 쓰고 있다는 사실입니다. 이런 관점에서 볼 때, 어떻게 보면 우리에게 완전을 향하는 마음이 우리 안에 있고, 완전을 이룰 가능성을 우리 속에 가지고 있을지도 모릅니다.

거울을 들여다볼 때도 우리는 자기 자신이 별 볼일 없이 못난 것을 알지 못합니다. 자기가 어긋난 행동을 할 때도 자신의 과오를 미처 모르는 경우가 더욱 많습니다. 이러한 점은 우리가 쉽게 남의 행동을 보고 못마땅해 한 경험이 많은 것으로 미루어 보아 나도 당연히 많은 실수를 저지르는 존재로서 그렇게 보였을 것은 당연한 것인데, 우리가 미처 깨닫지 못하기 때문일 것입니다. 그러나 자신의 약점을 모르는 것이 우리 인간의 타고난 허점이며 모순인지도 모릅니다. 그러면서도 인간이 이렇게 자신을 반성하려고 노력하는 것은 우리 안의 어딘가에 숨어 있는 완성을 이루려는 의욕의 충동질에 의한 것일까요, 아니면 단순히 좀 더 나아지려는 단순한 본능에 기인한 것일까요.

우주의 모든 것은 성장과 성숙의 본성을 그 자체 속에 가지고 있습니다. 새싹은 성장해 나무가 되고, 번데기는 허물을 벗고 나비가 되며, 어린 아이는 자라서 어른이 되도록 그 자체의 존재 안에 프로그래밍이 되어 있습니다. 마찬가지로 인간의 정신은 좀 더 아름다움과 선함을 추구하도록 자체 속에 그 속성을 가지고 유전적으로 태어 난 것입니다. 이는 참으로 신기한 현상입니다.

이러한 완성을 향한 인간의 속성을 이해하고 있으면서도, 대부분 이를 무시하고 이룰 수 없는 허망 된 꿈이라고 생각하고 포기하고 맙니다. 그러나 이러한 훌륭한 특성은 그냥 포기하기보다는 끝까지 한번 추구해 볼 만한 대상입니다. 이는 정말 인간이 가지고 있는 어느 속성보다 가장 뛰어난 성품인지도 모르기 때문입니다. 인간을 이 현세의 생명 존재로만 본다면, 완전을 추구하는 것이 허망된 목표이기에 잘못된 설정이라고 볼지 몰라도, 만약 내세를 인정하고 우주적 진화를 생각한다면, 이는 무엇보다도 비중을 두고 꾸준히 노력해야 할 당연한 자세일 것입니다.

우리 인간에게 완전이란 까마득한 먼 이야기입니다. 그것이 바로 신과 인간의 차이일 것입니다. 그러나 성장과 성숙의 본성을 받아들이는 인간에게는 한 걸음, 한 순간 노력하는 자세가 의미 있는 인생의 태도일 것입니다.

실수를 하고 넘어지면서도 오뚝이처럼 일어서려는 자세만이 우리의 존재를 확인시켜 주고 우리를 지탱하게 하는 가장 기본적인 본성일 것입니다.

2006년 12월 11일

미국 워싱턴 한국전쟁 참전용사 기념비. 오늘의 한국이 존재할 수 있게 한 것은, 그 동기가 무엇이었던, 한국 전쟁에서 미국이 많은 생명의 희생을 치러주었기 때문이다. 가장 치열하였던 전쟁 당시를 묘사한, 우비를 걸치고 작전을 벌이는 19명의 병사들 동상 앞에서면, 누구라도 그가 한국인이라면 숙연하지 않을 수 없다.

대리석으로 만든 기념비는 전쟁에 참가하였던 용사들의 여러 모습들을 비춰준다. 이 전쟁에서 치른 미국인의 희생은 전사 54,246명, 부상 103,284명, 실종 8,177명, 납치 7,140명으로 한국민족이 생존하는 한, 그 은혜는 영원히 잊지 못할 것이다. 북한 주민들도 언젠가 남한의 민주화와 경제발전의 혜택을 받을 것이기 때문에, 결국 그들도 미국의 헌신에 감사를 하여야 할 것이다.

중국 운남성 오지 고원지대에 있는 이상향 상그리라(Sangrila). 그곳을 감싸고 있는 산들은 서기(瑞氣)가 넘치는 듯, 마음을 경건하게 한다.

상그리라 어느 호숫가, 인적이 없는 풀숲에 숨어있다가 얼굴을 보인 들꽃. 이 꽃의 신비한 옥색은 언제나 내 마음에 살아있다. 어찌하여 조그만 하나의 들꽃이 깊은 혼을 머금고 있는 것일까.

미국 유타주 Navajo National Monument. 돌기둥이 땅 위로 돌출한 것인지, 주위의 흙이 사라지고 돌기둥만 남은 것인지. 돌기둥만 남고 흙이 사라졌다면, 그 많은 분량의 흙은 다 어디로 갔는지. 그저 황당할 뿐이다. 자연의 신비는 인간의 이해 너머에 있다.

황량한 들판을 차로 달리면, 멀리서부터 돌기둥들이 가까이로 다가온다. 앞에 보이는 사각 건물은 나바호 인디언들이 토산품을 파는 곳. 손님은 별로 없으니, 정부 지원금으로 생활한다.

미국 중부 유타주, Arches Valley에 있는 Delicate Arch. 사암층이 오랜 세월동안 비바람에 씻기고 뜯기어 만들어진 자연의 작품. 어떻게 둥그런 모양의 돌만 남아있을 수 있었을까. 무엇이 이 모양의 돌만 응집하여 남아있게 하는 걸까. 그 아치 아래에 서면 저절로 큰 진동의 중심에 서있는 듯한 느낌을 준다. 사진에서 흰옷을 입은 조그만 모습이 필자이니, 돌 아치가 얼마나 거대한가 비교하여 짐작할 수 있다.

미국 그랜드 캐년 골짜기 아래 있는 콜로라도강 계곡 위 언덕. 황량한 들판에서 생존하는 까마귀 두 마리. 살아남으려는 강한 힘이 넘쳐흐른다.

제2장

2007년

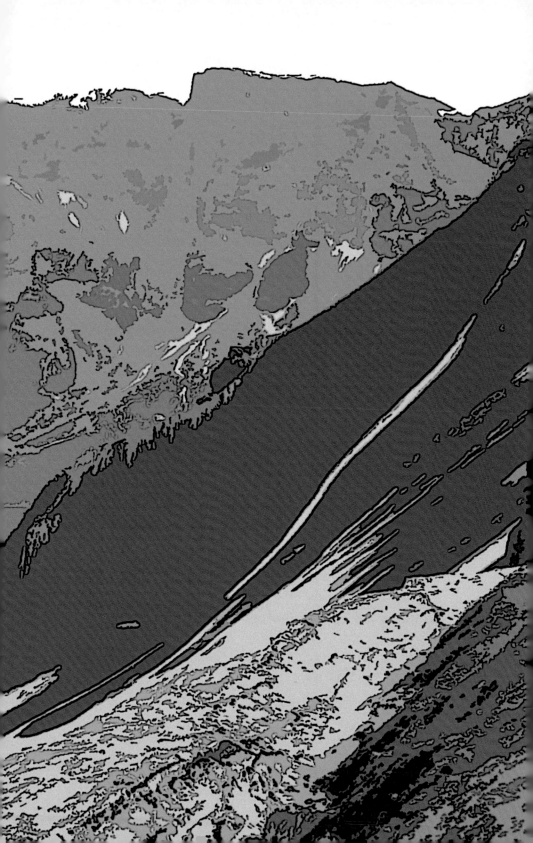

영적 성장의 열매

새해를 맞이합니다.

떠오르는 해는 어제나 오늘이나 변함이 없으나, 이를 맞이하는 인간의 마음이 새해를 만들고 새로운 마음가짐을 기원하기도 합니다.

『유란시아』의 가르침을 받아들이는 생활이 무엇이냐고 질문들을 합니다. '하나님의 뜻'을 좇아 살아가는 생활이 무엇이냐고 묻기도 합니다. 이 유란시아 지구 행성에서 알 수 있는 하나님의 본보기는 예수였으며, 그분의 가르침이 곧 하나님의 말씀일 것입니다. 지저스의 말씀 중 그분이 이 땅에 오신 목적은 모든 인간은 하나님의 자식이 될 자격이 있음을 알리는 것이며, 자식이 되기 위해서는 영적인 인간이 되어야 하며, 영적인 인간이 되기 위해서는 동료 인간들에게 사랑을 베푸는 생활 속에서 '영의 열매'를 나타내 보여야 한다고 강조했습니다. (『유란시아』, 193:2.2)

이에 대한 구체적 설명으로, 영이 성장해 얻게 되는 '신성한 영의 열매'는 영적으로 태어난 인간이 하나님을 알아가는 생활 속에서 형성된다고 설명합니다. 이러한 생활을 통해 얻게 되는 영적 열매로서 지저스는 다음 열한 가지 덕목을 열거했습니다.

신성한 영의 열매(the fruits of divine spirit)

−사랑을 베푸는 생활(loving service)
−이기심이 없는 헌신의 정신(unselfish devotion)
−용기를 갖춘 충의의 정신(courageous loyalty)

-진지하게 편견 없는 공평의 정신(sincere fairness)

-깨달음을 바탕으로 한 정직성(enlightened honesty)

-결코 사그라지지 않는 희망의 정신(undying hope)

-단호히 신뢰하는 마음(confiding trust)

-자비로운 마음으로 베푸는 봉사(merciful ministry)

-한없이 선한 마음(unfailing goodness)

-용서를 행하는 참을성(forgiving tolerance)

-꾸준히 지속되는 평화의 마음(enduring peace)

위의 이야기는 결과적으로 우리가 흔히 말하는 "인간이 되라."는 의미와 같습니다.

성숙한 인간이 되기 위해, 위의 목록을 보면, 우리 생활 속에서 무엇을 지향해야 하며, 따라서 어떤 행동을 하지 않아야 하는지가 자명해집니다. 아무리 지식이 높고 도덕적 생활을 하고 『유란시아』를 많이 읽었다고 해도 인간이 되지 않으면 아무런 소용이 없다는 것입니다. 말은 쉬워도 그것을 이루기는 너무나 어려움을 우리 모두 잘 알고 있습니다. 그러나 이를 깨닫고 생활 속에 조금씩 노력함으로써 진화와 진전을 얻을 수 있을 것입니다.

올해는 지난해보다 조금 더 나은 인간이 되도록 노력할 생각과 마음을 다짐합니다.

2007년 1월 1일

인간에게 필요한 9가지 정신

영적 성장을 위한 11가지 정신적 덕목을 1월 1일 실은 **지저스**의 가르침을 통해 알아본 적이 있습니다. 이와 연관된 글이 『유란시아』 3-5 "**아버지**의 지고의 법칙" 편에서 언급되었기에 이를 소개합니다.

인간의 생애에 있어서 모든 사건의 불확실성과 변화무쌍함이 인간에게 주어진 어쩔 수 없는 운명이며, 이를 극복하면서 인간은 영적으로 성장하고, 이를 위해 다음과 같은 정신적 덕목이 왜 요구되는가를 설명하고 있습니다. 책에 열거한 내용을 나름대로 조금 설명을 붙여 이해하려고 노력했습니다.

1. 용기: 용기란 인간이 자신의 의지로써 어떤 방향으로 나아가려는 강인한 성품을 말하는 것. 이는 그냥 주어지는 것이 아니며, 인간에게 주어진 어려운 환경을 견디어 이기어 나갈 때 형성되는 것이다. 그러므로 고난이나 어려운 환경은 나쁘다고만 말할 수 없는 것이다. 고난은 그것을 극복할 때 그 고난을 겪지 않은 것보다 더 큰 정신적 성장을 얻으며, 특히 보다 큰 용기의 정신을 갖게 되는 것이다.

2. 이타심: 인간은 이기적 존재인데, 이를 벗어나 나 아닌 타인의 이익을 존중하고 이를 위해 노력할 때, 크나큰 영적 성장이 이루어짐을 의미한다. 이는 우주의 창조 정신을 깨달은 바탕에서만 가능한 정신으로서 가장 높은 덕목 중의 하나일 것이다. 따라서 이타심의 정신을 깨우치려면 사회의 현상이 불공평과 불평등으로 이루어져야만 하며, 그 차이를 통해서 이타심이 발생하고 그 필요성을 깨달을 수 있는 계기가 형성

된다는 설명. 그러므로 진화를 위해서는 불평등의 세계가 어쩔 수 없이 요구된다는 이치.

3. 희망: 희망이란 아름답고 거룩한 미래가 있음을 기대하는 마음. 이는 현재의 상태가 안전하지 못하고 불확실해야만 주어지는 마음의 상태. 그러므로 이러한 갈등이 있고 주어져야만 희망의 정신을 얻을 수 있다는 설명.

4. 신념: 인간의 사고 행위 중 가장 뛰어난 것으로, 이는 인간이 자기 자신도 도저히 믿을 수 없는 곤경의 처지에서 이 믿음의 마음을 발견하게 된다는 말. 깊은 수렁의 곤경을 겪지 않고는 올바른 신념의 정신을 얻기 어렵다고 말하고 있어, 우리에게 얼마나 많은 또 다른 경지의 경험이 필요할지 예감케 함.

5. 진리의 추구: 진리에 대한 사랑과 그 사랑이 이끄는 곳으로 가려는 의지. 따라서 인간에게 실수가 있을 수 있고 잘못이 항상 가능한 세상에서 성장해야만 한다.

6. 이상주의: 이상주의란 신성한 하나님의 생각으로 나아가는 것. 따라서 인간은 상대적인 선함과 아름다움이 있는 환경, 더 나은 것에 대한 억누를 수 없는 발버둥의 자극으로 둘러싸인 곳에서 투쟁을 해야만 한다.

7. 충성심: 충성심이란 가장 높은 의무에 대한 헌신의 정신. 이러한 정

신의 배양을 위해서는 인간이 배신과 배척의 가능성 속에서 일을 해보아야 한다. 임무에 대한 헌신의 용기는 잘못될 가능성이 있는 일 속에 있는 것이다.

8. 비이기적 마음: 이는 자기를 잊어버리는 정신. 유한 생명 인간은 명예의 달성과 타인으로부터의 인정을 받기 위해 끊임없이 자기 자신 속에서 일어나는 욕망의 존재인, 피할 수 없는 자신을 바로 직면하면서 살아가야만 한다. 인간은 만약 자기중심적 인생을 버리지 못한다면 신성한 인생을 힘 있게 선택할 수 없다. 인간은 만약 선을 고양시키고 차별화하기 위해 이와 상대적으로 대비되는 악의 가능성이 없다면, 결코 올바름을 유지하려는 꾸준한 노력을 하지 않을 것이다.

9. 기쁨: 기쁨이란 만족에서 오는 행복. 인간은 아픔과 괴로움 같은 것들을 대신할 수 있는 것이 언제나 가능한 경험의 세상에서 살아야만 한다.

『유란시아』의 가르침은 기존의 가르침과 다른 점들이 많이 있지만, 위의 내용과 같이 우주와 인간에 대한 근본적인 관계를 파악하지 않고는 나올 수 없는, 인생에 대한 높은 철학적 설명이 있습니다. 왜 인생이 고난과 불평등과 괴로움으로 이루어져 있는가를 근본적이고 타당성 있게 인간과 연결 지어 설명하고 있습니다.

2007년 1월 8일

가슴속의 슬픔

인도 중부 도시 부사월(Busaval, 인도는 영어 알파벳 v를 우리의 w로 발음하는 경우가 많다. 갠지스 강으로 유명한 도시 와라나시[Varanasi]도 '와라나시'로 발음한다)의 기차역에서 오후 2시 30분 출발하기로 한 열차가 두 시간 연착한다더니 세 시간이 지나도 들어오지 않았습니다. 우리가 타려는 침대열차가 아닌, 값이 싼 일반 열차가 서는 플랫폼에는 기차를 기다리는 사람들이 이곳저곳 무리 지어 모여 앉아 있거나 길게 드러누운 사람들로 가득합니다. 이따금 곁에 다가와 손을 내밀어 칭얼대며 구걸하는 아이들과 온갖 음식들을 파는 장사꾼들 사이로 가끔 소들이 어슬렁 어슬렁 지나가면서 다양한 모습을 연출합니다. 열차가 들어오면, 자리를 잡으려고 남보다 먼저 객실에 들어가려는 다툼으로 승강장 입구는 마치 좁은 구멍으로 빠져나가려는 물고기 떼처럼 사람들이 매달려 엉겨 붙곤 합니다.

열차 선로 사이의 홈통은 버려진 쓰레기와 배설물이 모이는 곳이며 (기차가 정차 중에도 계속 화장실을 이용하기 때문), 이를 아랑곳하지 않고 덩치 큰 소와 염소, 개들이 이 쓰레기 더미를 뒤적이며 기웃거립니다. 배설물의 악취는 인도인들에게 아늑한 향기로 느껴지는지 그들의 태연한 모습들이 신기하기만 합니다.

인도는 기차가 주된 수송 수단으로서 전국을 원활히 연결하고 있으며, 열 시간 스무 시간, 이박삼일씩 가는 열차들을 흔히 볼 수 있습니다. 우리가 타는 기차도 부사월에서 목적지 와라나시까지 스물두 시간, 밤을 세워 가야 합니다.

2월 초, 유적 도시 와라나시는 힌두교 성인을 기리는 축제가 한창이었습니다. 저녁 시간 갠지스 강에서 벌이는 연꽃 모양 꽃불등잔 띄우기를 구경하려고 자전거가 이끄는 2인승 자전거 택시 릭샤에 올라탔습니다. 자전거는 이 골목 저 골목 축제 군중들을 피해 달리기 시작했습니다. 어느 골목에 이르자 하얀 짙은 안개 같은 연기로 앞을 쳐다 볼 수가 없었습니다. 바닥은 비닐 쓰레기가 그득히 쌓여 스펀지처럼 느껴지며, 온갖 쓰레기를 태운 매캐한 냄새는 마스크를 무용지물로 만들었습니다. 포연 속을 내달리는 전쟁터의 기분이었다고 할까요. "이 속을 매일 다니는 자전거 릭샤꾼은 어떠할까. 아 이런 곳에서도 사람이 살 수 있구나." 싶었습니다.

뉴델리 같은 대도시를 벗어나면 대부분의 도시는 쓰레기와 오물, 배설물의 천지로, 오물이나 폐기물 관리란 아예 문제의 대상이 되지 않는 듯싶었습니다. 집 사이의 공터는 쓰레기장이며, 마을 가까이 흐르는 개천은 비닐 쓰레기로 흐름이 막히고 있었지만, 누구도 이를 어찌할 수 없을 것 같았습니다. 길거리는 사람과 자전거, 오토바이, 릭샤, 삼륜차, 버스와 트럭, 소, 염소 등이 뒤엉켜 뒤범벅되고, 계속 서로 자신의 진행을 알리려는 경적소리는 온 도시를 소음의 도가니로 몰아넣었습니다. 그러나 아무도 이를 개의치 않고, 의외로 교통사고도 일어나지 않습니다. 무질서가 어울려 이들 사이 서로는 아무렇지도 않게 또 다른 차원의 질서를 만들어 내고 있다고 할까요.

이러한 현상과 광경을 보면서, 새삼 행정(administration)이 얼마나 중요한가를 깨닫게 되었습니다. 모든 모임, 집단, 사회, 인류에게도 이를 운영하는 행정체계가 어떠하냐에 따라서 그 집단의 환경과 앞날이 정해지는 것으로 보였습니다. 너무나 당연한 이러한 이야기도 그것의 가장 낮은 것을 보지 않고는 그 필요성, 중요성을 잊기 쉬운 것이 우리이기 때문일 것입니다.

『유란시아』에서도 지구 행성뿐 아니라 지역 우주, 대우주, 전체 우주
가 그 운영을 위해 조직과 기구가 필요하며, 이들의 원활한 행정이 어떻
게 진행되는가에 대해 언급하고 있음이 기억났습니다. 이번 인도 여행
의 경험이 개인적으로 이러한 행정의 중요성을 강조함에 대해 긍정적으
로 이해하는 계기를 갖게 해주었습니다.

더욱 놀라운 것은, 이러한 최고의 열악한 환경에서 생활하면서 이를
불평 없이 받아들이고 천진난만한 아름다운 표정을 짓는 대다수의 인도
인들의 얼굴이 너무나 존경스러웠습니다. 짜증을 내거나 싸우거나 불평
하는 사람을 볼 수 없었습니다. 역경을 그대로 받아들이고 긍정적으로
살아가는 자세, 구걸은 하되 도둑질은 하지 않는 마음, 가난은 하되 비굴
하지 않는 정신, 최악의 가난, 더러운 환경, 열악한 조건들을 가지고 있
으면서, 이를 묵묵히 받아들이는 생활은 하나의 도의 생활이 되지 않을
수 없을 것입니다.

그러나 마음 깊이, 가슴속으로 슬픔이 흘렀습니다.

2007년 2월 8일

바람직한 방향, 마음공부

가까운 친우 한 사람이 "과음을 하면 다음날 후회를 하면서도 이를 피
하기가 힘들다. 마음공부가 너무나 어렵다. 어떻게 해야 하나." 하고 자

문하는 것을 들었습니다. 사람이 어떻게 사는 게 옳은가 자문해 봅니다. 옳고 그름, 사람 사는 것의 판단은 그 사람의 가치 기준에 달려 있으므로 무어라고 말하기 힘듭니다. 가난한 사람은 경제적 부를 이루는 것이 목적이 될 수 있을 테고, 몸이 아픈 이는 건강을 추구하는 것이 목표이듯이, 그 사람의 위치에 따라 각각 다르게 마련입니다.

그러면 옳은 것은 차치하고, 어떻게 사는 것이 바람직한 방향인가. 이것도 가늠하기 힘듭니다. 바람직한 방향이 무엇인지 왜 그 방향으로 나아가야 하는지 확신이 있어야 하기 때문입니다. 가장 쉽게는 몸에 이롭고, 경제적 이익이 생기는 방향이 바람직한 방향일 것입니다. 그러나 이마저도 정도에 따라 우리는 평가를 달리할 수도 있습니다. 많이 먹어 과식을 하면 좋지 않은 줄 알면서도 입에 당기는 것을 참지 못해 많이 먹게되고, 이익을 많이 내려고 미사여구로 상대를 기만하지 않아도 될 만큼 돈이 많이 있으면서도, 기회가 오면 더욱 벌려고 악착같이 기를 쓰는 장사꾼 심정, 피우면 안 되는 줄 알면서도 끊지 못하는 담배, 많이 마시면 다음날 후회하면서도 한 잔만 들어가면 2차, 3차를 가지 않고는 못 배기는 습관, 만나지 말아야, 끊어야 되는 줄 알면서도 육체적 욕망에 사로잡혀 계속 이어지는 불륜 관계, 받지 않아야 되는 줄 알면서도 몰래 주는 뇌물을 거절하지 못하는 이권 관련자. 이 모두를 비난할 수 없음은 우리들 자신이 그 자리, 그 위치에 있게 된다면 십중팔구 우리도 그러한 일을 저지를 것이기 때문입니다.

문제는 이러한 일들이 정말 나쁜 일이고 부정적인 일인 것인가, 우리는 확신을 가지지 못하고 있습니다. 이러한 일들 중 이 정도 조금은 괜찮겠지 생각하며, 또 조금의 경험이 없으면 그것의 나쁨을 어떻게 알까 하고 위로도 하며, 또 그것이 없으면 인생이 어떻게 이루어지냐고 반문을 하기도 합니다. 사실, 나쁜 정도의 기준을 정하기는 더욱 어려운 일입니다.

　인생의 대부분을 젊을 때는 돈과 사랑을, 중년에 들어서는 자식과 건강을, 늙어서는 죽지 않으려고 건강에 또 건강을 추구하면서, 그럭저럭 하루, 한 해를 살아갈 뿐입니다. 우리들 대부분은 어떤 높은 의미와 가치를 추구한다는 것이 모두 허망한 일이라고 생각하기 때문에, 아예 불 보듯 뻔한 일이란 생각에 괜한 헛고생을 하지 않으려고 합니다. 기독교인도 불교 신도도 이슬람교도도, 한발 물러서서 보면 대부분 그저 자기도취에 빠진 자기기만이라고 보기 때문입니다. 따라서 중용을 지키는 마음공부가 그래도 조금 낫다고 일부 사람들은 생각합니다.

　마음공부 하는 것도 하나의 습관, 병인지 모릅니다. 그러나 안 하는 것보다 낫다고 여기니 어쩔 수 없습니다. 마음공부는 그래도 현실적이라 여겨집니다. 우선 많은 물리적, 정신적 관련 지식을 알게 되고, 몸의 요구를 들어 주면서 이를 알맞게 절제하고, 감정과 느낌은 깊이 하되 생각은 섬세히 하고, 일과 주위에 대한 근심과 걱정을 하지 않게 되고, 남의 사정과 생각의 다름을 이해하는 마음의 깊이가 증대되고, 모든 일에 긍정적이고 적극적이 된다면, 종교적·철학적 진리 추구와는 상관없이, 이와 반대되는 자세와 태도보다는 바람직한 것이 아닌가 생각하기 때문입니다. 다양한 올바른 지식, 치우치지 않는 긍정적 마음, 애틋한 인간관계와 다정한 감정, 이 모두가 우리 인생을 보람 있게 하는 소중한 것들로서 삶의 긍정적 바탕일 수도 있을 것입니다.

　그러나 이 모두도 개개인에 따라 상대적일 수밖에 없는 게 우리 인간입니다. 그래서 서로를 존중해야 할 것입니다.

2007년 3월 2일

사진처럼 남아 있는 얼굴

비가 내립니다.
거울 속 얼굴을 봅니다.
보이는 얼굴이 나일까요,
쳐다보는 마음이 나일까요.
그때 그 길을 갔다면, 지금 다른 얼굴을 보고 있게 될까요.
얼굴은 마음의 반영이라는데, 저 얼굴은 무엇을 말하는 건가요.

비가 내립니다.
유리창에 가로막힌 빗물을 봅니다.
이 늦은 밤 어디를 헤매는 걸까요.
이 길을 가는 것과 저 길을 오는 것이 무슨 차이가 있는 걸까요.
사진처럼 기억 속에 남아 있는 해맑은 얼굴.
창밖의 비를 보며 촛불을 사이에 두고 술잔을 마주치는 애절한 표정.

비가 내립니다.
어제도 내리고, 오늘도 내리고, 내일도 내립니다.
내 맘 속에 비가 내립니다.

2007년 3월 4일

부딪칠 것인가, 참을 것인가

며칠 전에 어느 분이 이런 질문을 한 적이 있습니다. "만약 어떤 상대가 부당하게 당신을 비난하거나 공격을 가해올 때 어떻게 처신할 것인가. 강력하게 대응할 것인가, 아니면 참을 것인가."

인간은 끊임없이 환경의 자극에 대해 이에 대응하는 판단을 내려 반응하는 존재입니다. 음식이나 성욕 같은 동물적인 욕구에 대해서 이를 본능적으로 받아들이거나, 아니면 참거나 유보합니다. 또는 이 욕구에 대해 어떤 의미와 가치를 부여해 별다르게 반응하기도 합니다. 일상적인 업무나 대인관계에 있어서도, 그 순간까지 자기에게 축적된 경험과 지식을 바탕으로 해, 근본적으로 자기에게 이로운 방향으로 행동을 선택해 반응합니다. 그러므로 어떤 관점에서 보면, 자기의 판단이라고 하나 실제에 있어서는 주위 여건의 변화와 자극에 대해 자기가 지니고 있는 지식을 근거로 반응해 판단하는 것으로서, 어떤 면에서는 이미 그 선택은 결정되어 있었던 것이라고 해도 과언이 아닐 것입니다.

처음 시작의 말에서 제기한 질문에 대해 선뜻 대답하기가 쉽지 않습니다. 비록 부당한 처사일지라도 이에 덩달아 꼭 같이 흥분해 맞대응할 경우, 그 갈등이 증폭되어 예기치 않은 나쁜 결과를 초래할 수도 있지요. 그러나 이를 응징하지 않고 인내로서 참았을 경우, 자칫 상대는 나를 얕잡아보고 더욱 부당한 행동을 취할 수도 있을 수 있을 것입니다.

저는 이 경우 평정심 상태에서 최선의 판단을 선택할 것을 요구합니다. 아주 평범한 대답이지만 실제에 있어서 그리 쉬운 대응은 아닙니다. 즉 상대편이 아무리 부당한 행동으로 공격해 오더라도, 그 순간의 분위기에 휘말려 격한 감정에 빠지지 않고, 상대가 부당하게 행하는 이유를 이해하려 노력하고, 아울러 이러한 상태까지 전개되게 한 자신의 태도를 되돌아볼 수 있어야 하며, 평안한 마음 자세에서 이에 대한 대응을 선택해야 한다는 것입니다. 그러한 평정심에 바탕을 둔 판단에서, 상대와 맞대응해 다투거나 꾸짖어야 할 것인지, 미사여구로 상대를 설득하려고 노력할 것인지, 아니면 자신을 낮추어 비록 잘못을 하지 않았더라도 먼저 상대에게 사과를 해 안정을 찾게 한 후 자신의 정당함을 납득시킬 것인지, 그 상황에 맞는 최선의 대응을 선택해야 할 것입니다. 그러나 현실에 있어서 이러한 자세를 갖기란 참으로 힘이 듭니다. 하지만 우리는 그러한 방향으로 나아가려고 노력해야 한다고 생각합니다.

이와 성격이 약간 다르지만 다른 어떤 한 경우가 생각납니다. 어떤 한 모임, 어떤 일과 관련해, 한 분이 그 일을 그분 나름대로의 지식과 판단에 따라 열심히 일을 해왔습니다. 그러다가 그분보다 그 일에 대해 지식과 능력이 뛰어난 새로운 다른 분이 나타났습니다. 그러나 종래의 그분은 새로운 분에게 그 일을 양보하거나 새로운 변화를 받아들이려 하지 않았습니다. 기존의 자신에 얽매여 자기보다 앞선 지식과 능력이 눈에 보이거나 이해되지 않았습니다. 이 경우 그분은 기존의 우선권자라는 우월감과 편견을 벗어날 수 있는 깨달음이 필요하며, 아울러 사태에 대한 올바른 판단을 내리기 위한 평정심을 가질 수 있는 자세가 필요한 것입니다.

기업, 사회, 국가, 세계가 발전함에 있어서 항상 기존 관념과 새로운 개념은 충돌하게 마련입니다. 그러나 비록 시간이 소요되고 변화가 있을지언정, 모든 일은 성장과 성숙을 향해 앞으로 나아가게 되어 있는 것입니다. 충돌과 마찰이란 발전에서 언제나 존재하는 것이며, 그것은 우주 진화과정의 필수입니다.

『유란시아』에서 우주 최초의 출발인 '우주 아버지', '영원한 아들' 그리고 그로 인해 나타난 '무한한 영'을 '정·반·합'의 이론으로 설명한 것을 어느 유란시아 관련 서적에서 본 적이 있습니다. 작은 일에나 큰일에나, 우리는 변화하는 주위 환경과 나와는 다른 생각을 보여 주는 상대, 그리고 고정관념에 빠져 있을 수 있는 나 자신을 조용히 바라볼 수 있는 평정심이 필요할 때가 있습니다. 이 평정심만이 자신의 바람직한 선택과 판단의 길잡이가 될 것입니다.

『유란시아』의 가르침에 따르면, 오직 평정심을 갖추었을 때 우리 안의 '생각 조율자'가 나에게 올바른 방향을 선택할 수 있는 판단을 위한 도움을 줄 수 있기 때문입니다.

2007년 3월 21일

부활절과 종교

일요일 낮 북한산 남쪽 기슭을 오르다 보면, 이곳 유명한 사찰에서 나오는 염불소리가 확성기를 통해 온 산에 울립니다. 부활절이라고 서울 시청 앞 광장에는 2만 여명이 모여 예수 부활을 기념하는 예배를 올립니다. 촛불로 덮인 광장의 모습이 이채롭습니다. 지하철 승강장에는 '예수 구원. 불신 지옥'이란 피켓을 든 노인네의 표정이 애처롭습니다. 문전박대를 받으면서도 집집마다 문을 두들기는 여신도들의 열정이 우리를 서글프게 합니다.

많은 사람들이 종교와 상관없는 듯 살아가지만, 여전히 우리는 종교의 늪에서 빠져 나오지 못하고 있습니다. 종교란 무엇인가. 그 해답은 우리 모두가 너무나 잘 알고 있다고 스스로 생각하고 있습니다. 그러나 어쩌면 답을 아는 것으로 착각하고 있는 것은 아닌지요.

우리는 기독교, 불교, 천주교 등 여러 가지로 구분해 종교생활을 하고 있습니다. 이들 종교를 선택한 경로를 생각하면, 정작 우리는 그 종교를 제대로 알고 스스로의 판단에 따라 선택했다고 보기 어렵습니다. 불교적 전통이 깊이 스며든 사회, 또는 이슬람교가 생활화된 국가에서 태어나면 자기 개인의 판단보다는 사회 환경과 교육의 여건에 맞추어 특정 종교를 선택할 수밖에 없습니다. 또한 사회, 국가의 환경과 아울러 개인의 가정, 부모의 여건도 큰 요인으로서, 어떤 가정의 부모가 자기의 종교를 자식에게 어릴 때부터 강요한다면 그 자식은 그 종교로부터 벗어날 수가 없습니다. 결과적으로 종교의 선택은 대부분 가정, 사회, 국가, 시대가 개인에게 만들어 주는 여건, 환경에 적응, 선택한 것으로밖에 볼 수 없습니다.

한편 일부분의 경우, 이러한 기존의 여건이 강요한 종교를 비판적으로 생각하는 과정을 거친 후, 새로운 대안을 찾으려 많은 노력을 기울이는 사람들도 있습니다. 다른 종교도 기웃거리고, 과학적인 접근도 시도해 보고, 새로운 교리를 전파하는 신흥 종교에도 몰두하기도 합니다. 그러나 일시적 심취에는 빠질지언정 그 욕구를 충족시키기가 쉽지 않아 기존 종교로 회귀하거나 좌절하는 경우가 흔합니다. 그러나 쉽게 만족할 만한 종교를 찾을 수 없어 중도 포기하기보다는 꾸준한 노력을 기울이는 것이 개인의 정신 발전에 도움을 주리라 생각합니다. 인간은 기본적인 동물적 욕망이 충족되면 어쩔 수 없이 문화적 · 정신적 만족을 위한 추구를 하지 않을 수 없기 때문입니다. 그것이 문화적 방향이면 감성적 만족의 성취를 이루어 그것으로 만족감을 얻을 것이며, 만약 정신적이라면 어떤 정신 수준, 도덕 수준, 영적 수준을 높임으로써 자기 성취의 만족을 얻을 수 있을 것입니다.

인간은 나이를 먹은 시점, 그 현재 순간에 어떤 모습, 어떤 표정, 어떤 감정, 어떤 수준의 심령적 경지에 있느냐가 문제일 것입니다. 왜냐면 순수한 표정, 깊은 감정, 높은 심령적 수준이 보기에 좋기 때문입니다.

어떻게 늙느냐, 지금 나의 수준은 어디쯤에 있는가, 나는 어떤 모습으로 변해야 하는가 하는 게 문제입니다.

2007년 4월 9일

어느 날 갑자기 비극이

내일 무슨 일이 우리에게 닥쳐올지 우리는 모릅니다. 때로는 좋은 일이, 또는 나쁜 일이 아무 예고도 없이 우리에게 일어납니다.

담배도 피우지 않고 과음도 하지 않고 운동도 열심히 하며 평소에 건강하던 사람에게 어느 날 어떤 괴로운 질병, 사형선고 같은 병의 진단이 내려질지도 모릅니다. 시집가서 잘 사는 줄 알았던 외동딸이 어느 날 이혼을 하더니, 우울증에 빠져 목숨을 끊는 이상한 일을 당할지도 모릅니다. 이러한 일들이 요즈음 우리 주위에 너무나 흔하니 그렇게 별난 일도 되지 않습니다.

취직하는 동생에게 어쩔 수 없이 신원 보증을 서주었었는데, 어느 날 그 동생의 잘못으로 전 재산을 날려야 하는 비극을 맞을지도 모릅니다. 마흔 나이에 어느 날 갑자기 구조조정으로 밀려나 새로운 직업을 찾아 수소문을 해야 하거나 구멍가게 하나 내기 위해 밤잠을 설쳐야 하는 아픔을 겪게 될지도 모릅니다. 60년 전 미아리 고개에 밀어닥친 6.25의 비극처럼, 어느 날 서울 하늘에 핵폭탄이 터져 자기도 모르는 사이 죽음을 맞이할지 아무도 모릅니다.

인생은 자기 몸 안에서 일어나는 일도, 가까운 가족에게서 일어나는 일도, 그리고 국가의 울타리 밖에서 일어나는 일도 미처 알지 못해 비극을 맞을 수도 있습니다. 이 모든 비극들은 미처 우리가 그 원인을 알지 못했을 뿐, 서서히 진행되어 와 어느 날 갑자기 우리 앞에 나타났을 뿐입니다. 다만 비극이 바로 눈앞에 다다를 때까지 우리만 모르고 있었던 경우가 대단히 많습니다. 비극은 우리 주위에 우리도 모르게 숨어 있다가 어느 날 갑자기 모습을 드러냅니다. 그러나 그 비극을 어떻게 받아들이느냐, 그것이 문제입니다.

역경과 비극은 조금 다릅니다. 역경은 극복하는 대상이지만, 그리해 새로운 체험으로 연결될 수 있는 기회를 제공할 수도 있겠지만, 비극은 피할 수 없이, 견딜 수 없이 아픈 고통으로 받아들여야만 하는 난데없는 벼락인 것입니다. 왜 나에게 이런 비극이 닥치느냐고 분개해 울부짖을 건가요. 비극아 오라, 나는 극복하리라 외치며 투쟁할 것인가, 아니면 운명으로 생각하고 받아들일 것인가요. 나는 이러 저러 하게 하리라 하고 생각을 해두지만, 막상 자기에게 비극이 닥치면 나약하기 이를 데 없는 것이 인간입니다. 다만 개인의 신념에 따라 조금씩 다를 뿐이지요. 그래서 인생에 대해 나름대로의 신념을 가지는 것이 무엇보다 중요할 것입니다. 바람직한 신념을 가지고 있는 것이, 어떤 사태에 대한 확실한 이해와 소신으로 의식하고 대처하는 것이 누구에게나 일어날지 모를 불시의 비극을 힘차게 맞이할 수 있는 바탕이 될 것입니다.

이렇게 우리 인생에 있어서 예측할 수 없는 비극이 일어 날 수 있기에 지금의 인생이 더욱 값진 것인지도 모릅니다.

그러기에 우리는 오늘을 더욱 열심히 살아야 할 것입니다.

2007년 4월 10일

외로움

외로움, 외로움을 느껴 보았나요.
외로움은 아프면서도 아름답습니다.

창밖으로 숲이 그늘을 드리우고
멀리 아스라이 산들이 어둠에 젖어들 때,
바이올린의 선율을 들으면서 한없는 고독에 젖어들면,
아무런 생각 없이 그저 자기 안으로만,
안으로만 잦아드는 아늑한 고요.

이 세상에 혼자라는 것이,
아무에게도 마음 줄 곳 없이 홀로라는 것이,
슬프게 아프기도 하고 애처롭고 아름답게도 느껴집니다.

안타깝게 몸부림치던 세월도 지나고,
온몸으로 부러움을 받던 영광의 시절도 비껴나고,
갈등과 투쟁의 시간도 그치고,
이제 조용한 뒤안길에 들어선 갈 길 없는 나그네.

인생은 고독한 것인가요.

2007년 4월 10일

눈길 산행

산 위의 날씨는 변덕이 심합니다. 산행을 시작할 때는 구름이 깔린 정도이던 것이, 얼마 걷지 않아 굵은 비를 뿌리면서 강풍이 몰아쳐, 얼굴을 바로 하고 걸을 수가 없어 옆으로 돌리고 게걸음으로 앞으로 나아가야만 했습니다. 눈 덮인 산길을 걸어가 보고 싶다는 생각에서 주말을 이용해 일본 북쪽 아오모리(靑森)에 있는 핫코다산(八甲田山) 등산 팀에 합류했습니다.

정상 가까이 1,326m까지는 케이블카를 타고 오른 후, 일본 전문 산악 가이드가 열어 주는 길을 따라 옆으로 비스듬히 트래킹을 시작했습니다. 산 위는 모두 몇 미터 깊이로 눈이 덮여 있고, 러셀을 하지 않은 눈을 밟으면 무릎까지 발이 빠지곤 했습니다. 스틱으로 찔러 보니 끝없이 들어갔습니다. 오랜 만에 눈길을 마음껏 걸었습니다.

나무들은 눈 속에서 용케들 견디고 있었습니다. 1,548m 높이의 정상을 거쳐 두세 시간을 걸으니 '오다께' 대피소(大岳 避難所)가 나타났습니다. 50여 명이 들어갈 수 있는 나무집은 가져간 도시락을 먹기에 알맞은 곳이었습니다. 중간에 가끔 날이 개자 구름 사이로 보이는 숲과 산들의 경치가 아늑하고 포근한 맘을 갖게 했습니다. 눈과 나무와 안개. 경상도 어느 지방에서 단체로 참가한 등산 팀은 잠깐 쉬는 시간 동안 기념사진을 찍느라고 분주했습니다. 홀로 참가한 사람은 나 혼자뿐인 듯, 오히려 해방된 듯한 느낌이었습니다. 친구들과 어울려 산행하는 것이 당연한 듯 생각하다가, 혼자 참가해 모르는 사람들과 대화를 나누는 것도 별다른 느낌이었습니다.

일본 등산 지역에는 대부분 온천이 있습니다. 아니, 일본 전역 어느 곳이나 온천이 있는 느낌입니다. 산행 마지막, 미끄러지듯 급경사를 내려온 끝자락에 일본에 몇 안 되는 남녀혼탕 '스카유 온천'(해발 890m) 공중탕이 있었습니다. 들어갔을 때는 50대로 보이는 여자 한 분이 수건으로 가슴을 가리고 있더니 이분마저도 얼마 되지 않아 나가 버리고, 모두 남자들만 들어차 있었습니다. 이곳에는 혼탕 이외에 남녀가 구별하는 별개의 탕이 따로 있어 대부분의 여자들은 그곳을 이용하고 있었습니다. 우윳빛 온천물은 짙은 유황냄새와 아울러 눈에 물이 들어가니 따가웠습니다.

오랜만에 눈 덮인 겨울 등산을 하면서 역시 새로운 경험은, 해보고 싶은 것을 해보는 것은 사람이 살아가는 이유 중의 하나다 싶은 생각이 들었습니다.

2007년 4월 23일

생명에 함께 있는 비물질적 존재

세상은 참으로 신비하고 오묘합니다.

이틀 전 한 텔레비전 프로그램에서 붉은 개미의 생태를 보여 주었습니다. 무리를 지어 살아가는 이 작은 동물이 생활하는 것은 경이롭기 그지없었습니다. 서로 분업하고 새끼를 낳고 기르고 하는 것은 모든 동물과 비슷하겠지만, 무리가 위기에 처했을 때 대처하는 자세는 놀랍기만 했습니다. 덩치가 큰 검은 개미들이 공격해 오자 수많은 희생을 치르면서 맞서더니, 전투 말미에 수세에 밀려 도망치는 큰 개미를 혼자서 뒤따라가 물고 늘어지는 용기가 존경스럽기까지 했습니다. 여름철 홍수의 낌새가 있자 이를 어떻게 감지하는지 미리 알고 민족 대이동을 해서 모두의 목숨을 건지는 것입니다. 과학자들은 그들 나름대로의 특수한 언어와 냄새를 풍기는 페르몬으로 의사를 알린다고는 하지만, 그 조그만 두뇌 어디에서 그러한 지혜와 용기와 예지가 나온다는 것입니까.

색깔이 주위 모습에 따라 바뀌는 도마뱀과 카멜레온, 온갖 모습으로 자신을 위장하고 생존을 이어가는 갖가지 동물들의 이야기는 우리에게 너무나 잘 알려져 있습니다. 그러나 그러한 현상은 알고 있고 이해하는 듯하지만, 사실은 제대로 파악하고 있다고 보기 어렵습니다. 어떻게 해서 생명의 분자는 이중 분열을 통해서 그 다양한 생체 조직을 구성할 수 있는지. 나무는 어떻게 봄이 되면 그 앙상한 가지에서 아름다운 꽃을 먼저 피울 수 있는지. 어떻게 풀만 뜯어 먹는 소가 맛있는 고기와 우유를 만들 수 있는지. 우리는 이러한 현상이 일어나니 그냥 받아들일 뿐, 사실은 그 신비를 제대로 안다고 할 수 없습니다.

생명의 신비는 물질적 구조만으로는 해석이 되지 않습니다. 그 물질과 아울러 그 물질이 존재하면서 동시에 그에 포개어져 존재하게 되는 마음−정신의 메커니즘(mechanism)이 있음을 인정해야만 이러한 현상을 합리적으로 받아들일 수 있을 것입니다. 물질이 존재하게 되면 눈에 보이는 물질의 외형적 형태 이외에, 이를 하나의 단위 형태로 유지하고 통제하고 유전적 정보를 이어받아 존재의 목적을 추구하려는 비물질적 마음−정신적 존재가 동시에 존재하게 된다는 사실을 인정해야만 생명의 신비를 이해할 수 있을 것입니다.

생명의 실체를 제대로 알지 못하는 우리들에게, 생명은 아직 신비한 존재입니다.

2007년 5월 2일

보고 싶은 얼굴

어떤 사람이 보고 싶을 때가 있습니다. 그러나 만나 보면 막상 기대만큼 만족스럽지 못하고 시들한 경우가 많습니다. 그 대상이 가까웠던 친우이든 친척 또는 연인 이었더라도 만나면 기대에 어긋나게 되어, 내가 왜 그렇게 보고 싶어 했나 생각게 되기도 합니다. 인간은 안 보면 보고 싶고, 보면 별 볼일 없는 게 일반적인 인간관계의 한계인지도 모릅니다. 더 나아가 보고 싶은 얼굴을 가지기도 쉽지 않습니다. 만나면 흐뭇하고 조용한 대화로 기쁨을 나눌 수 있는 상대가 있다면, 그는 누구보다도 행복한 사람일 것입니다.

친우 사이라면, 상대에게 지적이든 감정적이든 자극과 기쁨을 줄 수 있는 대상이 되어야 할 것입니다. 그러려면 상대에게 긍정적인 자극을 줄 수 있도록 자기 자신의 성장을 위해 꾸준하고 성실히 노력하는 자세라야 가능할 것입니다. 얼마간 만나지 않다가 보게 되면, 그 사이 자기가 경험하고 노력한 것이 자연스레 우러나서 친우에게 서로 만나는 기쁨의 대상이 될 수 있어야 진정 만나고 싶은 친우가 될 수 있을 것입니다.

만약 연인이라면 서로의 표현에 자신을 바치는 순수한 감정으로 상대에게 기쁨을 줄 수 있어야 하며, 모든 순간을 같이 경험하고 싶어 하는 마음이 우러나는 대상이 되어야 할 것입니다. 순수한 즐거움을 함께 나누는 대상이 되는 것, 그것은 인간관계의 가장 진수일 것입니다. 친우에게 보고 싶은 상대가 되려면, 무엇인가 성장한 알맹이를 보여 줄 수 있는 상대가 되어야 할 것이며, 연인에게 사랑하는 대상이 되려면, 사랑을 느낄 수 있는 상대가 되어야 할 것입니다.

여러 사람들의 얼굴을 떠올리면서, 보고 싶은 얼굴이 나에게는 누구인가 생각해 봅니다. 또한 나를 보고 싶어 하는 사람이 누구일 수 있을까 생각도 해봅니다.

보고 싶은 얼굴, 가슴이 뭉클합니다.

2007년 5월 4일

산 속에서 길 잃음과 두려움

그제 일요일 오후 5시쯤, 산 속에서 쳐다보는 하늘은 금방이라도 소나기가 내릴 듯 짙은 회색 구름이 잔뜩 끼어 있었습니다. 진안군 마이산 등산에 나선 우리 둘은 약 한 시간 반 전에 마이산 남부 주차장에 도착, 서둘러 등산길에 올랐습니다. 남부 주차장에서 가장 왼쪽 능선을 선택해 가파른 산길을 오른 뒤, 능선을 따라 오르락내리락 한참을 걸은 후, 가장 높은 위치에 있는 전망대에서 사방을 즐기며 둘러보았습니다. 멀리 마이산 두 봉우리를 향해 걸음을 재촉했습니다. 그러다 도중 갈림길에서 산악회 리본들이 나부끼는 길의 방향이 지금까지 오던 길을 다시 되돌아가는 방향으로 걸려 있기에, 아마 나와 반대 방향에서 오던 사람들이 붙였을 것으로 보고 오던 방향으로 그냥 직진했습니다. 그러나 조금 걷자마자 길은 급경사로 변하더니 급기야 길이 소로로 변하고 사람들이 자주 다니지 않은 듯 위태로운 비탈길로 변했습니다.

하늘에선 멀리서 천둥치는 소리가 계속 울리고, 날은 어두워지고, 길은 점점 가팔라 험해지고, 사람은 보이지 않고, 내 뒤를 따르는 사람은 불안을 토로하기 시작했습니다. 희미한 길을 따라 무릎까지 오는 풀들을 헤치고 걸으면서 생각했습니다. 틀림없이 아까 그곳에서 방향을 잘못 잡았구나, 그러나 이제는 돌아가기엔 너무나 멀리 와버렸다, 왼쪽으로 내려가면 북쪽 방향 길을 만나 마을로 내려갈 것이며, 오른쪽 언덕을 넘으면 본래의 방향으로 다시 가게 될 것이라는 생각이 들었습니다. 그래서 마을로 내려가기보다는 언덕을 오르는 방향을 시도하자고 뒤에 따르는 사람을 설득시키며 내 판단을 믿으라고 위로했습니다. 그리고 겨우 흔적만 있는 소로를 얼마쯤 헤쳐 올라 언덕에 올라서니 잃었던 본래의 길이 나타났습니다.

등산을 다니면서 여러 번 길을 잃어 본 적이 있는 나는 어떤 경우에도 그 상황에 대한 두려움이 가장 위험한 요소라는 것을 잘 알고 있습니다. 그러기에 이제 어려운 처지에 놓여도 거의 두려움을 느끼지 않게 되었습니다. 다만 산 안에서 길을 잃고 방향 감각을 놓치면 얼마나 위험한가를 인식함이 중요하다는 것을 알고 있습니다. 이러한 경우를 위해 아무리 조그만 산이라도 미리 준비하는 게 중요함을 알고 있습니다. 여유 있는 물과 비상 음식, 몸을 보호할 여유의 옷들, 이러한 것들만 있으면 언제나 최악의 경우를 맞이할 마음의 자세를 갖게 되며, 그러면 두려움이 없어집니다. 모든 일에 있어서 두려움을 갖지 않는 자세, 이것은 등산이나 세상일이나 비슷한 경우가 많습니다.

아주 오래 전에 홀로 산 속에서 길을 놓치고 방향 감각을 잃어 조그만 언덕과 숲으로 된 계곡에서 헤맬 때 순간적으로 'The Spiral Road'란 영화의 한 장면을 떠올리면서 공포에 빠졌던 적이 있습니다. 영화는 인도네시아 정글에서 한 의사가 길을 잃고 헤매다 결국 정신착란에 빠져 구조대가 나타나도 알아보지 못하는 스토리입니다. 그때 배경 음악이 베토벤의 운명 교향곡 2악장으로 지금도 그 선율이 들리는 듯합니다.

또 한 번은 친구 산악인 20여 명과 용문산을 등반하던 중, 앞장선 내가 옆으로 빠져야 하는 하산 길을 놓치고 그냥 계속 앞으로 나아간 적이 있었습니다. 한참 가다가 이게 아니다 싶어 오던 길을 되돌려 한참을 돌아와 길을 찾아 내려왔습니다. 지금도 그 친구들은 그때를 즐겁게 회상하면서, 그때 그대로 갔으면 휴전선까지 갔을 것이라고 농담을 나누기도 합니다.

결국 이 날도 본래의 등산로를 찾아 하산을 하면서, 오늘도 본의 아니게 길을 잘못 들었으나, 덕택에 새로운 숲을 헤매며 여러 가지를 보고 경험하는 또 다른 시간을 갖게 되었다고, 오히려 더욱 긍정적인 생각을 가짐은 나만의 자만일까요, 아니면 모든 것을 받아들이는 긍정적인 자세의 결과일까요. 산은 우리에게 많은 경험의 기회를 제공합니다.

그래서 산이 더욱 좋습니다.

2007년 5월 8일

꿈같은 이야기

우리는 사람들과 서로 대화를 하면서 살아갑니다.

혈연으로 맺어진 가족 및 친척, 업무로 인해 얽혀 있는 거래 관계의 인간관계, 학교와 종교, 취미 등 기본적 사회 활동으로 인해 인연을 맺고 있는 친구와 지인들이 있습니다. 가족, 친척은 좋으나 싫으나 어쩔 수 없는 인연이므로 서로를 감싸거나 보살피면서 살아갑니다. 경제생활을 위한 사회적 관계에 의해 알게 되는 인간관계는 대개의 경우 그 업무관계가 종식되면 관계도 슬며시 끊어지고 맙니다. 대체로 학연이나 종교생활 등으로 맺어진 지인관계가 상대적으로 오랫동안 유지되는 인간관계에 속할 것입니다.

이들 인간관계에서 만나면 나누는 대화를 자세히 들여다보면 상당히 단조롭습니다. 가족, 친척들은 일상 생활적인 것이 중심이며, 업무 관계자는 업무와 연관된 것이 대부분이며, 친우들은 같은 취미나 관심사에 대한 것이 주류를 이룹니다. 어떻게 보면 인간 생활이란 아주 단순하기도 합니다.

나이가 들어 갈수록 이들 모두에게 적용되는 공통적인 화제는 단연 건강과 관련된 것이 수위를 차지합니다. 무엇을 먹으면 어디에 좋고, 어떤 운동이 어떻게 영향을 끼치고, 누구는 어떤 병으로 어떻게 고생을 하고 있다는 등 그 화제의 전개는 끝이 없어 보입니다. 몸이란 마음과 정신을 담고 있는 그릇이니 대단히 중요합니다. 그릇이 튼튼하고 깨끗해야 좋은 내용물을 제대로 담을 수 있기 때문입니다. 문제는 그릇은 신경을 쓰되 그 그릇에 담을 알맹이는 제대로 신경을 쓰지 않는다는 것입니다. 대부분 평생을 이 그릇 보호하기에만 급급하다가, 그 그릇이 순간적으로 깨어지거나 오랫동안 사용한 결과로 도저히 회복하지 못해, 그동안 알맹이를 제대로 챙기지 못한 까닭에 그냥 그릇의 종말과 함께 끝을 마치는 경우가 대부분입니다. 그러나 지금의 그릇이 깨어지고 나면, 그것에 담겨 있던 알맹이를 또 다른 그릇으로 옮겨 담아야만 한다면, 일시적 그릇보다도 계속 유지될 알맹이에 더욱 신경을 써야 한다는 뜻입니다. 따라서 그릇도 중요하게 생각하면서, 아울러 그 내용물을 어떻게 할 것인가, 어떤 내용물을 얼마만큼, 어떤 상태로 담을 것인가, 더 나은 것으로 어떻게 대체할 것인가, 이러한 문제에 관심을 두고 이에 관한 대화를 나눌 수 있다면 얼마나 바람직한 일일까 생각해 봅니다.

말은 쉬우나 이를 현실에 적용하기란 참으로 어렵습니다. 왜냐면 우리 대부분은 그 내용물이 정말 다른 그릇으로 옮겨가는 것인지 알지 못하기 때문에 알맹이가 왜 중요한지 깨닫기 힘들며, 또한 이러한 것에 관심을 가지고 대화를 나눌 대상을 만나기란 더욱 쉽지 않기 때문입니다.

이런 관점에서, 가능하다면 우리는 너무 육체의 건강에만 매달려 그러한 화제에만 머무르지 말고, 한 발자국 나아가 생활 속의 아름다움, 자연 속의 아름다움, 인간 예술 정신의 아름다움을 이야기할 수 있다면 좋겠습니다. 그러면 정서와 감정의 깊이를 순화하거나 정화하는 데 큰 도움을 줄 것입니다. 더 나아가 인간의 행위, 활동과 관련해 자기와 이웃의 정신적 발전을 위해 어떤 자세로 어떻게 행동해야 할 것인가, 생활 속에서 나타나는 현상과 경험에서 어떠한 의미를 찾을 수 있으며, 그것에서 우리가 추구해야 할 가치 있는 일은 무엇인가를 서로 담론할 수 있다면, 그러한 대화와 분위기를 통해 우리들의 정신과 영혼을 한 단계 높일 수 있을 것입니다. 일차적인 육체에 대한 대화도 당연히 중요하지만, 이에 곁들여 이차적인 감정과 정서의 세계, 삼차적인 정신과 영혼의 영역도 대화의 주제로 삼을 수 있다면, 그 대화는 아주 포근하고 깊은 감응을 주고 아름다운 향기가 배어나올 것입니다.

어제 친우들과 나누었던 대화를 생각하면서 이 같은 대화를 기대하기란 꿈같은 이야기라는 생각이 들었지만 한번 읊어 보았습니다.

2007년 5월 11일

어려움과 고난의 의미

힘든 일을 하거나 오래 걸으면 피곤합니다. 쉬고 나면 일을 하거나 또 걸어야 합니다. 걸으면 피곤해질 것이니 아예 걷지 말자고 하면, 잠시는 편안할지 몰라도 근육은 발달하지 않고 퇴보하고 맙니다. 사람이 사람과 만나면 의견이 부딪치고 다투기도 합니다. 이 부딪치는 마찰이 싫어서 사람 만나기를 회피하는 경우가 있습니다. 이 마찰을 마찰로서만 받아들이면, 꼭 같은 상황이 생길 경우 계속 열만 오를 것입니다. 그러나 마찰을 한 걸음 물러서서 대할 줄 알아야 합니다. 그러면 그 마찰열을 따뜻하게 보게 되고, 마찰을 부드럽게 하거나 없애는 길이 보이게 됩니다. 그러면 정신의 여유가 생기고 마음의 평안을 얻을 수 있습니다.

어떤 문제에 있어서 나를 불편하게 하거나 억지로 떼를 쓰는 경우를 당하기도 합니다. 이 때문에 반동으로 어떤 일을 적극적으로 하는 계기를 갖게 되어 오히려 나에게 큰 도움이 되는 경우도 있습니다. 이 경우 그러한 어려움을 준 사람에게 고마움을 표해야 할 입장에 처할 수도 있습니다.

내가 현재 진행 중인 『유란시아』서의 번역 작업도 알고 보면 기존의 번역이 마음에 차지 않아 시작한 것인데, 이 번역 작업으로 오히려 나는 많은 것을 배우게 되는 계기가 되었습니다. 그러니 미흡한 번역을 탓하기보다는 오히려 고마워해야 하겠지요. 남의 잘못이 나에게 도움이 되는 세상의 아이러니는 참 알 수 없는 구조인 것 같습니다.

나에게 괴로움을 준 사람이 그 순간에는 야속하고 밉지만 그 어려움을 슬기롭게 지나고 나면, 오히려 그러한 어려움이 나의 마음과 정신의 발전에 도움을 준 계기가 되는 경우를 많이 경험합니다. 나에게 어려움을 준 사람이 결과적으로 나의 정신 성장에 도움을 주었으니 그에게 오히려 감사해 하고 사랑해야 할까요. 이에 대한 대답은 하기 쉽지 않습니다. 그것은 폭력에 대해 비폭력으로 맞설 수 있는 경지에 이르지 않고는 생각하기 힘들 것으로 보입니다.

어찌했든 어려움을 슬기롭게 경험하는 기회를 자주 갖게 되면, 그보다 쉬운 어려움에 대해서는 두려움이 없어지고 근본적으로 마음의 평화를 얻게 될 것입니다. 이것이 인간의 영적 성장을 도와주는 하나의 길이

기도 할 것입니다.

　어려움과 고난을 두려워하고 피하려 하기보다는, 오히려 이에 맞서는 인생이 더욱 멋진 이유가 여기에 있을 것입니다.

2007년 5월 22일

우리들 생각의 약점, 편견

　다른 사람의 잘못이나 결함을 말한다는 것은 조심스러운 일입니다.

　자기 자신의 결점도 잘 알거나 제대로 고치지 못하면서, 다른 사람의 허물을 이야기한다는 것은 주제 넘는 일일 수도 있습니다. 따라서 우리는 좀체 남의 일을 말하려 하지 않습니다. 그러나 그 대상이 만약 자기의 아들이나 딸이라면 어떻게 할까요. 말하지 않고 내버려두어야 하나요, 아니면 고칠 점을 이야기해 개선토록 해야 하나요. 당연히 말해야 한다고 생각할 것입니다. 마찬가지로 이웃의 잘못과 결점은 서로서로 지적하고 알려주어야 한다고 생각합니다. 물론 그 알려주는 방법이 건전한 생각에서 출발한 객관적이며 상대를 이해하는 입장에서 신중히 접근해야 한다는 것은 중요한 일일 것입니다. 사실 주위에 자기를 지적해 줄 만큼 가깝고 사려 깊은 사람이 있다면 그 사람은 복 받은 사람입니다. 다들 자기가 오히려 핀잔 받거나 오해를 받을까 두려워 몸을 사리기 때문입니다.

　한편으로 생각하면 남에게 충고한다는 것이 대부분 부질없는 경우가 많습니다. 인간의 가장 큰 약점인 자기중심적 사고방식으로 인해 남의 말이 자기 귀에 잘 들어오지 않기 때문입니다. 인간의 약점 중 편견은 가장 깊고 치유가 어려운 고질병입니다. 개인이 갖는 편견은 개인의 영적 성장에 걸림돌이 되며, 사회의 많은 사람이 갖는 편견은 그 사회의 발전에 장애가 됨을 우리는 잘 알고 있습니다.

개인적으로 관심을 가지는 『유란시아』와 관련한 한국의 상황도 이러한 정황에서 크게 벗어나지 못하고 있습니다. 『유란시아』가 시대적 계시서로서 제 몫을 다하기를 바라는 마음이라면, 시간에 따라 바람직한 방향으로 전개되기를 희망함은 당연할 것입니다. 그러나 이 업무 역시 인간이 하는 일이기에 그 일을 누가 어떻게 하느냐에 따라 많이 달라질 수 있습니다.

『유란시아』의 활동은 크게 세 가지로 나눌 수 있을 것입니다. 하나는 책의 보급, 두 번째는 책을 중심으로 한 인터넷 웹사이트 운영, 세 번째는 스터디 그룹의 활동입니다. 한국에서 현재 위의 세 가지 문제가 원만히 전개되지 않는 것으로 생각되어 아쉬움이 있습니다. 이들 세 가지 이슈에 대한 자세한 현황 진단과 그 대책은 다음 기회에 서로 생각을 나누고 말할 기회가 있으리라 생각됩니다. 근본적으로 인간이 하는 일이란 우여곡절을 겪으면서 앞으로 나아가는 것이 당연합니다. 그러므로 유란시아 한국의 문제들도 현실을 제대로 알고 항상 노력하는 자세를 가지면 발전이 있으리라 믿습니다. 그러나 그러한 발전은 이들 문제점에 대해 관심을 잃지 않는 성실한 마음이 우리들 사이에 살아 있어야 가능할 것입니다.

일요일 아침, 산을 오르기 전에 한번 생각해보았습니다.

2007년 5월 27일

육체와 정신의 신비한 관계

어제 한 TV 프로그램에서 미국의 이름난 마술가 데이빗 브레인 (David Blain)의 뛰어난 행동을 보면서, 인간의 상상할 수 없는 능력에 놀라움을 금할 수 없었습니다. 일반적으로 흔히 보는 카드나 동전 등으로 하는 마술은 우리가 그 기교를 미처 파악하지 못해서 마술로 보이지만, 명백히 눈에 보이지 않는 교묘한 도구와 오랜 연습과 훈련에 의한 트릭이라는 사실을 알고 있습니다. 그러나 그가 행하는 퍼포먼스들은 피나는 육체적 노력과 정신적 집중에 의해 나타나는 것들로서, 존경할 만한 경지에 이른 것들이었습니다.

지난번에 보인 것은 뉴욕 맨하탄 광장에 있는 건물 10층 높이의 둥근 기둥 위에 꼿꼿이 선 채로 3일 낮 3일 밤을 그대로 보내는 것이었습니다. 생리적 요구와 육체적 고통을 잠재우고 이를 극복하는 자세는 과히 초월의 경지에 이른 것이었습니다. 이번에 보인 또 하나의 행위는 워싱턴 거리에서 유리로 된 둥근 수조 안에 들어가 물속에 몸 전체를 담그고, 호스를 통해 숨을 쉬면서 4일이 넘는 177시간을 버틴 것입니다. 마지막 끝을 맺을 때는 물속에서 호스 없이 숨 안 쉬기를 7분 50초 동안 견뎠습니다. 수조에서 나온 후 온몸에서 기운이 다 빠져나간 몸으로도 많은 관중들에게 '여러분들의 뜨거운 마음의 성원으로 이를 해낼 수 있었다'는 겸손의 자세를 보였습니다. 과연 그의 정신적 깊이를 엿볼 수 있었습니다.

몸을 가진 인간은 몸을 벗어던져 버리기 전에는 몸의 요구와 한계를 벗어날 수 없습니다. 다만 이를 극복할 뿐입니다. 데이빗 브레인은 오래 전에 런던에서 공개리에 44일 동안 음식을 먹지 않고 버틴 적도 있다고 합니다. 그는 육체적 극한 상황에 도전함으로써 그것을 통해 의미를 느끼고, 그 과정에서 높은 정신적 경지를 맛보는 듯합니다.

이것과 비교하는 일이 마땅치는 않겠지만, 지저스 크라이스트가 위대한 것도 인간의 몸을 가지고 있으면서 육체적 고난, 십자가의 고통을 정신의 힘으로 극복하고 이를 높은 영적 단계, 우주적 의미와 가치로 승화시켰기 때문인지도 모릅니다.

인간의 육체와 정신, 그것은 각각 뛰어난 존재일 뿐만 아니라 그 둘의 연결 관계가 참으로 신비합니다.

2007년 6월 7일

관상은 심상

여행사에서 안내하는 단체 여행에 참가하면 정말 많은 종류의 사람을 접하게 됩니다. 우리나라 여러 지역 곳곳에서 온 온갖 사람들을 가까이에서 며칠간 보게 되면, 대부분 그 사람 속이 밖으로 드러나게 마련입니다. 지난 며칠간 여행에서 적나라한 인간 군상들을 보면서, 우리 주위와 인간과 나 자신을 다시 한 번 뒤돌아보게 되었습니다.

나이 많은 노인인 두 남자는 가까운 친구 사이인데도 서로 말다툼이 끊이지 않았습니다. 이들은 그저 퉁명스런 말의 표현으로 친한 사이라는 걸 나타내는 듯싶었습니다. 긴 버스 여행 중 다른 사람들과 어울리려 하지 않았으며, 경치를 바라볼 수 있는 버스의 맨 앞자리는 의례히 자기들 몫인 양 행세했습니다. 나이가 들면 외골수가 된다는 것을 보여 주는 상징인 듯했습니다.

60대 중반의 독실한 불교신자인 한 여자 분은 잠깐도 쉬지 않고 옆 사람에게 일방적으로 이야기를 늘어놓거나 노래 부르는 것이 버릇이었습니다. 이분은 4일간 지치지도 않았습니다. 실내 경마 게임에 빠져 있는 남편에 대한 불만이 대단히 깊었으며, 남편에게 이제 밥은 혼자서 해결하라고 말하곤 밖으로 나다니는 등 마지못해 함께 사는 듯했습니다.

일찍이 아들 딸 4명을 둔 50대 중반의 부부는 아주 정다워 보였습니다. 그러나 모든 행동의 방향과 결정을 부인이 내리며, 부인의 큰소리에 그저 알겠다는 시늉을 보이며 따르기만 하는 모습이 좀 지나쳐 보였습니다.

중국은 어디를 가나 장사꾼들이 몰려옵니다. 대부분의 사람들은 가격을 절반 이하로 깎아야 한다는 것을 잘 알고 있습니다. 1개에 한국 돈 2천 원을 달라는 것을 2개에 1천 원을 하라고 끝까지 실랑이를 벌여 대부분 1개에 1천 원에 샀습니다. 그러나 어떤 사람은 3개에 2천 원까지 깎아주지 않는다고 끝내 사지 않았습니다. 옆에서 차마 보다 못해 제가 그것 깎아야 1개에 3백 원 차이도 안 나는데 가난한 사람들을 너무 괴롭히는 것 아니냐고 말을 거들었습니다. 결국 1개에 1천 원씩에 산 이 사람은 버스에 오르더니 집에 가서 5천 원씩 주었다고 해도 모두 믿을 것이라고 자랑을 늘어놓았습니다. 상품은 이곳의 희귀 나비 5마리 정도를 박제하여 붙인 것입니다. 가난한 사람을 상대로 몇 백 원이 아쉬운 사람들에게 너무 잔인하지 않은가 싶었습니다. 희귀종 나비의 자연보호에 대한 이야기는 엄두도 낼 수 없는 처지였습니다. 모두 다 하나같이 어떻게 그렇게 모나게 문제점을 노출시키는지 이를 바라보는 마음이 아팠습니다.

(* 참고로 한국 관광객이 많이 방문하는 중국 대부분의 도시에서 장사꾼들에게 한국 돈이 그대로 사용됩니다. 요즈음은 원화 강세로 달러보

다 한국 돈을 더 선호하니 재미있습니다.)

그러나 이러한 일들을 겪으면서 분명히 나에게도 문제점이 있지 않은가 돌이켜보았습니다. 남을 이해하려는 자세라면 적어도 상대의 좋은 점이 보여야 할 텐데, 약점만 크게 보이니, 아마 내 마음의 거울이 문제이지 않나 싶었습니다. 그러면서도 한 가지 뚜렷한 것은 이들 약점을 가진 사람들의 얼굴이 어떻게 그렇게도 그 성격의 결점을 그대로 반영하는 듯이 내게 뚜렷이 드러나 보이니, 이게 신기한 일인 것입니다.

관상학 책에서 읽은 구절 "관상(觀相)은 곧 심상(心相)이다."라는 말이 절감되었습니다. 이 말에서 '상'의 글자가 '像'이 아니라 '相'인 것이 처음에는 이해되지 않았는데, 시간이 지날수록 그 이유를 더욱 실감하게 되었습니다. 마음을 고르게, 맑게, 바르게 닦아야 그것이 나타나는 얼굴이 정상적이고 바른 모습을 지니게 되는 것으로 이해되었습니다. 역으로 그 얼굴을 보면 그 사람 마음을 알 수 있는 것입니다. 자기의 얼굴을 들여다보면, 자기 성격의 문제점이 무엇인지 알 수 있다는 원리입니다. 그러나 인간이란 누구나 자기 성격, 자기 아집에 도취된 비뚤어진 거울로 들여다보니, 그 비뚤어진 모습을 제대로 깨달을 수 없는 것이 현실입니다. 나 자신을 포함해서 어느 누구도 자기 자신을 제대로 바라보지 못하며, 그래서 바른 얼굴을 갖기란 참으로 어려운 일인 것입니다.

거울을 보고 진정한 자신의 참 모습을 볼 수 있고 결점을 깨달을 수 있다면, 그 사람은 참으로 정신적·영적 성장의 길로 한 걸음 더 나아갈 수 있을 것입니다.

2007년 6월 22일

백두산을 넘어서

　대한민국 사람은 누구나 백두산을 친근하게 생각합니다.

　백두산은 우리에게 어떤 존재이며 어떤 의미를 가지고 있을까요. 오랫동안 벼르다가 지난주 백두산에 올라 천지를 보았습니다. 역시 모든 대상을 상상으로 생각하기보다는 실제 경험하는 게 중요함을 다시 한 번 느꼈습니다. 대형 사진으로 흔히 볼 때는 단지 화려하게만 보였으나, 실제로 보자 실물의 크기가 훨씬 더 커 보이고 웅장함이 압도적이었습니다.

　중국 화교인 현지 가이드는 관광객 손님들에게 계속 "백두산이 우리 땅입니다. 한국이 다시 찾아야 합니다." 등과 같은 영토와 관련된 말을 천지 관람 도중에 하지 말 것을 당부했습니다. 한국말을 아는 중국 공안원들이 지키고 있기 때문에 민감한 말을 하면 추궁한다는 것입니다. 또한 산 위에 세워져 있는 중국과 북한 사이의 영토 경계 안내판 앞에서는 절대 사진을 찍지 말라고 요구했습니다. 실제로 한 부부 관광객이 사진을 찍으려 하자 옆에 서 있던 한 남자가 제지했습니다. 일반 복장을 했으나 공안원 티가 나는 이 사람은 그러나 사진을 찍으려는 사람이 중국말로 무어라고 하자 그냥 용인했습니다. 가이드의 말은 중국인은 괜찮으나 한국인이 찍으면 카메라를 몰수한다는 것입니다. 동북공정이 다만 신문으로만 알려진 문제가 아니라 현실임을 경험했습니다.

　백두산 천지의 관광을 마친 한 동료 관광객은 무슨 비밀스런 말이라도 하듯이 조심스레, "언젠가 백두산뿐만 아니라 옛 고구려 영토를 반드시 다시 찾아야 한다"고 힘주어 말하면서, "신라가 당과 손잡고 삼국을 통일한 것이 비극의 출발이었습니다."라고 비분해 했습니다. 많은 한국 사람들이 이와 같이 생각하고 토론함을 보았습니다.

인류의 흥망성쇠가 점철하는 역사란 무엇인가, 나타났다 사라지고 영토 영역과 이름이 시대에 따라 바뀌는 국가란 어떤 의미를 가지는가, 하는 것을 다시 한번 생각게 했습니다. 민족과 국가에 집착하고 애정을 가짐은 한 집단의 소속인으로서는 당연한 일일 것입니다. 그러나 정신적 발전과 영적 성장을 추구하는 관점에서 볼 때는 이 사상마저도 인간 발전의 하나의 단계일 수 있음을 깨닫고 이해하며, 더욱 폭 넓은 사고의 전개가 필요할지도 모릅니다.

『유란시아』에 '우주적 의식(cosmic consciousness)'이라는 말이 자주 나옵니다. 이는 국가, 민족, 심지어 지구, 이 유란시아의 영역마저 벗어나서 우주적 영역 차원에서 모든 대상을 이해하고 의미를 추구하는 것을 말합니다. 아직 육체를 쓰고 유란시아 행성의 단계, 빛과 생명의 시대를 멀리 바라보는 위치에서는 아마 이 용어가 해당되지 않을 수도 있을 것입니다. 그러나 가능하다면 생각의 영역을 자유롭게 해 자기 생각의 울타리를 벗어나면, 더 큰 자유가 느껴지고 보일 것입니다.

어떤 관점에서 보면 편견과 무지란 모든 차원에 있을 수 있으며, 현재 머물고 있는 단계의 편견과 무지를 깨달으면 아마 다음 단계로 올라갈 수 있을 것입니다. 바로 이것이 영적 상승일 것입니다.

2007년 6월 27일

깊은 밤에

밤이 깊습니다.
피아노 선율이 흐릅니다.
눈을 감고 명상을 합니다.
생각은 홀로 애틋한 추억을 찾아 나섭니다.

얼굴을 떠올려 봅니다.
이제 길 가다 마주치기를 더 이상 기대하지 않습니다.
그러나 문득 생각남을 막을 수는 없습니다.
이렇게 끝나는 것일까.

책을 읽습니다.
이곳저곳으로 세상을 둘러봅니다.
탁한 냄새가 가까이 오면 잠깐 숨을 멈춥니다.
산길에서 들꽃을 만나면 그 곁을 떠나기가 못내 아쉽습니다.

비바람.
안개.
저녁노을.
깜깜한 밤.

2007년 7월 12일

시끄러운 가톨릭 교회

최근 가톨릭 교회가 시끄럽군요.

지난 7월 10일, 로마 교황 베네딕토 16세는 16쪽에 달하는 문서를 통해서, "1) 그리스도는 지구상에 오직 하나의 교회를 세웠으며, 이는 가톨릭교회로서 존재합니다. 2) 그리스 정교는 교황의 권위를 인정하지 않아 결함이 있습니다. 3) 개신교는 교황의 존재를 시인하기를 거부하고 성찬식에 대한 견해를 달리하는 등의 이유로 올바른 의미에서의 교회라고 볼수 없습니다."라고 선포했습니다. 결론은 정통 가톨릭 이외의 모든 교파는 '올바르지 못한 교회(not proper churches)'로서 이를 인정할 수 없다는 것입니다.

이러한 가톨릭의 입장은 1962-1965년의 '제2차 바티칸 공의회'에서모든 교파, 교회와의 일치를 주장한 '일치의 재건' 운동과 전임 요한 바오로 2세가 '세계 평화 기도의 날' 등에서 강조한 종교간 대화와 평화의정신을 부정하는 것으로 이해됩니다. 이 점에 대해서, 가톨릭 측은 앞의잘못된 해석을 바로잡기 위한 조처라고 밝혔습니다.

지난 7월 14일, 미국 로스앤젤리스 가톨릭 대교구는 "지난 1950년대부터 수십 년 동안 이 교구 소속 22명의 신부로부터 성추행을 당한 500여 명에게 6억 6천만 달러의 배상금을 지급하겠다고 발표했습니다. LA대교구의 추기경은 모든 사실을 인정하고 이를 공식 사과했으며, 피해자들의 요구를 받아들여 이들 22명의 성직자 명단을 공개하겠다고 했습니다. 이들 신부 중 일부는 이미 사망했거나 현재 멕시코 등 다른 교구에서 활동 중인 것으로 알려졌습니다. 어제 있은 래리 킹(Larry King)과일부 피해자의 인터뷰 등에서 알려진 바에 의하면, 성직자들은 주로 어린 소녀, 소년들을 자신의 권위를 이용해 성추행했다고 합니다. LA 대교구는 작년 12월에도 46건의 성추행 사건과 관련해 총 6천만 달러를 지불해 해결한 바 있습니다. 영국 BBC 방송은 지난 5백년간 미국에서 4천여 명의 신부들이 성추행 관련 소송에 휘말렸다고 보도해, 미국 가톨릭 사회의 성추행 문제는 오랜 기간에 걸쳐 발생한 전국적인 문제임을 시사했습니다.

가톨릭과 관련된 위의 두 가지 사건을 보면서, 가톨릭 종교를 새삼 생각하게 됩니다. 가톨릭이 그리스도의 정신을 이어받아 인류 역사의 발전에 많은 기여를 해온 것은 사실이지만, 그 과정에서 인간의 정신적 약점과 결합해 온갖 폐단과 물의를 일으킨 것 또한 사실입니다. 인간에게 종교가 필요한 것은, 근본적으로 영적 발전에 도움을 주기 위한 것이어야 함에도 불구하고, 이들 가톨릭 성직자들은 자신들의 이해와 이익을 위해 얽어서 구성한 형식과 교리와 조직에 모든 비중을 두어, 이를 지키려 발버둥치는 것이 문제이며, 이를 인류의 정신적 발전에 맞추어 제대로 반성하고 교정하지 못하는 것이 치명적인 결함인 것입니다. 이는 어떤 혁명적 계기가 있지 않고는 개혁되지 않을 것으로 보입니다.

한편 오랜 세월 동안 세계 여러 곳에서 발생하고 있는 성직자들의 성추행 사건은 중세 왕권에 맞서기 위해 시작된 성직자 독신주의라는 잘못된 교칙에 의해 가톨릭 성직자가 독신으로 살게 된 데 기인한 것으로, 이는 육체를 가진 인간의 생존 본능을 기본적으로 부정한 것입니다. 즉 이러한 사건이 발생하지 않을 수 없는 문제를 내포하고 있는 것입니다. 번식의 목적을 위해 태생적으로 주어진 성 본능을 부정하는 것은 육체를 유지하기 위해 음식을 섭취해야 하는 본능을 부정하는 것과 같은 것으로서, 인간 생존 자체의 본성을 거부하는 결과와 같은 것입니다. 이는 인간을 부정하는 것으로서 근본적으로 현실에 적용해 실행하기 힘든 것이며, 해서도 아니 되는 것입니다.

인류의 발전에 종교가 차지하는 비중이 무엇보다 큼에도 불구하고, 현대의 종교가 인간의 정신적 성숙에 맞추어 발전하지 못한다는 것은 우리 모두의 아쉬움입니다. 따라서 인류가 새로운 단계로 올라가기 위해서는 인류의 정신에 획기적인 자극을 주는 새로운 계시가 요구되고 필요하다는 생각이 듭니다.

이런 관점에서 새로운 계시로서 『유란시아』서가 주어짐은 인류에게 필수적인 것으로 이해됩니다.

2007년 7월 18일

한밤에 흐르는 생각

인생이 무어라고 생각하나요.
생명이 주어졌으니 그냥 사는 것이라고 생각하나요.
욕망이 나를 떠밀고 있으니, 그것에 따르지 않을 수 없다고 생각하나요.
아니면 대답이 없는 질문이라고 자위하나요.

장사가 잘되면 기분이 좋습니다.
승진이 된 날은 날아갈 듯이 기쁩니다.
꿈에 그리던 새 집에 들어서면 가슴이 뿌듯합니다.

그러나 세상의 기쁨이 전부가 아님을 하나씩 배워 갑니다.

애타게 그리던 사랑을 얻으면 더 바랄 것이 없습니다.
자기 몸을 이어받은 자녀를 위해 못 할 일이 없습니다.
무릎을 꿇고 기도할 때는 하나님이 나를 지켜 주는 듯 느낍니다.
그러나 이마저도 내가 아님을 조금씩 알아 갑니다.

인생이 무어라고 생각하나요.
허망한 집착의 허물을 한 겹씩 벗어가는 과정일까요.
나비처럼 화려한 몸짓으로 날기 위한 번데기일까요.

깊어가는 밤,
흐르는 생각을 바라봅니다.

2007년 8월 4일

오늘따라 서글프게 보입니다

오늘따라 모든 게 서글프게 보입니다.

일을 위해 시간 맞춰 달려가는 것도,
얼마를 더 벌겠다고 머리 굴리는 것도,
공 하나 넣었다고 기뻐 날뛰는 모습도,

대궐에 사는 배부른 부자들의 기름진 자태도,
세상을 향해 홀로 자선가인 것처럼 떠벌리는 정치인들도,
오늘따라 부질없는 듯 서글프게 보입니다.

사는 게 어제 오늘의 일이 아닌데 오늘따라 왜 서글픈 걸까요.

때가 되면 먹어야 되는 내 모습이 서글프고,
남에게 좋게 보이려는 내 마음이 서글프고,
잊은 듯 남아 있는 육욕이 서글프고,
그래도 살아야 하는 나 자신이 서글픕니다.

귀를 자르는 고뇌를 겪은 고흐도,
어두움 속에서 악보를 그린 베토벤도,
거리를 방황하며 인생을 맛본 톨스토이도,
그들 작품 속에 한줌 인생의 서글픔을 남기고 간 것인지 모릅니다.

찬송가 소리와 함께 천국을 약속받은 기독교인들은,
장총을 높이 비껴들고 세상과 맞부딪치는 이슬람교도들은,
비전의 진리를 만났다고 기쁨에 젖은 영적 추구자들은,
진정 그들에게 서글픔이란 더 이상 없는 것일까요.

오늘따라 왠지 서글픈 것은 한갓 흐릿한 날씨 때문만은 아닐 것입니다.

2007년 9월 4일

제 분수를 모르는 우리들 자신

우리 속담에 "반풍수가 집안 망친다"는 말이 있습니다. 제대로 알지 못하면서 무리하게 될 때는 오히려 부작용이 클 수 있다는 우려의 말입니다. 사람이 제 분수, 제 능력, 한계를 알고 행동하는 것이 참으로 어렵습니다. 요즘 시끄러운 부정 자격 문제도 그러한 맥락으로 비평이 가해지고 있는 것일 것입니다. 능력이 미치지 못하면서, 지나친 자기 욕심으로, 어떤 때는 이러한 자기 욕심이 정의와 다수를 위하는 것처럼 미화되어 자기 스스로 위로하면서 어떤 일을 무리하게 진행할 경우, 그 결과는 그 능력의 부족과 그 일의 중대함에 반비례해 큰 부작용을 빚을 수 있습니다.

이러한 경우는 인간이 행하는 모든 일에 적용될 수 있을 것입니다. 능력이 모자라는 공무원, 선생, 기술자, 회사원, 심지어 어떤 일시적 위치일지라도, 만약 제 실력으로 그 자리를 획득한 것이 아니라 부정한 자격증이나 권력자의 도움을 받아, 또는 잘못 포장된 능력으로 인해 그 자리, 그 위치를 취득했을 경우, 대부분 주위 사람들로부터 인정받지 못하고 여러 가지 부작용을 빚는 경우를 우리는 흔히 주위에서 접합니다. 문제는 이러한 능력이나 실력이 모자라는 사람은 자기의 분수, 한계를 모르는 데서 더욱 문제가 확대되어 그가 관련된 분야가 진보하기보다는 오히려 후퇴하는 경우도 발생합니다. 자기가 아는 범위, 자기의 지식에 따른 판단이 옳다고 지나치게 주장하는 데서, 그리고 마음속에 숨겨진 자기 과욕에서 비롯된 행동을 할 경우, 자기도 모르게 일을 저지르게 됩니다.

이러한 내용의 글이 오늘 번역 작업한 『유란시아』 내용에 나와 있기에 이를 계기로 한번 생각해보았습니다. 책의 내용은 참다운 종교인의 자세를 말하는 것이지만, 일반적인 행동의 지침에도 적용될 수 있기에 여기 인용합니다.

『유란시아』 "102-2 종교와 현실" 편에 있는 관련된 내용입니다.

"참다운 종교를 확신함에 있어서 아주 특별한 특징 가운데 하나는, 비록 그 확신의 태도가 절대적으로 확신에 넘치며 확고함에도 불구하고 그 확신을 표현하는 정신이 너무나 안정되고 침착해, 결코 조금이라도 자기를 지나치게 내세우거나 또는 이기적으로 자기를 높이는 어떤 느낌을 전달하지 않는 것이다."

그러나 큰 관점에서 보면, 때로는 이러한 인간의 실수와 잘못이 오히려 다음의 더 큰 발전을 위한 밑거름이 되기도 하니, 세상일을 한 쪽의 관점에서 비평할 수는 없는 것으로 보입니다. 그러나 문제는 그러한 실수를 저지르는 사람의 경우 대체적으로 그러한 일을 겪고 난 후에도 문제점을 쉽게 깨닫지 못하기 때문에 아쉬운 것입니다. 자기의 분수를 알고 자기를 낮추는 자세를 갖기란 참으로 어렵습니다. 오직 지속적인 자기 성찰과 이에 따른 정신적 영적 진보만이 우리에게 이를 이루게 해줄 것입니다. 나 자신은 이런 말을 쓸 자격이 있는가, 반성해 봅니다. 언젠가 좀 더 성장하게 된다면 아마 이런 글을 쓰지 않게 될 것입니다.

2007년 9월 11일

"의식이 우주의 실체"라고 말하는 과학자

"우리는 종종 정신과 물질을 구분합니다만, 물질의 근원을 파고 들어가면 물질과 에너지의 경계가 사라짐을 알게 됩니다. 더 깊이 들어가면 물질은 에너지가 겉으로 드러나는 모습이며, 결국에는 그 모습을 결정짓는 정보, 더 나아가서 의식만이 남는다는 결론에 이르게 됩니다. 의식이 우주의 실체라는 이야기지요."

이 글은 한국표준과학연구원에 근무하는 방건웅 박사가 10월에 개최된 국제과학 심포지엄의 어느 행사 프로그램을 소개하는 서문 가운데 들어 있는 내용의 일부입니다. 아마 내가 알기로 이분은 자연과학을 전공한 분으로서, 한국과 동양 사상에 대해 어느 누구 못지않게 깊이 있고 치우치지 않게 잘 이해하고 있으면서, 많은 좋은 글들을 저술하고 있는 분으로 알고 있습니다.

위의 인용 글에서 "근원을 파고 들어가면, 물질과 에너지의 경계가 사라지며, 결국에는 정보, 의식만이 남는다."라는 말은 아주 특별한 깨달음을 주는 대목입니다. 물질, 정신의 근원에는 의식, 정보를 구사하는 생각이 있다는 설명은 참으로 간단하게 우주의 근본을 묘사한 것으로서, 결국 과학의 길도 궁극에는 같은 결론을 얻는 것으로 보입니다.

그 의식에 이름을 붙이면 하나님, 우주 아버지, 신 등 어떤 절대적 존재가 될 것이며, 이러한 이름의 명칭을 떠나서 모든 우주가 이러한 생각, 의식으로부터 연유해 변화의 과정을 거치면서 표현되고 전개된 것이 우주라는 설명으로 연결될 수 있습니다. 이분은 특히 이 생각 의식이 우주의 '실체'라고 언급하고 있습니다. 마치 『유란시아』의 내용을 알고 이야기하는 것처럼 보일 정도입니다.

이분이 정신세계원이라는 곳에서 발행하는 정기 간행물에 발표한 글들에는 많은 공감을 주는 내용들이 있습니다. 언제 함께 연구할 기회가 있기를 바랍니다.

2007년 9월 18일

닮았다는 이야기

살다 보면 누가 누구를 닮았다는 얘기들을 합니다.

오늘 엘리베이터에서 만난 이웃 분이 우리 부부를 보면서 오누이 같다고 말을 건네는 것이었습니다. 이 말은 몇 차례 들었는데, 아마 오랫동안 함께 살다 보니 성격과 감정이 서로 비슷해져 얼굴이나 인상이 닮아 버렸는지 모릅니다. 이 말을 들으면서, 그동안 내가 누구를 닮았다고 들었던 기억들이 되살아났습니다. 십 몇 년 전 외국회사 한국지사에 근무할 때 사장 비서가 나이든 여자 분이었는데, 저를 보면서 지나가는 말처럼 그때 '블루문 특급'이란 TV 시리즈로 한참 유명하던 브루스 윌리스를 닮았다고 했습니다. 그 말을 들으면서 내가 왜 그런 인상을 주었을까 하는 의문이 잠깐 들었었습니다.

그리고 한 십여 년 전 같은 취미 활동을 하는 친구들과 함께한 자리에서 가까운 친구가 또 지나가는 말처럼 옆모습이 게리 쿠퍼를 닮았다고 말해 웃고 넘겼습니다. 얼핏 얼굴 윤곽에서 그런 느낌을 받았겠구나 하고 지나쳤습니다. 그러나 싫지 않은 그 말이 잊히지 않습니다. 한 이삼년 전 여럿 친구들이 함께한 술자리에서 지금은 물러난 영국 수상 토니 블레어를 닮았다는 말을 또한 했는데, 다른 친구들도 그러고 보니 닮았다고 동의하는 것이었습니다. 며칠 전 한 저녁 자리에서는 스스로 약간 마음공부를 하는 도인 행세를 하는 사람이 나를 보고 율 브린너를 닮았다고 말했습니다. 이 날 처음 만났는데, 그 사람이 나의 매서운 날카로운 눈빛이 그 사람을 닮았다고 말하는 것이었습니다. 그래서 모두 네 번, 그 중 세 번은 유명한 미국 배우들, 한 번은 영국 정치인을 닮았다는 이야기를 들은 셈입니다.

이제 새삼 그들은 왜 그런 말들을 했을까 하는 생각이 듭니다. 인간이 닮았다는 것은 그 사람이 주는 느낌과 인상이 비슷한 점이 있다는 의미이며, 이는 서로의 성품에 유사점이 있다는 뜻일 것입니다. 브루스 윌리스, 또는 게리 쿠퍼와 닮은 점은 모르겠으나, 토니 블레어의 경우는 나도 약간은 인정이 가는 느낌이었습니다. 좀 웃는 기본적인 표정에 약간 가벼운 경쾌한 느낌이 블레어에게서 느껴지는데, 나도 아마 그런 점이 있지 않나 생각됩니다.

이들 닮았다는 네 명의 인상과 인생을 생각하면서, 윌리스는 '다이 하드'에서 보여준 활발한 적극성, 쿠퍼는 '하이 눈'에서 보여준 굳건한 의지의 인간성, 블레어는 그가 기자회견을 하면서 보여준 경쾌한 밝음, 브린너는 '여로'에서 보여준 의리를 중시하는 정신을 나도 모르게 귀중하게 생각하면서, 본받을 만한 좋은 성품이라고 마음속으로 생각했던 것 같습니다. 그것이 아마 오랜 기간이 지나면서 어쩌면 내 얼굴의 어느 한 부분의 인상을 닮게 했는지도 모르겠습니다.

몇 년이 지난 후 내가 또 누구와 닮았다는 말을 들을지 모릅니다.

가능하다면 그 때는 내 나름대로의 어떤 얼굴을 갖고 싶습니다.

그러나 그것은 더욱 어려운 길임을 알기에 조심스럽습니다.

2007년 9월 19일

화분에 갇힌 난초의 생명

며칠 여행을 다녀온 사이 여린 난초의 풀잎 몇 가닥이 물을 얻지 못해 누런색을 띠었습니다. 방 속 화분 안에 갇힌 난초는 내가 물을 주지 않으면 죽게 마련입니다. 그러면 내가 무슨 권리로 이 난초의 생명을 좌지우지하려 하겠습니까.

지나는 길가 어느 집 앞, 목이 쇠줄에 동여매인 누런 개는 지나가는 나를 반가운 듯 애처로운 눈으로 쳐다봅니다. 인간은 정말 저 애처로운 개의 자유를 빼앗을 권리가 있는 것일까요.

나는 정녕 어느 누구에 의해 자유가 구속되고 생명이 좌지우지되는 그러한 처지에 놓여 있지는 않은 것인가요.

우리 모두는, 인류는 어떤 사상에 얽매여 그 굴레를 벗어나지 못하고, 생명이 제 맘대로 조종되고 있는데도 정녕 이를 알지 못하고 있는 것은 아닐까요.

내 것이라 생각하고 내 맘대로 하는 것으로 생각하지만, 어쩌면 착각이고 환상인지도 모릅니다.

2007년 10월 1일

우리들의 아름다움에 대한 생각

아름다운 몸, 마음, 영혼을 우리 주위에서 보고 만나게 됨은 큰 기쁨입니다. 이와 반대로 못난 모습과 비뚤어진 마음, 거짓된 영혼을 알게 되면 우리는 실망과 섭섭함을 느낍니다. 우리의 육체와 마음과 정신이 제대로 성장하고 성숙해 아름다움을 갖추기란 참으로 쉽지 않습니다.

육체의 성장과 관련해, 적절한 영양에 의한 발육도 중요하지만, 이를 제대로 운영하는 습관이 더욱 중요합니다. 편협한 입맛으로 특정한 종류의 음식을 지나치게 좋아해 이를 계속 섭취함으로써 신체의 균형을 깨뜨리거나, 몸이 거부하는 담배나 술을 지나치게 흡수하는 일, 또 피로를 호소하는데도 너무 혹사하는 잘못된 버릇과 습관은 물질적 차원의 육체에 대한 불균형이며 잘못입니다. 그러나 주위에서 나 자신을 포함해, 이러한 나쁜 습관에 젖어 있는 사람들을 너무나 쉽게 많이 만나게 됩니다. 이 육체적 균형도 제대로 갖추지 못하면서 다음 차원의 성장을 기대하기란 참으로 힘들다는 생각이 듭니다. 이러한 관점에서 자기 육체에 대한 성실한 자세와 태도가 중요하다고 판단됩니다.

육체에 못지않게 마음 세계의 아름다움은 더욱 중요할 것입니다. 아름다움을 느낄 줄 알고 남을 비웃지 않으며, 시기하지 않고 다른 사람의 입장을 배려할 줄 아는 마음, 이러한 긍정적인 균형 잡힌 마음이란 정말 아름다움일 것입니다. 이러한 마음이 자기 안에서 자연스레 나오는 인간이 되는 것은 결코 쉬운 일이 아닙니다. 이런 사람을 주위에서, 심지어 가까운 가족 안에서조차 찾아보기 쉽지 않습니다. 남의 잘못을 보고 즐거워하며, 남이 오히려 잘못 되기를 은근히 바라고, 자기의 잘못된 마음가짐을 도저히 알아보지 못하는 것이 우리들 평범한 인간 군상입니다.

교육이나 종교란 궁극적으로 이러한 비뚤어진 마음을 바로잡는 데 목적이 있다고 말할 수 있을 것입니다.

우리들 세상의 가정과 사회와 국가는 기술과 학문의 경지를 넘어서 인간의 육체와 마음의 올바른 성장 방향을 제시하고, 이러한 방향을 위한 교육과 사회적 분위기를 만들도록 노력하는 시대가 와야 한다고 믿습니다. 이러할 때 진정한 사회적 발전과 지구 전체의 발전이 있게 될 것입니다. 그러나 무엇보다 중요한 것은 정신, 영혼의 아름다움입니다. 정신의 아름다움은 올바른 가치관을 바탕으로 한 정신적, 영적 성숙에 있을 것입니다. 이러한 영적 아름다움은 우리가 논의하기에는 어떤 의미에서 아직 어린 단계에 있을지도 모릅니다. 영적 아름다움을 이야기해도 그 영적 가치의 의미를 이해하지 못하는 수준에서는 그것이 의미하는 바를 진정으로 우리 스스로가 알지 못하기 때문입니다. 올바른 가치란 올바른 지식의 바탕에서 적절한 경험을 통해 그 의미를 깊이 깨달아야 겨우 얻을 수 있을 것이기 때문입니다.

잘못된 지식으로부터의 해방, 즉 진리의 획득과 불균형으로부터의 벗어남, 즉 자기 본위의 편협하지 않은 판단과 편견으로부터의 벗어남, 그리고 자기를 절대적 객관의 위치에 두고 상대를 이해할 수 있는 깊은 이해심, 즉 남을 자기와 같이 생각하고 배려할 수 있는 정신, 나아가 진리와 이상, 높은 가치를 추구하는 자세와 용기, 이러한 것들은 아마 우리가 아는 범위의 영적 성장의 가장 기초적인 수준일 것입니다. 아마 이러한 영적 발전의 단계를 거쳐서 더욱 성장하게 되면, 자기 내면의 영적 존재인 '생각 조율자'와 서로 소통할 수 있는 경지에도 이르게 될 것이며, 이것이 인간이 이 땅에서 살아가는 동안 추구해야 할 참된 목표일 것입니다. 이는 의식적으로 노력해서 되는 것이 아니라, 육체와 마음과 정신의 단계적 성장에 따른 결과적 현상이어야 하는 것으로 알고 있습니다.

육체, 마음, 정신의 성장에 대해 이러한 관점에서 생각해 보면서 나는 지금 어떤 위치, 어떤 단계에 있을까 자문해 봅니다. 아직 걸음마 단계인 우리 자신을 보면서 서로 격려하고 도우며 함께 노력해야 하겠다는 생각이 듦은 어쩔 수 없는 현실일 것입니다.

2007년 10월 10일

가을 설악산 등산

개인적인 등산 이야기를 하려니 좀 쑥스럽습니다.

장성한 아들과 함께 가끔 등산을 합니다. 지난 주말, 휴가 중인 아들이 설악산 등산, 특히 공룡능선(恐龍稜線)을 타고 싶다고 제의를 해와 2박 3일 일정으로 길을 나섰습니다. 백담사 입구 용대리 휴양림 나무집에서 숙박한 후, 월요일 아침 9시 두 명이 백담사를 출발, 장정에 나섰습니다. 영시암과 오세암을 거쳐 마등령 고개를 치고 오를 때부터, 평소 주말의 두세 시간 등산에 젖어 있던 나의 다리는 더 못 버티겠다는 신호로 쥐가 나기 시작했습니다. 그러나 평소 내 지론대로 주인인 내가 간절히 바라면 무리가 되더라도 몸이 따라 줄 것으로 믿고, 좀 염려는 되었지만 그래도 강행했습니다.

용아장성(龍牙長城) 루트가 등산객의 추락사고 다발로 인해 폐쇄되고 난 뒤, 가장 힘든 코스가 되어 버린 공룡능선은 그 이름값을 했습니다.

그래도 나는 10여 년 전에 한 번 이 코스를 등반한 적이 있는 경험을 믿고 자신을 격려하면서 용기를 내었습니다. 다리의 근육이 삐끗하면서 통증을 주는 쥐는 평소 쓰지 않던 여러 근육을 번갈아 가면서 건드렸습니다. 그때마다 손가락으로 아픈 곳을 지압해 제압하면서 앞으로 나아갔습니다.

그런데 신기하게도 쥐가 나기 시작한 후 서너 시간이 지나자, 어느 순간부터 언제 아팠냐는 듯 아무렇지도 않은 것이었습니다. 아마 근육이 움직임에 적응하게 되었거나 아니면 주인에게 협조하기로 마음을 돌려먹었나 봅니다. 공룡능선의 가파르기로 유명한 오르락내리락하는 몇 차례 고개를 넘으며 단풍으로 물든 나무와 기암괴석의 바위들을 즐기며 보는 사이, 햇살이 힘을 잃어가는 오후 6시 경 능선 끝자락에 위치한 희운각 대피소에 도착했습니다. 등산 지도상에 10시간으로 적힌, 백담사에서 공룡능선을 거쳐 희운각까지의 코스를 9시간에 간 것입니다.

희운각 대피소는 평일인데도 봉정암을 찾는 단체 불교신자 등산객들로 만원이었습니다. 서로 어깨와 발이 맞닿는 침상은 포로수용소를 방불케 했으며, 조그만 방은 추운 날씨 때문에 밀폐되어 있어서 숨이 막히는 듯해 자는 둥 마는 둥 선잠을 잘 수밖에 없었습니다. 지난 10월 1일부터 인터넷으로 예약 받는 것을 믿고, 만약 이런 시설에 외국 등산객이 뭣모르고 예약하여 숙박했다가는 큰 낭패를 치르겠다는 생각이 들었습니다. 이 정도밖에 되지 않는 수준의 내 나라가 창피하게까지도 느껴졌습니다.

먼동이 트자 도망치듯 희운각을 떠나 길을 나섰습니다. 희운각에서 소청봉으로 1시간 여 가파른 길을 오른 후, 소청 대피소에서 멀리 구름이 지나가는 공룡능선을 내려다보면서 먹는 라면과 햇반은 별미였습니다. 대피소에서 아래로 멀지 않은 곳에 있는 봉정암은 지금 불사가 한참입니다. 하루 방문 불자가 8천 명이 넘는다는 이 암자는 이제 전국에 있는 불교인들의 성지가 되어 찾아오는 신도들로 넘쳐나고 있었습니다. 절의 증축 공사를 위해 쉬지 않고 헬리콥터가 자재를 실어 나르고, 천년의 풍상을 지나온 석가사리탑 앞에는 많은 신도들이 불공을 드리고 있었습니다. 여기에서도 인간에게 종교가 얼마나 큰 비중을 차지하는지 새삼 느꼈습니다.

이번 등산에서 한 가지 개인적으로 보람 있었던 것은, 아들에게 『유란시아』의 내용을 나름대로 객관적으로 소개할 기회가 있었던 점입니다. 아들은 오래 전부터 내가 『유란시아』에 심취하고 있음은 알고 있었지만, 종교는 어디까지나 개인적 문제이기에 가족에게 설득하거나 강요하는 것을 피해온 나로서는 이번 등산에서 자연스레 『유란시아』의 가르침에 대한 나 자신의 의견을 보다 깊이 전달할 수 있는 좋은 기회였습니다.

많은 종교와 사상, 잡다한 가르침을 섭렵해온 아버지를 알고 있는 아들에게 이제 그러한 섭렵의 끝에 어느 정도 안정된 이론을 만났다는 이야기가 어떻게 받아들여졌는지 알 수 없습니다. 그러나 이러한 가르침이 있다는 것을 참고로 알고 있다가, 바쁜 직장생활에서 여유로워져서 종교가 생각날 때, 이 『유란시아』를 가까이할 것을 권유했습니다. 서로 신뢰 관계에 있는 아들은 나의 말을 기꺼이 받아들이는 것으로 보여 기뻤습니다.

소청에서 봉정암을 거쳐 백담사에 이르는 10km의 가야동 계곡은 지금 가을 단풍으로 한참이었습니다. 초록빛 물과 폭포와 절벽을 이룬 바위들이 가끔씩 발길을 멈추게 했고, 계곡물에 담근 발은 찬물을 견딜 수 없어 오래 있지 못하게 했습니다.

우리를 포함한 이 자연은 절대적 아름다움과 선의 가치인 신의 성품이 전개된 것이라고 합니다. 자연을 바라봄은 우리를 보는 것이요, 우리들이 지향하는 아름다움을 만나는 것입니다. 산이 있고, 물이 있고, 나무들이 있어 우리는 행복합니다.

2007년 10월 12일

인간 사이의 관계

인간은 모두 모습도 생각도 서로 다릅니다.
인간과 인간의 사이는 무엇인가요. 인간관계입니다.
나와 저 사람 사이의 관계, 이는 나 이외의 모든 사람과 사이에 해당됩니다. 자기 배우자도, 자식도, 부모도, 친구도, 애인도 모두 어떤 관계의 정립 속에 존재합니다.

이 관계의 실체는 사실 자기 자신만이 알고 있습니다. 겉으로는 친한 척해도 마음속으로는 별 볼일 없이 생각할 수도 있고, 표면적으로는 아무렇지 않은 척해도 속으로는 어쩌지 못하는 애정으로 끙끙 앓을 수도 있습니다.

얽히고설킨 것이 인간관계입니다.
존경도, 애정도, 미움도 인간 사이에 얽힌 온갖 관계의 한 형태입니다.

툴툴 털어 버리면 아무것도 아닐 수 있지만, 그러지 못하는 것이 인간입니다.

같이 일하고 식사하고 술을 마시면서 친한 척해도 사실 별 볼일 없을 경우가 대부분입니다. 돌아서고 헤어지면 별 관심을 주지 않는 게 우리들 인간 사이입니다.
슬프지만 그게 현실입니다.

나 자신의 기쁜 이야기, 슬픈 이야기를 들어 줄 사람은 흔치 않습니다. 기쁨의 이야기는 쓰잘 데 없는 자랑으로 취급해 아예 관심조차 주지 않으며, 슬픈 이야기는 겉으로는 위로 하는 척해도 속으로는 고소해 하는 것이 우리 서글픈 인간들의 실상입니다.

어찌하면 이 서글픈 관계를 인간답게 마음의 관계로 승화시킬 수 있을까요. 그것은 자신이 승화되어야 하고, 그리고 승화된 대상을 만나야 할지 모르겠습니다. 그러니 인간관계란 어려운 문제입니다.

승화된 인간관계.
그것을 바라면서 살아갑니다.

2007년 10월 14일

여의도 순복음 교회 제2성전이 주는 느낌

그제 일요일 낮, 서울 강남 대로를 지나다가 '여의도 순복음 교회 제2성전'의 위치 안내판을 보게 되었습니다. 약속 시간까지 시간적 여유가 있어서 그곳을 찾아가 보았습니다. 겉으로 볼 때는 몰랐으나 건물 안으로 들어서자, 운동장처럼 넓은 면적에 지하 4층까지를 한 공간으로 틔워서 만든 극장식 강당. 엄청난 시설이었습니다. 낮 1시, 중앙에 설치된 대형 화면에서 조용기 목사의 설교가 한참 진행되고 있었는데, 강당을 거의 메운 신도들은 조용히 경청하다가 중간의 말씀 끝부분 여러 곳에서 '아멘'을 후렴으로 답하고 있었습니다.

여의도 순복음 교회가 대단한 규모이며, 매 예배마다 신도들로 미어지고, 한번 들어가면 중간에 화장실을 갈 수 없어 예배에 참석할 때는 물도 마시지 않는다는 이야기를 이곳에 다니는 친구로부터 들은 적이 있습니다. 그러나 직접 조용기 목사의 설교를 듣지도 않는 제2성전이 이렇게 클 줄은 미처 생각 못 했습니다. 이 교회 예배 시간표를 보니, 오전 7시부터 오후 7시까지 7번 예배를 드리며, 이 중 가운데 4회가 조용기 목사의 설교를 녹화 방송하는 것이었습니다. 조용기 목사 한 분의 뛰어난 능력을 새삼 느꼈습니다.

이 날 내가 방문한 시간에도 조 목사의 설교 녹화 방송이 진행 중이어서 약 20분간 경청했습니다. 역시 이분의 설교 내용은 특색이 있었습니다. 평범한 듯하면서도 영적 깨달음과 적절한 성경의 인용, 외국 유명 인사들의 뛰어난 문장 인용, 이러한 내용의 주요 부분은 영어, 일어 등으로 자막처리를 하는 등, 세밀한 노력으로 많은 신도들의 마음을 사로잡을 수 있는 능력이 있음을 충분히 보여 주었습니다.

이 날 하루의 설교로 평하기는 힘들지만, 이 날의 내용 중 일부는 "모든 인간의 행동은 마음이 좌우하는 것이며, 그 마음을 무엇으로 채우느냐가 그 사람을 결정하는 것이고, 이를 하나님의 말씀으로 채워야 한다"는 것이었습니다. 그러면서 덧붙여 "이제 이 나라에 지도자 대통령을 선출하는데, 하나님의 말씀으로 채워진 사람을 뽑아야 이 나라가 하나님이 바라는 방향으로 나아갈 것입니다."라고 강조하는 것이었습니다. 잠깐 듣는 동안 이러한 설교를 듣게 되어 의외의 느낌이었습니다. 옛날부터 기독교는 정치와 가까운 관계에 있으므로 이를 무어라고 말하기 어려운 문제이며, 이는 전적으로 개인적인 판단에 따를 주제일 것 같습니다.

교회 입구에서 이 교회에서 발행하는 '순복음 가족신문'을 한 부 얻어서 제목을 보았습니다. 오는 일요일인 10월 19일, 잠실 올림픽 주경기장에서 회개와 영적 각성을 위한 기도 대성회를 개최하는데 12만 명이 참석할 예정이며, 조용기 목사를 비롯해 세계 유수 목사들이 설교한다고 알리고 있었습니다. 이 모임에 80개국에서 1500명의 외국 신도들도 참석한다고 합니다. 바야흐로 순복음 교회의 세계화를 보여 주는 대부흥회로 여겨집니다. 이는 직접적으로 한국인의 기독교에 대한 열정, 종교에 대한 적극성을 알게 해주는 사례일 것입니다.

한 가지 흥미로운 사실은, 이 신문의 기사를 읽으면서 느낀 점인데, 십일조를 간접적으로 강조한 것입니다. 남편이 병을 얻은 한 신도의 체험기는 꿈에 하얀 옷을 입은 사람을 만나 남편의 병을 낫게 해달라고 하자, 십일조 카드를 가지고 왔느냐고 물었다고 합니다. 카드가 없다고 하자 그냥 돌아서 갔다는 것입니다. 그래서 그 후부터 교회에 십일조 헌금을 꼭꼭 냈더니 얼마 지나지 않아 남편의 병이 나았다는 이야기였습니다. 또 한 면을 가득 채운 이야기는, 어느 신도가 운영하는 중소기업을 소개하는 것이었습니다. '속옷 전문 브랜드 *** ** 믿음의 기업, 십일조 법칙 통해 동대문 성공 신화 이뤄' 라고 제목을 붙여 놓았습니다. 오늘의 순복음 교회의 거대한 성장 밑바닥에 이러한 십일조가 바탕이 되었음을 알게 했으며, 이는 앞으로도 계속될 것임을 보여 주었습니다.

위의 사실들을 보면서, 『유란시아』가 미국에서 1955년 처음 인쇄되어 출판될 때, 이를 지도하는 영적 존재인 중도자(Midwayer)들이 이 책을 받는 접촉 위원(Contact Commission)들에게 처음 일정 기간 동안은 지나치게 책의 전파를 위한 적극적인 활동을 자제할 것을 당부했다는 이야기가 떠올랐습니다. 지금도 그 가르침의 내용에 비해 상대적으로 조직이나 활동이 알려지지 않은 점이 의외라고 생각되었습니다.

이를 계기로 진정한 종교적 활동은 어떻게 해야 하는 것인가 다시 한 번 생각하고, 아울러 『유란시아』와 관련된 종교적 활동은 어떻게 하는 것이 바람직한 것인가, 반성하고 싶었습니다.

2007년 10월 16일

영화 'Eight Below'

'Eight Below' 라는 영화를 어제 보았습니다.

원작 『남극 이야기』를 영화화한 작품으로, 썰매를 끄는 개에 관한 이야기입니다. 늦은 1월 남극 탐사기지에 한 미국 지질학자가 운석을 찾으러 나타납니다. 탐사를 가려는 지역이 얼음층이 엷어서 8마리의 개가 끄는 썰매로 이동해야만 합니다. 이 8마리의 개에게는 이들을 돌보는 청년이 있으며, 그들 사이의 관계는 각별합니다.

이틀을 달려가는 탐사에서 박사가 얼음 틈새로 빠졌다가 겨우 살아나고, 결국 얼음에 미끄러져 다리를 다친 박사를 썰매에 싣고 어렵게 기지에 돌아옵니다. 그러나 갑자기 불어 닥친 폭풍으로 모든 기지의 사람들은 급히 육지로 철수하게 됩니다. 곧바로 개를 데리러 다시 돌아올 수 있을 줄 알았던 청년은 계속된 악천후로 돌아오지 못하게 되자 시름에 빠집니다. 온갖 방법과 노력을 기울였으나 개를 데리러 돌아갈 수가 없습니다.

한편, 추위에 남겨진 이들 8마리의 개들은 며칠을 기다리다 생존을 위해 묶어둔 쇠 끈을 끊고 생존의 길을 찾아 설원을 헤맵니다. 그러나 그 중 리드 격인 한 마리는 끝내 끈을 끊지 않고 그 자리를 지키다가 동사하고 맙니다. 청년은 결국 혼자서 남극이 가까운 뉴질랜드를 찾아 남극에 갈 방법을 모색합니다. 이때 개의 도움으로 생명을 건진 박사가 이들 개에 대한 은혜의 소중함을 뒤늦게 깨닫고 청년을 도우러 다른 일행과 함께 뉴질랜드에 나타나 헬기와 쇄빙선을 동원해 현지에 다다릅니다. 다시 돌아온 기지에서 겨울 6개월 동안 혹독한 추위 속에서 온갖 시련을 겪으면서도 기지와 협동심으로 살아남은 6 마리의 개들과 극적인 상봉을 하고, 이들을 구출해 미국으로 돌아갑니다.

이 영화에서, 제가 얻은 오직 한 가지 교훈은 '충성심' 입니다. 개가 인간에게 목숨을 바쳐 헌신하는 충성심은 그 어느 무엇의 정신과 비교할 수가 없습니다. 우리가 잘 아는 플랜더스의 개 이야기, 산불로부터 주인을 구하려고 몸에 물을 추겨 목숨을 바친 우리 전래의 충견 이야기, 진돗개의 천리 길 자기 집 주인 찾아가는 이야기 등, 개는 바로 충성심을 대변합니다. 오직 생존과 번식만을 추구해야 할 동물이 어떤 대상에게 본능을 넘어 자기를 희생하는 이러한 높은 정신을 발휘한다는 것은 경이로운 일입니다. 충성심에 대한 본보기로 개에게 이러한 심성을 심어 주고 우리에게 이를 보여 주는지도 모릅니다.

우리 인간이 추구하는 정신적 덕목 중 하나도 충성심입니다. 『유란시아』에서 충성심(loyalty)이라는 용어가 크게 강조되고 있습니다. 그러나 이 충성심은 창조주, 우주 아버지 하나님에 대한 인간의 충성심을 말하는 것으로 이해됩니다. 일반적으로 말하는 충성심이란 중세의 신하가 왕에게 바치는 복종심, 다시 말하면 인간이 자기보다 높은 지위에 있는 또 다른 인간에게 복종하는 그러한 정신을 충성심으로 알고 말하는 것으로 저는 이해하고 있습니다. 그러나 우리가 추구해야 할 이 충성심은 높은 가치, 즉 모든 생명체, 도덕과 윤리를 지키고 이상을 추구하는 인간이 이루어야 할 정신적·영혼적 가치를 유지하려 하고 추구하고 사수하는 적극적인 정신을 의미합니다. 비록 썰매개의 주인에 대한 충성심이 인간이 추구하는 이 충성심과는 다를 수 있겠지만, 그러나 어떤 대상에 대해 온 마음과 노력과 생명을 바치는 그 심성의 깊이와 수준만큼은 인간이 본받아야 할 것입니다.

지금을 살아가는 우리 인간은 안타깝게도 충성을 바쳐야 할 가치를 근본적으로 찾지 못하고 있으며, 훌륭한 충성심을 나타낼 가능성마저도 갖추지 못한 것 같아, 이러한 정신적 성장의 길에 있어서 아직 초기 단계에 있는 것으로 여겨집니다. 올바른 가치를 지키려는 충성심, 그것은 언젠가는 성품을 가진 존재가 보여 줄 수 있는 정말 아름다운 모습 중의 하나가 될 것입니다.

우리들 인생은 어떠한가요. 그저 먹고 살기에 급급하고, 돈 좀 더 벌고, 즐거움을 더 느끼고, 남보다 좀 더 오래 잘살려고 발버둥치는 게 고작입니다. 그러나 생각해 보면, 인생의 보람이란 생을 통해서 의미를 느끼고 자기에게 오래 남을 정신적 가치를 추구하는 데 있으며, 이것이 참된 목표일 것입니다. 종교와 진리를 알아서 무엇 합니까? 종교와 진리는 하나의 도구요 방편에 불과합니다. 그것을 통해서 인간이 가치를 이루지 못한다면, 아무짝에도 못 쓰는 허세이자 허풍에 불과합니다.

나를 포함해 우리는 이제 진리가 우리에게 인생을 통해 가치를 추구해야 한다는 사실을 가르쳐 주는 길 안내서라는 정도를 알게 되었습니다. 그러나 그것의 실천은 전혀 다른 것으로 또 하나의 어려운 길입니다. 어떤 사실을 알기도 어렵지만, 이를 실천하기란 더욱 힘이 듭니다. 그것이 자신의 신념이 될 정도로 깨달아야 하기 때문입니다.

먼 길을 한 걸음씩 함께 나아가기를 기원합니다.

2007년 10월 22일

일란성 쌍둥이 인생(Identical Twin Sister)

인간에게 있어서 태어난 생년월일, 즉 사주, 부모의 유전자 DNA, 그리고 성장하는 환경이 각각 어떻게 그 사람의 생애에 영향을 미칠까요?

35년 전 미국 동부에서 일란성 쌍둥이 두 자매가 태어났습니다. 산모는 정신분열증 환자였으며, 아버지는 알려지지 않았습니다. 심리학자들이 '인간의 유전자와 성장환경(DNA genetic program vs nurture) 중 어느 쪽이 인간의 인성 형성에 더 영향을 주는가? 라는 주제를 연구하기 위해 입양기관을 통해 이들 자매를 각각 다른 가정에 입양시켰습니다. 이들 연구기관은 10 여 년간 이들의 성장에 관한 자료를 얻어 분석, 연구하다가 윤리적 · 인도주의적 문제에 부딪혀 중단하고 말았습니다.

지난 2003년 나이 35세가 된 이들 자매 중 한 명이 생모를 찾아 나섰다가 이러한 사실을 알게되었습니다. 그녀는 드디어 극적으로 다른 자매를 만나 그 과정을 *Identical Strangers*라는 책으로 내어 세상에 알려지게 된 것입니다.

폴라 번스타인(Paula Bernstein)은 뉴욕의 좋은 가정에서 양육되어 일류 학교를 졸업하고, 결혼 후 두 아이의 어머니가 되어 프리랜서 작가로 활동 중이며, 남편과 행복한 생활을 하고 있습니다. 엘리스 샤인 (Elyce Schein)은 6살 때 양모가 사망한 후 사랑을 받지 못하고 자랐으며, 온갖 고난을 겪으면서 강한 성격으로 성장해, 파리에서 필름 메이커 (film maker)로 활약하던 중 생모를 찾아 나섰던 것입니다.

이들이 만나서 서로 알게 된 점은, 비록 자란 환경은 엄청나게 다르지만, 만나자마자 서로가 쌍둥이란 것을 알 정도로 닮았다는 것이었습니다. 행동거지, 말투, 웃는 버릇, 영화를 좋아하는 취미, 신체적 알레르기, 상습 안면 경련증 등 많은 부분이 서로 같았습니다. 또한 둘 다 어릴 때부터 파리 여행을 꿈꾸다가 이를 이루었으며, 고교 때는 학교신문 편집일을 했고, 대학에선 영화를 전공했으며, 지금은 글을 쓰고 있다는, 많은 우연찮은 일치점들을 확인한 것입니다. 결과적으로 성장 환경이 아무리 달라도 유전적 요소들은 그 인간의 생애에 영향을 미치며 개인의 행동을 결정짓는다는 사실을 알게 해주는 예입니다.

그러나 이러한 유전적 요인을 태생적으로 가지고 있더라도, 또한 성장 환경이 인간을 변화시키는 것도 부정할 수 없는 사실입니다. 그러므로 그 어느 것을 절대적이라고 할 수 없다는 생각이 들게 합니다.

좋은 씨와 좋은 밭이 좋은 열매를 맺음은 당연할 것입니다.

2007년 10월 31일

과일 한 조각

저녁노을 어스름은 그 오묘한 색깔의 변화를 따라잡기도 전에 하루를 마감하며 멀리 사라져 갑니다. 참선 음악을 컴퓨터 화면 밑에 깔고, 그 선율을 따라 안으로 차분히 가라앉는 느낌을 즐기며 글을 써봅니다. 인간인 것을, 인간으로 존재하게 된 것을 음미해 봅니다.

어제 한 모임에서 여럿이 맛있는 음식을 먹는 자리가 있었습니다. 음식이 나오면, 사람들의 반응은 제각각 다릅니다. 요리해 다 함께 먹는 음식일 경우, 어떤 사람은 잘 익은 것을 남보다 먼저 챙겨먹기에 급급합니다. 배가 고파서라기보다는 자기에게 이익이 되는 것을 먼저 확보하려는 인간의 본능일 것입니다. 어린아이들을 보면 대체로 배가 고파서라기보다 먹으려는 본능으로 배가 불러도 계속 먹는 경우를 흔히 보게 됩니다. 어른이 되어서도 먹는 것을 알맞게 절제하지 못하는 것이 우리들입니다. 먹는 행위와 인간의 관계는 생존 본능과 이기심의 복합적 문제이기 때문에 이를 쉽게 말하기는 어렵습니다. 어지간히 몇 십 년을 줄기차게 먹었으면 이제 도가 트일 법도 한데, 그렇지 못한 게 우리 인간입니다.

그제는 등산 도중 잠깐 쉬는 사이에 여러 친구들이 둘러앉아 배를 깎아 먹었습니다. 어설픈 자세에서 깎는 배의 크기는 들쑥날쑥하기 마련입니다. 종이 위에 적당히 담아 하나씩 집으라고 돌리면, 본능적으로 그중에서 가장 큰 것을 자기도 모르게 집는 경우가 많습니다. 어떤 사람은 뒷사람 생각은 하지 않고 두 개를 집기도 합니다. 한두 사람은 자기 몫이 없어질까 봐 몇 걸음 다가와서 얼른 집어갑니다. 그러나 대부분의 사람은 크기에 상관없이 가까운 것을 집습니다. 이 조그만 행동을 보면서 다른 때와는 달리, 여기에도 이기심과 이타심의 원리가 적용되기도 하겠구나 하는 느낌이 들었습니다.

만약 같이 자리한 사람이 가족이나 연인처럼 서로를 아끼는 사이라면, 아마 먼저 집더라도 자기가 작은 것을 집고 사랑하는 사람에게 큰 것을 양보하는 모습을 자기도 모르게 보일지도 모릅니다. 이런 행동이 가족 사이에는 일어나는데, 왜 타인과의 사이에는 일어나지 않을까요. 이것이 남을 생각하는 이타심의 가장 첫 걸음일 것이라는 생각이 들었습니다.

이기심이 없어도 안 되고 이타심이 너무 넘쳐도 안 되니, 이것이 어렵습니다. 이기심이 없으면 자기라는 개인이 존재할 수 없으며, 이타심이 너무 많은 경우 자칫 남을 돕는다는 자기기만이나 자기만족에 빠진 허구에 잡혀 있을 수도 있기 때문입니다. 자기 몸 하나, 욕심 하나 다루지 못하면서 정신적으로, 영적으로 행동한다고 말하기란 참으로 어렵습니다. 그러나 인간이 생존함에 있어서 물질적, 신체적으로 욕심 또한 필요하기 때문에 이를 일방적으로 판단하지 못함에 정말 더 큰 어려움이 있습니다. 그래서 이의 균형을 위해 경험과 지혜가 필요할 것입니다. 욕심과 자제, 성취욕과 그로부터의 벗어남, 지나침과 알맞음, 이러한 것들은 경험을 통한 지혜에 의하지 않고는 균형을 얻을 수 없고, 여기에 우리 생애의 어려움이 있습니다.

이런 관점에서 본다면 우리 인생에는 경험해야 할 것이 너무나 많으며, 그러나 경험한다고 해서 누구나 다 깨달음의 지혜를 얻는 것이 아니기 때문에 무어라고 말할 수 없습니다.

과일 한 조각 큰 것 먹는 것 가지고 너무 까다롭게 생각했는지도 모릅니다. 이런 생각 안 하고도 살 수 있는데, 이런 느낌을 갖는 것도 남다른 병인지도 모릅니다.

2007년 11월 5일

오만과 겸손

나는 내 마음을 남에게 드러내고 싶어 하지 않는 편입니다.

전에는 아는 체하고 싶었는데, 지금은 아는 것을 이야기하랄까봐 꼬리를 뺍니다. 속마음으로 내가 이것을 알기까지, 깨닫기까지 어려운 길을 걸어와 어렵게 얻었는데, 이를 그냥 쉽게 내어달란 말인가 하고 은근히 손해 본다는 느낌이 들기 때문입니다. 또한 그 값어치를 모르고 업신여김을 당하거나 비판받기 싫어서일 것입니다.

일종의 자만과 약간의 오만이 깔려 있습니다. 이를 알면서도 어떻게 해야 하나 생각 중입니다.

사람들은 저마다 자만과 오만을 가지고 있습니다. 심하고 약하고의 차이가 있을 뿐입니다. 남보다 자기가 낫다는 자신감이 오만이며, 이것이 심하면 자칫 편견이 됩니다. 그러나 또한 편견을 가지지 않은 사람이 없습니다. 조그만 오만은 애교스럽지만 지나친 편견은 추악스럽지요. 대부분의 경우 자신이 자기를 들여다보아 이러한 사실을 알면서도 어쩌지 못하는 게 발전 과정에 있는 인간의 약점입니다.

반면 인간의 장점은 자기를 객관화해서 볼 수 있는 능력입니다. 인간은 여러 층의, 여러 단계의, 여러 차원의 자기가 서로 연관 지어져 존재합니다. 육체적 본능의 자기, 주위의 자극에 흔들리며 반응하는 마음의 자기, 희망과 이상으로 개척하려는 정신적 자기, 이러한 여러 자신들을 들여다보며 이를 이끌어가는 고차원의 자기, 이들이 모여서 하나의 인간이 됩니다.

오만과 편견이 인간 정신의 성숙에 있어서 문제점이기도 하지만, 이것이 없으면, 인간 개인이나 사회의 발전이 있을 수 없습니다. 오만과 집념이 뭉쳐서 한 인간의 성공과 결실을 이루게 하고, 이것들이 결과적으로 사회 발전의 바탕이 되기 때문입니다.

마음껏 오만하라, 그리고 최대한 겸손하라.

2007년 12월 6일

임박한 내년 2월의 대변혁

진리를 찾는다는 것은 참으로 어렵습니다. 구도의 길은 정말 난해합니다. 누가 누구에게 감히 옳고 그름을 판가름하기란 참으로 어렵기 때문일 것입니다.

어제 한 방송 프로그램에서 '신천지 교회'라는 단체를 사이비 종교로 비판하는 것을 보았습니다. 이 교회도 아마 인류의 종말과 휴거를 내세우면서 교회에 대한 헌신과 재산 헌납을 강조해 많은 가정이 파탄을 일으키게 하고, 그 반면에 교회 목사는 큰 빌딩을 구입하고 호사를 누리고 있다는 내용이었습니다. 아직도 우리 주위에 휴거를 외치는 종교가 활개 치고 있음에 새삼 놀라지 않을 수 없었습니다.

그제 어떤 자리에서 '빛의 지구' 운동을 벌이는 분을 만날 기회가 있었습니다. 이 단체는 종전의 '행성활성화'라는 단체가 명칭을 바꾼 것입니다. 행성활성화는 우주의 은하연합 외계인들이 지구로 보내는 메시지를 받는 단체로서, 꽤 오랜 기간 동안 많은 사람들에게 이미 잘 알려져 있습니다. 이들이 운영하는 인터넷 사이트를 들여다보니 많은 사람들이 논쟁을 벌이고 있었습니다. 이 날 만난 분은 이 운동의 한국 모임에 있어서 상당히 중심적인 인물로 보였습니다.

이분의 말에 의하면, 우주인들의 도래가 아주 임박했으며, 늦어도 2개월 이내, 즉 내년 2월 이내에 대사건이 발생할 것이라는 주장이었습니다. 특히 목성이 점화되었으며 곧 태양처럼 항성으로 바뀌면서 대변혁이 일어난다는 설명이었습니다. 그분을 포함해 많은 사람들이 이를 준비하기 위해 우주에서 이 지구로 내려왔으며, 그 숫자가 이제 3억을 넘는다는 것입니다. 자기는 어느 성단에서 2만 5천 년 전에 3성 장군의 사령관이었으며 이 지구에서 많은 윤회를 했다는 것입니다. 이분의 행동에서 더욱 놀라운 것은 창밖으로 계속 고개를 돌리면서, 구름의 모습이 다르게 바뀐다거나 외계인의 UFO가 계속 떠다니는 것을 자주 목격한다는 것입니다. 그러면서 높은 하늘에 하얀 꼬리를 달고 날아가는 비행기를 UFO라고 주장하는 것이었습니다.

이러한 경우 누가 옳고 그른지는 참으로 말하기 어렵습니다. 인간에게 계속적으로 반복해 어떤 인식이 심어졌을 경우, 그 고정관념에서 벗어나기가 참으로 어려운 것이 인간의 약점이며 단점이기 때문일 것입니다. 이에 대해 그저 담담히 제 의견을 들려줄 수밖에 없었습니다. 구도의 목적이 영적인 성장에 있다면, 이를 하루아침에 이룬다는 것은 참으로 어려울 뿐 아니라 아예 불가능한 일이며, 외계인에 의해 선택 받아 높은 지위에 오른다는 것은 설령 그것이 가능하더라도 바람직하지 않은 행위라고 설득했습니다. 특히 자신이 외계에서 그렇게 높은 지위의 인물이었고 수많은 윤회를 거듭했다면, 미안한 이야기지만 지금의 모습처럼 그렇게 보잘 것 없어서야 될 일이냐고 꼬집었습니다. 사실 그분의 모습은 정신적 불안정과 불규칙한 생활로 많이 피폐해져 한 마디로 정기가 빠진 사람처럼 보였습니다. 자신이 전생에서 그렇게 높은 존재였다는 사실마저도 기억 못 한다는 것은 그 앞의 존재와 지금의 자기와 실질적으로 무슨 연관이 있는 것이냐고 반문해 보았습니다.

특히 이분은 작년 말에 한 번 만난 적이 있는데 그때 말하기를 올해 2월에 대변혁이 있을 것이라고 했습니다. 그래서 그때가 지나면 방향을 바꿀 것을 권한 바 있기에 그것을 다시 상기시키면서, 이번에도 내년 2월까지 무슨 일이 발생하지 않으면 이제 마음을 돌려먹고 일상의 평범한 인간으로 돌아가라고 권유했습니다. 제 말에 조금은 동의하는 것 같아 반가웠습니다. 그러나 그분의 결심은 그때가 되어 보아야 알겠지만, 이번만은 용기를 내어 마음을 고쳐먹기를 기대해 봅니다.

『유란시아』 독자들 사이에도 이와 비슷한 일이 많이 있는 것으로 압니다. 일부 채널링하는 미국이나 호주 등지의 독자들이 올리는 글을 보면, 곧 유란시아 행성 왕자 몬조론손이 이 땅에 육신으로 나타날 것인데, 그 시기는 2012년으로 예상하고 있으며, 이는 마야 문명의 예언과도 일치한다는 주장들입니다. 이에 대해 책에 바탕을 둔 주관적인 독자들은 몬조론손은 이 유란시아가 '빛과 생명'의 시대에 들어가는 시점에 올 것이며, 이는 천 년 또는 만 년 후의 일일지도 모른다는 설명입니다. 우리 같은 일반 독자들은 이 같은 민감한 사항에 대해 알 수는 없지만, 그러나 한 가지 중요한 것은 그것이 우리에게 언제 이루어지느냐보다 우리들 자신이 어떻게, 어떤 인간으로 변화하느냐가 더 중요하다는 것을 깨닫는 일일 것입니다.

이번 일을 계기로 진리의 길이란 역시 어렵다는 것을 새삼 느끼게 되었습니다. 아무쪼록 이 글이 혹시 그분에게 누가 되지 않기를 간절히 비는 마음이며, 그러나 이는 어느 개인보다도 일반적인 상황을 고려해 쓴 글임을 널리 이해해 주기 바랄 뿐입니다.

2007년 12월 27일

한 해가 무심히 지나갑니다

온갖 일들이 쉼 없이 펼쳐졌던 한 해가
이제 저 어둠 속으로 점점이 멀어져 갑니다.
육체적 아픔으로 고통에 지새던 사람도,
돈을 움켜쥐려고 거짓말로 얼굴을 가리던 사람도,
사랑이란 이름으로 상대를 정복하려던 사람도,
허무와 외로움의 저녁노을에 넋을 잃던 사람도,
이제 모두 한 해가 가는 허공을 물끄러미 쳐다보고 있습니다.

왜 먹어야 하는지 모르면서 먹어야 하고,
왜 갈구해야 하는지 모르면서 허덕여야 하고,
왜 사랑해야 하는지 모르면서 몸을 비비려 하고,
왜 죽어야 하는지 모르면서 이 세상을 떠나가고 있습니다.

이 조금 맛있는 것 먹고 싶은 욕심,
이 조금 화려하고 잘나 보이려는 허영,
이 어쩌지 못하는 정념을 배출하려는 몸부림,
이 조금도 지기 싫어하는 자만심,
이 불굴의 양보하지 못하는 고집.
인간은 참으로 한심한 경우가 많습니다.

그러나 이를 벗어나지 못하니 어쩔 수 없는 노릇입니다.
못나도 내 부모이듯이, 보잘 것 없어도 내 몸이요,

하잘 것 없어도 내 인생이니, 껴안고 갈 수밖에 없는 팔자입니다.

언제쯤 우리 인생이 헤매지 않아도 될까요.
언제쯤 우리 사랑을 믿을 수 있을까요.
언제쯤 우리 영혼이 자유로울 수 있을까요.

한 해가 우리 곁을 무심히 지나갑니다.

2007년 12월 31일

백두산의 옆모습. 사진으로 보는 것과는 달리 상당히 산세가 웅장하고 힘이 넘친다. 감히 영산(靈山)이라고 부를 만하다. 한 민족이 이 산을 가슴에 안을 때, 온 세상으로 그 기세를 떨칠 수 있으리라.

백두산 기슭에 핀 들꽃. 순백으로 청초하다.

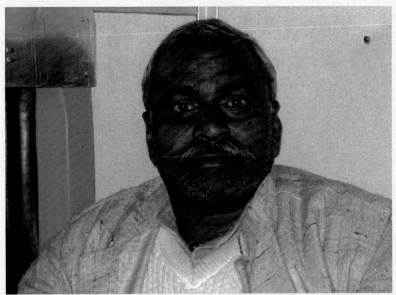

기차 안에서 사귄 인도인 "싱"씨. 가족이 함께 침대열차를 이용할 정도로 여유가 있는 인도 대학의 교수. 역사학을 가르쳤다는 그는 남, 북한에 대한 나름대로의 생각을 표명하였다. 인도인 특유의 강인함과 치밀함이 얼굴에 배어있다.

인도 중부 어느 역 플랫폼에서 만난 일가족. 결혼식에 가느라고 집을 나선 한 가족 여섯 형제들. 이들이 서로 형제인 것을 바로 느낄 수 있을 정도로 닮았다. 혈통과 유전자의 정체성을 여실히 보여준다.

인도 중부 카주라호(Kajuraho)라는 조그만 마을에 있는 석탑. 이 탑은 온통 성행위의 자세를 양각한 조각물로 가득 차 있어서, 성 박물관을 연상케 한다.

약 1천년 전 찬델라 왕조 때 건립된 이 붉은 석탑이 왜 이렇게 성적인 조각으로 가득 채워져 있는지 정확한 해답은 없다. 육체를 지닌 인간에게 성이란 무엇보다 비중이 크지만, 일반적으로 어떤 이유 때문인지 이를 금기시하는 관념이 인간에게 주어져 있다. 그런 관점에서 천년 전에 이에 도전한 이 석탑은 대단한 존재이다.

설악산. 공룡의 등처럼 생긴 능선을 오르락 내리락하는 공룡능선은 언제나 산악인들의 마음을 설레게 하는 곳. 땀을 흘리는 만큼, 산행이 힘 든 만큼, 그 보람도 크다. 멀리 공룡능선이 구름아래 잠겨있다.

공룡능선 바위 위로 보이는 푸른 하늘. 힘찬 바위를 배경으로 푸른 하늘이 압도적이다.

제3장

2008년

오늘의 또 다른 한 해를 맞이하면서

어제의 해와 오늘의 해가 별반 다르지 않습니다.

그러나 우리는 지난해와 새해로 구분하면서 큰 의미를 둡니다. 인간은 물리적 현상이나 정신적 상황에 의미를 부여해 이것에 상징적 가치를 둠으로써 그 사실을 보다 적극적으로 이해하는 방법으로 사용하고 있습니다. 불교는 진흙 속에서 피어나는 아름다운 연꽃으로 세속에서 태어난 붓다를 상징합니다. 연꽃은 어디까지나 꽃에 지나지 않지만 인간이 그것에 지고의 가치를 부여함으로써 불교 신도들에게 연꽃은 이미 꽃이 아니라 붓다인 것입니다.

기독교와 『유란시아』의 가르침에서는 하나님과 인간의 관계를 아버지와 자식의 관계로 규정하고 있습니다. 사실은 아버지와 자식이 될 수가 없습니다. 하나님은 자식을 낳을 수도 가질 수도 없는 어떤 우주적·근원적 존재입니다. 그러나 그가 조성한 우주로부터 아주 독특한 생명체가 태어나고, 그 생명체가 또한 아주 경이로운 성품을 가지면서 다른 생명체와 사랑을 나눌 수 있으므로, 이를 우리 인간이 이해할 수 있고 비교할 수 있는 관계가 인간에게는 오직 아버지와 자식의 관계이기 때문에 이를 활용한 것에 지나지 않을 수도 있습니다. 그러므로 우주의 절대자를 '하나님 아버지'라고 부른다고 해서 정말 아버지가 되는 것이 아니라, 그분의 실체를 정말 얼마나 참되게 이해하느냐, 그리고 이를 얼마나 실천하느냐가 더욱 중요할 것입니다.

생명을 가진 지적 존재가 시간의 틀 안에서 존재하는 한, 세월을 시간으로 구획 짓는 것이 큰 의미를 가질 것입니다. 인간은 사회적 동물이므로 아무리 별난 사람이라도 자기가 처한 사회적 환경의 영향에서 벗어날 수 없습니다. 이 시대, 한국에서 태어난 우리들은, 이제 '이명박 시대'라는 새로운 영향권 안에 속해 있습니다. 역사는 그 잘잘못을 탓하기 전에, 늦고 빠른 차이는 있겠지만, 주어진 여건과 그 여건을 헤치고 나가는 인간의 역량과 선택에 의해 어떤 길을 가야만 하는 것으로 여겨집니다. 이런 관점에서 지난 여러 세월 동안 온갖 부침을 겪은 한국 사회는 이를 바탕으로 또 다른 경험을 하게 마련입니다. 다가오는 새로운 경험의 시기가 지난 시기들보다는 보다 긍정적이고 발전적이 될 것임을 기대해 봅니다.

세월이 흐르고 한 해씩 나이가 들면서, 한 해를 정말 뜻있게 보내기란 쉽지 않음을 느낍니다. 지난 한 해 동안 한 가지라도 제대로 깨달은 것이 있었던가, 어리석음과 나쁜 버릇을 한 가지라도 고쳤던가, 바람직한 마음가짐과 자세를 조금 더 길렀던가, 여러 가지 자문을 해보지만 시원스럽게 긍정을 못 하는 게 우리네 인생입니다. 그러나 주어진 길, 가야 할 여정이라면, 먼 길을 성실히 가려는 마음가짐을 더욱 다져야 할 것입니다.

아름다운 들꽃이 피고 시원한 폭포수가 흐르는 자연이 우리 곁에서 아름다움과 신비를 주는 한, 맑은 어린아이의 미소와 새로움에 대한 도전으로 땀 흘리는 젊은이들의 열정이 있는 한, 그리고 그냥 아름다운 마음을 서로 주고받고 싶은 사랑의 세계에 대한 동경이 우리들 마음속에 살아 있는 한, 또 새로운 한 해를 맞으면서 자신을 성찰하고 정신적·영적 성숙을 위한 새로운 다짐을 해보는 것이, 비록 이를 다 이루지 못할지언정, 새로운 자세를 다짐하는 것이 바람직할 것으로 보입니다.

『유란시아』의 내용은 참으로 깊은 의미들을 가지고 있는 것으로 보입니다. 저는 아직까지 그 내용 중 많은 부분에 대해 어떤 판단을 내릴 경지에 있지 못하기에 그저 배움의 자세로 접근하려 할 뿐입니다. 다만 한 걸음 한 걸음 새로운 경지에 대한 이해의 길을 가고자 할 뿐이며, 이 길에 따뜻한 마음들이 함께하기를 기원합니다.

어제와 오늘이 같은 하루이면서 또 다른 하루일 수 있기 때문에 우리는 희망을 가집니다. 다 함께 뜻 있는 한 해를 맞기 바랍니다.

2008년 1월 1일

아름다운 관계를 향하여

『유란시아』의 어느 글머리에서, 몇 편인지 그리고 정확한 문구는 생각나지 않지만, 대략 그 내용이 "진리(truth)는 우주에서의 관계(relationship)이다."라는 말을 읽었을 때 정말 적절한 표현이라고 강하게 느낀 적이 있었습니다. 이 경우 관계란 용어의 의미는 광의적인 관계, 즉 주체와 대상, 세상을 인지하는 나 개인과 그의 대상이 되는 모든 객체와 사이에서 일어나는 모든 관계를 일컬을 수도 있습니다. 또한 협의적으로 각각의 독특한 개성을 가진 지적 생명체인 성품 존재들 사이에 주고받는 소통의 관계로 이를 이해할 수도 있을 것입니다. 아마 이들 생명체 사이에는 그 관계의 성격에 따라 에너지이든, 마음이든, 영적 흐름이든 어떤 매체가 흐름으로 인해서 서로 소통하고 교감하는 것으로 보입니다.

이러한 생각은 어제 등산 도중 오솔길을 혼자 걸으면서, 우리 주위에 우리와 관계 맺는 수많은 종류의 사람들이 있는데, 예를 들어 회사 동료들, 산을 함께 즐기는 친한 친구들, 피를 나눈 부모와 가족들, 몸을 섞은 남편과 아내, 이들 모두는 정말 얼마나 나와 가까운 존재들인가 하는 질문이 떠올랐습니다. 이들 중 누구에게 어느 정도의 나의 마음을, 나의 느낌을, 나의 생각을, 나의 비밀을 말할 수 있을 수 있을까 생각해보았을 때, 그렇게 긍정적인 대답을 얻기는 힘들었습니다. 많은 관계를 유지하고 있지만, 진정 진실한 관계란 흔치 않음을 인정하지 않을 수 없었습니다.

사람과 사람의 관계는 어떤 관점에서는 얼마나 깊이 있는 마음과 정신을 서로 교감하는 대상이 될 수 있느냐를 분간함으로써 그 사이의 관계를 가늠할 수 있을 것입니다. 이를 인간이 가진 속성, 즉 육체적 · 정신적 · 영적 수준으로 나누어서 생각해 볼 수도 있겠다는 생각이 떠올랐습니다. 그러나 이들 관계를 비록 세 가지 속성으로 나눈다고 해서 이들이 서로 분리된 것이 아니고 서로 얽혀 있으니 정작 무어라고 꼭 나누어 말할 대상이 아닌지도 모릅니다.

그러나 편리상 이렇게 분리해 생각해 본다면;

인간이 마음과 정신을 담은 물질인 몸을 가지고 있기 때문에, 그 몸이 요구하는 욕구의 대상이 있을 수도 있다는 생각이 듭니다. 몸의 긴장을 즐기는 스포츠를 하거나 함께 맛있는 음식을 나누어 먹거나, 심지어 육체적 흥분을 함께하는 단순한 성적인 행동도 이러한 1차적 물질적 차원의 인간관계로 말할 수 있겠습니다.

다음으로 이와는 달리, 함께 아름다운 음악을 들으면서 기뻐하고, 아름다운 경치를 보면서 함께 좋아하는 감정에 잠겨드는 것은 아마 감정을 주고받는 수준인 마음의 관계로 생각됩니다. 우리 인간으로서는 이 정도가 가장 일반적으로 기대할 수 있는 좋은 관계로 생각됩니다.

그러나 인간의 마음을 참으로 울리고 진동시키는 것은, 자기의 어리석음과 잘못을 터놓고 말할 수 있음으로써 자기를 정화시키는 기회를 제공할 수 있고, 자기만의 체험에서 얻은 기쁨의 환희를 함께 공감하며, 정진의 생활에서 얻은 깨달음의 높은 가치를 함께 이야기하고 공감할 수 있는 편안한 마음의 대상이 된다면, 이는 아마 가장 높고 깊은 감동을 주는 정신적·영적 수준의 관계라고 말할 수 있을 것입니다. 이러한 마음, 느낌, 대화, 교감을 줄 수 있는 친우, 가족, 영적 동반자가 있기란 참으로 어렵습니다. 오늘 이 시대의 우리의 인간관계란 그렇게 발전되었다고 볼 수 없으며, 이를 이룰 수 있는 시대를 희망하면서 살아가는지도 모릅니다. 그러나 이러한 마음과 정신적 관계를 가지려고 희망하려면, 먼저 자기 자신이 그러한 관계를 나눌 수 있는 수준에 이른 대상이 되어야 하겠습니다. 정말 어려움이 여기에 있는 것입니다. 지금 이 땅 위에 살아가는 인간이란 이들 세 가지 차원을 공유하고 있어서 욕구를 만족시킬 육체적 관계, 아름다움을 나눌 마음의 관계, 영혼의 떨림을 느낄 수 있는 영적 관계, 이 모두를 함께 얻기 위해 나아가고 있을 것입니다.

이 길에 있어서 나는 어디쯤 와 있으며, 이를 어떻게 이룰 것인가 문득 자문해 봅니다.

2007년 1월 6일

이러한 감정은

마음에 드는 물건을 선물할 대상을 가진 사람은 행복합니다.
아름다운 경치를 함께 느낄 수 있는 사람이 있다면 더욱 행복합니다.
괴로움을 나눌 수 있는 사람이 있다면

이제 행복을 더 찾을 필요가 없을 것입니다.

왜 인간은 이성을 사랑할까요.
왜 자식을 사랑하지 않고는 배기지 못할까요.
이러한 감정은 어디서 나오는 걸까요.

사이좋게 어깨를 맞대며 날아가는 기러기가
앞서거니 뒤서거니 서로 줄을 맞추는 모습이 가슴을 찡하게 합니다.
어느 분이 건네준 디스크에 담긴 바이올린 선율이 슬픈 것은
그의 마음인지 나의 느낌인지.
하늘 높이 떠올랐으나 방향을 잡지 못하는 외로운 기러기처럼
먼 하늘이 텅 비어 보입니다.

이러한 감정은 어디서 오는 걸까요.

봄은 오는데

베란다에 있는 재스민이 흰색과 보라색 꽃을 피우며 향기를 내뿜어 거실 안으로 들였습니다. 작년 한 해 동안 눈에 보이지도 않는 작은 벌레들에게 시달리면서도 견디어 오더니 먼저 봄을 알려온 것입니다. 어제 버스 정류장 옆에 서 있는 벗나무 기둥으로 개미들이 오르내리는 게 눈에 들어왔습니다. 겨우내 꼼짝도 하지 않다가 이제 다시 활동을 시작한

모양입니다.

　지하철 승강장에서 양복을 차려입은 나이 먹은 한 남자가 차를 기다리는 사람들에게 종이 쇼핑백 안에 든 무엇을 보여 주며 사라고 권하고 있었습니다. 사람들이 거절하자 "팔아야 되는데." 하며 혼자 애절하게 중얼거렸습니다. 무엇을 팔려고 그러는가 보았더니 플라스틱 옷솔이었습니다. 한 개 얼마냐고 물었더니 2천 원이라고 하더군요. 한 개라도 팔아 주려고 물었는데 나에게는 건성으로 대답해 버리고 지나가니 다시 불러 사겠다고 하기도 멋 적어 그냥 넘겼습니다. 2천 원짜리 한 개를 팔면 얼마나 이문이 남을까. 천 원은 남겠지, 저렇게 허탕을 치면서 하루에 몇 개를 팔 수 있을까 하고 생각하다 보니 그제 밤에 본 TV 다큐멘터리의 장면이 떠올랐습니다.

　삼십대 중반의 남자가 열심히 아파트 계단을 오르내리며 집집마다 문을 두드리고 말을 붙이려 애를 씁니다. 우유 판촉원입니다. 그러나 아무도 관심을 보이지 않습니다. 하루에 다섯 집은 주문을 받아야 겨우 얼마라도 판촉비를 받을 수 있는데, 오후가 되어서도 아직 한 집도 못 건진 것입니다.

　검도가 좋아 도장을 운영하다가 신청자가 점점 줄어들어, 누구의 소개로 이 직업으로 옮기게 되었는데, 생각보다 여의치가 않았습니다. 26살의 부인은 집에서 두 아이를 돌보느라 힘겹게 움직이고 있습니다. 단칸방 대문을 두드리는 소리가 나서 나가 보니, 주인집 아저씨가 월세를 독촉합니다. 지난 달치와 이 달치를 합하면 60만 원이 조금 넘습니다. 주인은 보증금 2백만 원도 안 냈는데 월세마저 미루면 어떻게 하냐고 다그칩니다. 미안하다고 고개를 숙이며, 조금만 더 기다려 달라고 사정을 합니다.

　밥을 지으려고 보니 쌀이 모자랍니다. 그걸로 밥을 지어 애들과 나눠

먹고 나자, 7살짜리 큰애가 양이 적은 듯 엄마 얼굴을 봅니다. 라면을 한 개 끓여 주자 맛있게 먹고는 딸애가 "엄마, 고마워"라고 말합니다. 딸애를 껴안고, "라면 끓여 줬는데 뭐가 고마워. 나중에 맛있는 거 많이 사줄게." 이렇게 말하면서 어깨 너머로 눈물을 훔쳤습니다. 큰애는 너무 철이 들어 좀체 어려운 내색을 하지 않습니다.

남편이 생활은 자기가 책임지겠다고 우기는 통에 나서지 않던 부인이 이제 밖으로 나왔습니다. 애들을 놀이방에 맡기고 점심시간 동안 식당에서 일하고 3만 원을 받았습니다. 아내는 다음 날부터 일할 곳을 찾아 나섰습니다.

일찍 부모를 여의어 부모의 애정을 받아 보지 못하고 자란 남편은, 내 아이들만은 엄마가 꼭 옆에 있게 해주겠다고 마음먹고 있었습니다. 그러나 이제 어쩔 수 없이 아내의 활동을 받아들이면서 남자는 마음 아파합니다. 하루 판촉 일을 접고 건축 공사장 노동일을 했더니 8만 원을 손에 쥐게 되었습니다.

3만 원으로 남편이 좋아하는 삼겹살을 사와서 구워먹고 상을 물리면서, 아내는 남편에게 묻습니다. 나와 결혼한 것을 후회하느냐고. 남편은 "하루에도 열두 번 후회한다. 결혼을 하지 않았으면 나 혼자 고생하면 되는데, 당신과 아이들한테 제대로 해주지 못하는 게 너무 싫다"고 대답합니다. 그러자 아내가 대답합니다. "그래도 나는 결혼한 게 좋다. 아무리 어려워도 당신과 애들이 있어서 행복하다. 우리 노력해 열심히 살자. 사랑합니다." 이렇게 말하며 아내가 남편의 가슴에 매달립니다.

그것을 볼 때 눈물이 흘렀습니다.

그 딸아이의 맑고 고운 얼굴이 너무나 가슴을 흔들었습니다.

이 글을 쓰면서도 나는 울고 있습니다.

인생이 나를 울리는 것입니다.

2008년 3년 21일

마음을 주려는 들꽃

지금 산에는 온갖 봄철 꽃들이 피어 있습니다.

개나리, 진달래, 벚꽃, 산수유 등이 흐드러진 아래로 이름을 알지 못하는 들꽃들이 산길과 들판에, 숲속 여기저기에 하늘하늘 피어 있습니다. 집에 돌아와서 낮에 본 모양을 생각하며 이들 야생화를 사이트에서 찾아보니 여러 가지 이름들이 있었습니다. 그러나 어떤 꽃은 낮에 본 꽃과 제대로 연결해 보고 있는지 자신이 없기도 했습니다.

사이트를 본 결과 이들 야생화에는 몇 가지 무리가 있는 것을 알았습니다. 흰제비꽃, 노랑제비꽃, 남산제비꽃, 꼬깔제비꽃 등 제비꽃 무리와 꿩의바람꽃, 변산바람꽃, 홀아비바람꽃, 나도바람꽃 등 바람꽃 종류, 큰구슬봉이 등 구슬봉이 류, 그리고 아기현호색, 좀현호색, 댓잎현호색, 들현호색, 갈퀴현호색 등 현호색 꽃무리들이 주를 이루는 것으로 이해되었습니다. 이들 중 구슬봉이란 꽃에 가장 호감이 갔습니다. 이 꽃은 다른 들꽃에 비해 그리 흔치 않아 보였으며, 어쩐지 나와 호흡이 맞아, 언제 다시 만나면 시간을 두고 흠뻑 이 꽃에 취해 보고 싶은 마음이 들었습니다.

오늘 신문에서 어느 과학 교수가 쓴 "꽃의 색깔은 어떻게 결정될까?"라는 제목의 글을 읽었습니다. 꽃의 색깔을 크게 빨강, 파랑, 노랑, 흰색으로 나누면서, 여러 가지 화학 실험을 한 결과 꽃 안에 화청소(花靑素)라는 색소가 들어 있어서 변화무쌍한 색깔을 나타낸다고 설명하고 있더군요. 그러나 흰 꽃의 경우는 이들 화청소가 들어 있는 것이 아니라 꽃세포 속에 들어 있는 공기 때문에 나타나는 빛의 산란 효과라고 말하고 있었습니다. 설명은 쉽게 하고 있으나, 그 깊은 바탕이 이해되는 것 같지가 않았습니다.

꽃의 조그만 씨앗은 봄이 되면서 온도와 날씨가 알맞은 철이 되면 꽃을 피웁니다. 씨앗 안에 무엇이 들어 있길래 노랗고 빨갛고 하얗고 자줏빛이 나는 꽃을 피운단 말인가요. 어디서 그런 오묘한 색깔과 모양이 나오는지 그저 신기할 뿐입니다. 단순히 그 씨앗이 빨아들이는 물과 공기 등 외부적 조건 때문이 아니라, 씨앗 그 자체 안에 저장되어 있는 프로그램에 따른 것일 것입니다. 그러한 프로그램은 어떻게 형성되었을까요. 또 그러한 프로그램은 어떻게 다음 세대로 계속 이어질 수 있는 것일까요. 이들이 지닌 재생 프로그램이 마치 컴퓨터 기판처럼 무슨 회로를 가진 것일까요. 아니면 어떤 이미지를 상징화해서 무형적 실체로 함께 존재하고 있는 것일까요. 꽃의 모양, 색깔, 성질을 어떻게 현실 속에 실체로 형상화시킬 수 있는 기술을 보유하고 있을까요. 무엇이 이러한 꽃을 피울 의지를 지니게 하며, 무엇 때문에 살아남아야 하는 걸까요. 생명의 신비는 정말 하나의 신비로서, 언제까지나 신비로서 인간에게 남아 있을 수밖에 없는지도 모릅니다.

어제 등산길에서 이들 꽃들이 깊은 숲속 한적한 곳 못지않게 사람들이 많이 다니는 등산로 옆으로 더욱 많이 피어 있는 것을 보았습니다. 이들은 인간에게 더욱 잘 보이려고, 그 아름다움을 이해하고 아껴 주고 정을 주는 사람을 만나려고 길가에 더욱 열심히 피는 게 아닐까라고 나만의 느낌으로 생각해 보았습니다. 이들 꽃들에게도 마음이 있어서, 어쩌면 그들의 감정이 일으키는 마음이 마음의 회로를 통해 인간과 교류하면서 그 존재 가치를 더욱 빛나게 하려고 하지 않을까 하는 상상을 펼쳐 보았습니다. 이 경우 인간이 꽃을 마음으로 사랑해 주는 것은 마치 집 강아지가 자기를 좋아해 주는 주인에게 사랑으로 달려들듯이 인간에게 더욱 깊은 아름다움을 되돌려 주려는 게 아닐까 하는 생각도 해보았습니다. 그렇게 생각하자 들꽃이 더욱 아름답고 정겹게 느껴졌습니다.

세상에 신비롭지 않은 게 없지만, 이 조그만 들꽃의 아름다움이, 꽁꽁 언 땅에서 겨울을 견뎌 내고 봄이 오면 어김없이 꽃을 피우는 이 여린 꽃들이 새삼 자연을 신비롭게 해줍니다.

2008년 4월 14일

알맞게 주위를 비추는 촛불이 되기를

마음이 착잡합니다.

5월의 싱그러운 마지막 토요일, 서울시청 앞 광장은 촛불 집회로 사람이 넘쳐났습니다. 저녁 9시 반경 제가 그 자리를 떠날 때까지 이리저리 파도처럼 밀려다니는 인파의 함성은 목소리를 낮출 기미를 보이지 않았습니다. 중고등학생과 대학생이 주류를 이루는 가운데 어린이까지 데리고 나온 중년들도 적지 않았습니다. 손에는 종이컵에 싼 촛불과 함께, 빨간색 바탕종이 위에 "이명박 OUT", "이명박 물러나라" 등의 구호를 쓴 피켓이 대부분 들려 있었습니다. 한때 고개를 숙인 한총련 대학생 추종자들과 무엇이든 반대를 주업으로 삼는 소수 단체들은 깃발과 꽹과리로 제 세상을 만난 듯 온 거리를 휘저으며 어쩔 줄 몰라 했습니다. 청와대 방향으로 향한 광화문대로가 몇 십 대의 경찰차 바리게이트로 나아갈 수 없게 되자, 무리를 이룬 군중심리는 방향을 국회로 정한 듯 서소문 길을 메우며 들어서고 있었습니다. 광우병 미국 소 수입 문제가 이제는 정권을 넘나보고 있었습니다.

미국 쇠고기 수입 문제는 사실 판단하기 어려운 문제입니다. 어쩌면 이 문제는 정부 측의 조그만 실수가 화근이 된 것 같습니다. 즉 쇠고기 협상을 대통령의 미국 방문과 일치시켜 조급히 서명한 것이 불씨를 지핀 것입니다. 그리고 문제가 야기되자 근본적 문제점을 보는 관점에서 해결하지 않고, 부분적이고 지엽적인 문제만 해결하려 하다 보니 실제의 문제보다 정서적 불신을 점점 키운 셈이 되고 만 것입니다. 3억의 미국인이 주식으로 먹는 쇠고기를 일주일에 한두 번 어쩌다 먹는 한국인이 거부한다는 것은 근본적으로 이해되지 않는 시각입니다. 미국인에게 공급하는 기준 그대로 우리에게 적용한다면 이를 거절할 명분이 없는 것입니다. 따라서 이러한 근본 문제점을 확실히 하지 못하거나 제대로 납득시키지 못하고 있다면, 이는 운용의 잘못에도 원인이 있는 것입니다.

쇠고기 문제는 여러 정황이 그동안 사건을 악화시켜 왔습니다. 특히 방송 매체 언론이 미국의 다우닝 소(downing cow) 병에 걸린 젖소가 넘어지는 광경을 마치 광우병에 걸린 소인 것처럼 반복해 방송하면서, 미국에 현재 광우병이 널리 퍼져 있기라도 한 듯 방송을 내보낸 것이 일반인의 판단을 호도한 셈입니다. 정부를 비판하는 것이 언론의 사명인 양 무책임한 언론 정책이 불씨를 지핀 것입니다.

또한 반대를 위한 반대에 젖어 있는 야당의 적극적인 반대가 얼핏 무분별한 반대도 정당한 것처럼 유도하는 결과를 가져왔습니다. 야당을 이끄는 앞장선 인사들은 나라의 이익이나 국가의 방향을 근심하기보다는 우선 기회만 있으면 현 정권을 흔들고 보자는 근성에 빠져 있기 때문에 이번과 같은 행태를 보이는 것으로 여겨집니다. 그들은 자기기만에 빠져서 더 큰 국가적 손실은 생각하지 못하고 있는 것입니다.

군중 심리란 참으로 위험한 성질을 가지고 있습니다. 과거 역사에 있어서 군중 심리가 그 바탕이 온전하지 못했던 경우를 보면, 독일의 나치 정권 때 광분하던 청년 나치당원들의 외침이 그들에게는 지상 명령이었지만, 결국 그것은 인류를 파멸로 이끄는 군중 심리에 불과했던 것입니다. 또한 모든 지식과 전통 문화를 부정했던 홍위병 사건도 오랫동안 치유하기 힘든 중국의 아픈 역사로 오늘날까지 남아 있습니다.

지금의 시대는 이웃의 일이나 길거리의 사건 또는 먼 나라의 움직임이 결코 남의 일이 아닙니다. 바로 그들의 움직임이 나 자신에게 직접 영향을 끼치는 하나의 물결이지요. 그것은 같은 파동의 울타리 안에 살고 있기 때문입니다. 민주주의란 한 사람 한 사람이 현명한 판단을 해서 힘을 모아야 온전히 그 기능을 발휘하는 제도입니다. 조직의 구성원과 무엇보다도 무리를 이끄는 지도자가 현명해야 합니다. 깊은 지식과 넓은 정보의 바탕 위에 높고 깨끗한 가치를 세워서 앞장서 실천하는 굳건한 의지가 있어야 합니다.

대통령과 장관들은 미국의 수입 쇠고기가 안전하다면 먼저 식탁 위에 올리는 모습을 보여 주어야 합니다. 자기 스스로 모범을 보이지 않는 설득은 아무런 설득력을 주지 못하기 때문입니다. 길거리에 나서는 어린 학생을 지닌 가정이나 국민을 대표한다는 정치인, 나랏일을 한다는 공무원들은 이런 기회에 어떤 한 단계 높은 판단을 하여 개인적 이익이나 일시적 감정에 치우치지 않는 균형 잡힌 결정을 내린다면, 개인적으로는 정신적으로 한 단계 발전하는 계기가 될 것이며, 국가적으로는 또 한 걸음 진보하는 계기를 가져다 줄 것입니다.

역사는 아픔의 고비를 현명하게 넘어야 성장합니다. 오늘 저녁 서울 시청 앞 인파를 보면서, 한국 역사 발전에 있어서 커다란 또 하나의 고비를 보는 듯해, 모두가 현명하게 자기의 위치를 찾을 것을 마음으로 기원했습니다. 그들의 행동이 그들만의 것으로 그치는 것이 아니라 우리 모두의 것이기 때문입니다.

촛불이 주위를 알맞게 비추고 아름다운 여운을 남기며 새로운 빛과 함께 사라지기를….

2008년 5월 31일

쉽고도 어려운 인생살이

인생살이는 별 것 아닌 것 같으면서도 복잡하고, 쉬운 것 같으면서도 어렵습니다.

시멘트 길 틈 사이에 피어난 풀 한 포기조차 밟히면서도 죽지 않고 살아남으려 이리저리 머리를 내밀며 안간힘을 씁니다. 버스 정류장 앞 벚나무 기둥에는 개미들이 쉴 없이 아래 위를 오가며 그곳에도 거부할 수 없는 생명이 움직이고 있음을 보여 주고 있습니다. 다리를 뒤튼 불구자는 지하철 입구 계단에서 오가는 이들에게 무감각한 표정으로 빈 그릇을 내밀고 있습니다. 인적이 잦아들기 시작한 지하철 계단 아래 한구석에서는 여러 겹 옷을 껴입은 노숙자가 길거리에서 외쳐대는 촛불 시위의 함성을 뒤로 하며 오늘 하루를 마감하기 위해 종이 상자로 벽을 만들기 시작합니다. 날렵한 2인승 스포츠카에 앉은 티셔츠의 젊은이는 지나가는 모든 여성이 자기를 흠모하는 것으로 아는 양 으스대는 표정으로 차 안에 앉아 있고, 오늘 아침 신문은 50대 중반의 나이에 현업에서 물러나 사회봉사 업무에 전념하겠다는 빌 게이츠의 이야기를 싣고 있습니다.

세상은 너나 할 것 없이 무엇에 쫓기는 듯 숨 쉴 새 없이 돌아가지만, 정작 지구가 돌아가는 것을 우리는 느끼지 못합니다. 어떤 사람은 살기 위해 가리는 것 없이 먹고, 어떤 사람은 맛있고 영양 좋은 것 찾아 온갖 곳을 기웃거립니다. 어떤 이는 오르는 휘발유 값 때문에 새벽 지하철에 이리저리 떠밀리며 시달리고, 어떤 이는 그냥 놀아도 불어나는 돈을 주체하지 못해 쓸 곳이 없어 안달합니다. 어떤 이는 어떻게 하면 새로운 파트너와 하룻밤을 즐길 수 있을까 모든 신경을 곤두세우고 있고, 어떤 이는 먹을것을 찾는 육체에 모든 죄악의 근원이 있는 양 육욕의 불길을 끄고자 며칠씩 금식 기도를 합니다.

이 모두가 바로 이웃이요, 바로 나입니다. 그러나 이들 모두가 나의 이웃이 아니고 또한 나도 아닙니다. 이 모두가 너무 처절하기도 하고 허무하기도 하기에, 불교는 인생이 덧없다 하며 이를 떠나려 합니다. 이 모두를 떠나고 벗어나고 지워 버리려 끝내 우주에서 사라진 한 일본인 사색가를 도저히 비난할 수가 없습니다.

풀처럼 개미처럼 끈질긴 생명, 생존의 가치를 잃어버린 허망의 존재. 가끔은 나약한 자신을 들여다봅니다.

나는 어디쯤에 있을까.

가는 것인가. 있는 것인가.

2008년 6월 7일

환생과 귀신 현상

　일부 『유란시아』 독자들이 일반적이고 전통적인 관념과 맞지 않아 의문을 제기하는 흔한 문제 중의 하나가 영혼의 환생과 귀신 현상입니다.

　환생에 대해 불교는 이를 기본 현상의 하나로 인정하고 있으며, 힌두교도 약간 다른 형태이지만 환생을 인정합니다. 기독교 교리의 경우는 환생이 없으나, 지저스-예수의 경우가 다른 형태의 일종의 환생인 셈입니다.

　몇 년 전 국내에서 한 정신과 의사가 최면을 통해 전생을 이야기해서 한때 환생이 큰 관심을 끈 적이 있었습니다. 이 의사의 경우 최면을 통해 확인한 결과, 최면을 통해 시술받던 한 여성 환자가 이 의사와 전생에 다른 나라에서 서로 연인 관계였으며, 그 생애에서 사랑을 이루지 못하고 헤어졌었다는 것입니다. 다시 이 생애에서 의사와 환자로 만난 두 사람은 서로 어쩔 수 없는 끌림에 빠져서, 의사가 이혼을 하고 두 사람이 결합했다고 알려졌었습니다. 그러나 몇 년이 지난 지금은 어찌되었는지 궁금하기도 합니다.

　한편 귀신이 나타나는 현상에 대해서는 우리 주위에서 너무나 흔히 말해지고 있습니다. 엑소시스트 등 서양의 많은 영화가 이를 다루었고, 국내에서는 전통적으로 많은 사례를 주위에서 이야기하고 있습니다. 대표적인 현상이 비명에 죽은 사람의 귀신, 흉가에 얽힌 이야기, 자동차 사고나 익사, 자살 등으로 죽은 영혼이 그 자리를 떠나지 못하고 귀신으로 나타난다는 사례 등입니다.

『유란시아』는 위 두 가지를 언급할 필요도 없다는 듯이 모두 부정하고 있습니다. 책 447쪽에 의하면, 인간은 그들 안에 함께 살고 있는 생각 조율자에게 협력할 의사를 인간이 나타내거나, 하나님을 알고 신성한 하늘의 완전을 향하려는 의욕을 보이는 한, 그리고 비록 그 의욕이 진리의 빛을 겨우 아는 미개한 정도일지라도 다음 세계로 갈 수 있는 기회가 주어진다고 말합니다. 책 340쪽 "상승하는 유한 생명들" 편은 영혼의 상승 과정과 단계를 자세히 설명하고 있습니다. 즉 육체를 가진 인간의 생애 동안 일정 수준까지 지적 성장과 영적 성숙을 이루면 죽음 후 일정 과정을 거쳐 바로 다음의 영혼 세계로 나아간다는 것입니다. 그러나 이 수준에 이르지 못하면 하나님의 아들이 오는 섭리의 날까지 잠자는 상태로 있게 되며, 그 섭리의 날에 깨어나 다음 세계로 나아가게 된다고 합니다.

이러한 섭리의 날 부활은 2천 년 전 예수의 시기에 있었으며, 앞으로 천 년 또는 2천 년 후 새로운 섭리의 시대가 열릴 때 다시 이러한 기회가 주어질 것입니다. 그러므로 영혼은 인간의 죽음 후 바로 다음 세상으로 가거나, 아니면 다음 섭리의 날에 있을 부활을 위해 자기도 의식하지 못하는 깊은 수면 상태에 있게 되거나, 아니면 하나님의 본성, 즉 진선미를 추구할 의사가 없으며 본인이 계속적인 생존을 원하지 않을 경우 우주에서 완전히 사라지게 될 것입니다.

환생과 관련해 최근 한 방송국 프로그램에서 흥미 있는 방송을 했습니다. 전생의 사실 여부를 확인하는 내용에서 정신과 의사가 5명의 젊은 여성 연예인에게 최면에 걸리도록 한 결과, 이들 중 2-3명이 최면 시술 전에 있은 장면을 연상해 전생을 말한 것입니다. 즉 최면 전에 주위를 온통 3.1운동과 유관순 관련 사진 및 소품을 장식해 둔 결과, 이들이 최면을 통해 자기의 전생을 이야기하면서 자기가 유관순 이었다고 대답한 것이었습니다. 결과적으로 최면을 통해 보는 전생은 잠재적인 기억의 활용이라는 사실이 뚜렷이 나타난 셈입니다.

환생은 사실 이론적으로 또는 구조적으로 합리적인 점이 부족합니다. 일부 『유란시아』 독자는 생각 조율자가 여러 번 유한생명에게 내려올 수 있다는 점을 인용, 조율자의 전생의 기억을 인간이 떠올리는 것이 아닌가 하는 설명을 하기도 했습니다. 그러나 이는 조율자가 지구에 두 번 이상 내려온 경우가 지저스 이외에는 없었다고 밝히고 있어 맞지 않는 것으로 보입니다. 결국 환생은 없다고 보아야 하겠습니다.

또한 이 방송 프로그램이 귀신 현상을 밝히기 위해 빙의에 걸린 환자를 대상으로 실험했습니다. 한 40대 여성 환자가 자기 눈에 보인다는 동자 귀신과 불에 탄 듯한 남자 귀신을 4명의 영 능력자, 즉 무속인과 퇴마사, 기공 퇴마사에게 보여 주면서 귀신을 보이는 대로 설명하게 했습니다. 그러나 4명의 영 능력자는 하나도 이를 통일되게 맞추지 못했습니다. 그러나 이 환자는 정신과 의사의 최면 시술을 통해 눈에 보이던 귀신이 사라지게 된 것입니다. 결과적으로 이 환자는 자기의 잠재적 기억이 귀신을 만들어 보게 된 것이며, 영 능력자는 어쩌면 자기들이 귀신을 보고 있다고 일종의 자기 최면에 빠져 있었던 셈입니다.

이 방송국의 두 프로그램을 흥미 있게 보면서 결과적으로 환생이나 귀신 현상이 잘 못된 관념임을 확인하게 되었습니다. 시대와 지능의 발

전에 따라 바뀌어 가는 개념을 받아들일 수 있는 마음의 여유를 가져야
될 것 같습니다.

2008년 6월 14일

오묘한 몸

장거리 비행기를 타고 먼 나라로 가면 처음 겪는 것이 시차 문제입니
다. 시차란 몸의 리듬을 역행하는 것으로 참 괴롭습니다. 미국 로스앤젤
리스는 한국보다 8시간이 빨라(실제는 하루를 늦게 가니 14시간이 늦은
것이지만) 밤 비행기를 타고 아침에 내린 저는 하루 종일 버틴 후 저녁 9
시 반에 잠자리에 들었습니다. 왜냐면 낮잠을 자면 밤에 잠을 못 자고,
그러면 자꾸 시차 적응이 늦어질 것이기 때문이지요. 그래서 낮잠을 자
거나 일찍 잠자리에 들지 않았습니다. 그러니 비행기에서 제대로 눈을
붙이지 못한 결과 한국 시간으로 치면 하루 밤을 꼬박 새고, 그리고도 그
다음 날 새벽 1시 반에 잠자리에 든 셈입니다.

그런데 선뜻 잠을 깨어 보니 불과 30분을 자고 깨었더군요. 그리고 또
잠을 깨니 30분, 그 다음 1시간, 그리고 2시간, 마지막으로 4시간을 자
고 나니 완전히 산뜻한 기운을 차릴 수 있었습니다. 이는 마치 옛날 친우
들과 고스톱 치느라고 밤을 새고 난 후 금방 잠을 못 들었듯이 너무 오랫
동안 깨어 있었더니, 몸이 육체적·생리적 요구인 잠보다도 아마 주인
이 계속 깨어 있기를 바라는 것으로 알고 있어서 잠을 제대로 못 든 것

아닌가 하는 생각이 들었습니다. 몸은 참으로 신기합니다. 몇 십 년 이 몸과 함께 지내다 보니 몸이 무엇을 어떻게 요구하는지 이제 좀 알게 됩니다. 그런데도 폭식과 폭음으로 괴롭힐 때가 많으니 몸에게 미안한 마음이 듭니다. 『유란시아』 112-1편 personality(성품 존재) 편에서 인간의 몸과 성품존재 사이의 관계를 설명하면서 organism과 mechanism이란 용어가 인용됩니다. 이 용어를 우리말로 어떻게 번역해야 할지 어렵습니다. organ이란 유기적 구조를 말하므로 흔히 'organic 식품'을 '유기농 식품'이라고 합니다. 그러나 인간 신체의 경우 유기농이 아니라 구조적 시스템을 의미합니다. 즉 여러 장기가 모여서 하나의 기능을 하는 것을 의미합니다. 이에 비해 mechanism은 어떤 짜인 시스템에 의한 기능적 움직임을 의미합니다.

뜻은 이해되는 듯하나 이 책의 내용 설명과 연결해 용어를 선택하기란 여간 어려운 문제가 아닙니다. 112-1의 내용은 참으로 이해하기가 어렵습니다. 인간의 구조와 정신적 움직임을 꿰뚫어 이해하지 않고는 내용을 이해하기 어렵습니다. 그러나 이상하게도 이 어려운 것이 억지로 어렵게 한 것이 아니라 우리가 이해를 못 해서 어려운 것으로 느껴져 도전의식을 불러일으킵니다. 내 자신을 구성하는, 몇 십 년을 함께하는 내 몸도 제대로 모르면서, 신비한 마음과 정신을 안다는 것은 여간 어려운 과제가 아니겠지요. 그러나 도전해 볼 만한 가치가 있는 대상임에 틀림이 없습니다.

이제 시차는 괜찮은 것 같으니 친구와 가까운 곳으로 하이킹을 나설까 합니다.

2008년 6월 27일. 로스엔젤리스에서.

먼 곳에서 아침 산책

저는 낯선 곳을 가면 아침 산책하기를 좋아합니다.

머물고 있는 친구 집 동네는 로스엔젤리스 외각의 주택가입니다. 일요일 아침거리는 가끔 사이클을 타는 사람들을 제외하면 잔디밭에 물을 뿌리는 스프링클러 소리만 들려옵니다. 집 앞마다 새벽에 배달된 신문 뭉치들이 누워 있으며, 여러 집들이 집 앞에 성조기를 자랑스레 걸어 놓았습니다. 열대지방 꽃들은 이 꽃 저 꽃이 번갈아 가며 탐스럽게 피고 있습니다. 여유롭고 넓고 아름답게 꾸민 미국의 주택가. 세상사람 사는 것이 다양합니다. 왜 인간은 좀 더 좋은 집, 넓은 마당에 아름다운 꽃을 가꾸며 살려고 애를 쓰는 것인지요.

멀리 바다 건너 한국에서는 아직도 촛불이 거리를 밝힌다는데, 언제쯤이면 그 촛불들이 가정으로 돌아갈 수 있을는지 마음이 착잡합니다. 이곳에서 만나는 친지들도 고국의 소식에 안타까운 마음으로 바라보고 있으며, 우리 국민들이 어려운 사태를 성숙하게 처리하기를 고대하고 있습니다. 세속의 세상은 그렇게 어렵게 새로운 세대를 향해 나아가는 듯싶습니다.

이제 『유란시아』 독자들과 함께하는 또 다른 세상으로 들어가기 위해 오늘 본 행사에 앞서 가지는 리트릿(retreat) 장소로 옮겨갑니다. 진리가 무언지, 인간이 꼭 이래야만 되는 건지, 어쨌든 천 리 길 만 리 길을 달려와 또 새로운 세상을 경험하려고 합니다. 인간의 숙명, 마지막 목적지 끝까지 가야만 하는 운명, 그래서 『유란시아』에서 유독 destiny란 용어를 많이 사용하는지 모릅니다. 이제 모임에 들어가면, 컴퓨터에 한글 자판이 없으니 얼마 동안 이 글도 올리지 못하는 다른 영역에 들어갈 것입니다. 다른 문화의 세상으로, 한국어를 쓰지 않는 세상으로 들어갑니다. 영어를 모국어로 하는 사람들은 그렇지 않은 사람들의 처지를 알 수 있을까요. 언어가 생각, 개념의 필수 도구이니, 모든 존재 자체가 언어가 있음으로 존재하는 것이니 언어란 참으로 신기한 매체입니다.

저를 태워 줄 친구가 기다리기에 여기서 이글을 마칩니다.

2008년 6월 29일. 로스엔젤리스에서.

인간 사이의 신뢰

언제였던가. 이런 별난 상상을 해본 적이 있습니다.

내 아내나 아들 또는 딸이 늑대나 멧돼지 등 사나운 동물에게 쫓겨 약간 높은 절벽 끝으로 내몰리게 되었다고 합시다. 그 절벽 아래에서 위의 절박한 상황을 알고 있는 나는 안타까운 마음으로 위를 쳐다보며 서 있습니다. 한편 절벽 아래에는 뛰어내려도 다치지 않을 정도의 푹신한 안전장치가 설치되어 있습니다. 그러나 약간 튀어나온 절벽 위에서는 이 장치가 보이지 않고 알 수도 없습니다. 이 안전장치를 아는 나는 위에 선 가족에게 뛰어내려도 안전하니 뛰어내리라고 권고를 합니다. 이때 벼랑에 몰린 사람은 뛰어내리면 죽을 것 같은 절벽 아래로 아버지의 말을 믿고 뛰어내릴 것인가, 아니면 다치거나 목숨을 잃을 위험을 무릅쓰고 동물과 맞서 싸울 것인가. 순간적으로 결정해야 합니다.

이런 상황에서 당신의 가족은 얼마나 당신의 말을 믿고 행동에 옮길 수 있을까요? 당신을 믿고 뛰어내릴까요, 아니면 그 판단을 믿을 수 없어서 죽음을 무릅쓰고 되돌아서서 싸우거나 자포자기해 그 자리에 주저앉아 버릴까요?

인간 사이 관계의 깊이는 믿음, 신뢰라는 생각이 가끔 듭니다. 한 인간을 신뢰한다는 것은 그 인간과 어떤 적절한 기간 동안 세상을 함께 살아오면서, 경험을 통해 그가 옳고 건전한 판단을 내릴 수 있는 높은 정신적 판단의 소유자라는 인식이 기본적으로 들어야 하며, 그가 나를 위해 그 판단을 선의적으로, 자기를 위한 이기적인 마음이 아니라 상대에 대한 사랑이 깔린 우호적인 마음에서 정확한 판단을 내릴 것이라는 확신이 있어야 가능할 것입니다. 이런 맥락으로 영어에서 믿음, 신뢰란 단어 trust는 true, truth와 그 글자의 머리 부분처럼 같은 뿌리를 가지고 있는 게 아닌가 하고 추측하게 합니다. '참되고 진실'한 것 위에 '신뢰'가 있다는 의미가 생겨났으리라는 생각이지요.

내가 주위 가족과 친우들에게 위와 같은 절박한 상황은 아니더라도, 적어도 어느 정도 신뢰가 요구되는 상황에 처했을 때 얼마나 그들에게 믿음을 줄 수 있는 인간이 되어 있을 것인가 자문해 봅니다. 역으로, 내가 만약 반대의 경우에 처했을 때, 내가 믿고 따를 수 있는 가족이나 친우를 얼마나 주위에 가지고 있을까 한번 반성해 봅니다. 그러나 한편 현실적으로 생각해 보면, 이러한 생각은 하나의 희망, 욕심에 지나지 않으며, 우리 같은 일반 인간에게는 거의 불가능한 일이 아닐까 생각되기도 합니다. 아내나 남편으로부터 이러한 신뢰는 고사하고 그가 이룬 사회적 지위나 경제적 능력에 따라 신임도를 평가 당해 별다른 신뢰의 대상이 되지 못하는 것이 보통이지요. 자녀들과의 관계에 있어서도 직장 생활에 쫓기느라고 제대로 대화의 기회도 갖지 못하는 어려운 처지에 처해, 제대로 부모로서의 존경도 받지 못하는 상황에 놓여 있는 것이 일반적이기 때문입니다.

이런 관점에서 본다면 인간과 인간 사이에 깊은 신뢰를 구축할 수 있는 것은 아마 인간의 정신적 수준이 크게 성숙되고 난 뒤인 먼 장래에 있을 수 있는 일이 아닐까 여겨지기도 합니다.

인간과 인간 사이의 신뢰, 나는 지금 어디쯤 와 있을까요.

2008년 7월 14일

모론시아 영혼의 올림픽

지금 중국 베이징 하늘 아래는 인간 육체의 한계를 겨루는 올림픽이 한창입니다. 나라마다 민족마다 조금은 차이가 있지만, 스포츠에 대한 인간의 열정은 대단히 높습니다. 축구 경기 때문에 죽거나 전쟁이 일어나기도 하며, 마을과 도시가 대립하기도 합니다. 문명의 발달로 시간적인 여유가 생기면서 인간은 더욱 육체에 대한 비중이 높아져, 이제 육체가 목적이 되는 환경에 빠져 있는 듯이 보이기도 합니다. 한편 종교와 스포츠 사이에도 어떤 상관관계가 있을 수 있을 것 같습니다. 종교가 인간 생활 속에 차지하는 비중이 낮아지면서 몸으로 하는 스포츠에 더욱 열광하게 되는지도 모릅니다. 이런 관점에서 현대에 이르러 종교가 권위의 빛을 점차 잃어 가면서, 스포츠가 그 빈자리를 메워 가는 게 아닌가 합니다. 일요일 종교적 참여를 위해 교회와 성당을 가기보다는, 경기장을 찾거나 스포츠 관련 TV를 보는 등, 점점 종교와 멀어지는 것이 오늘날의 경향인 것 같습니다.

온 국민이 열광한 자유형 400m 수영의 경우, 박태환이 3분 41초 86을 기록해 2위인 중국 선수와 0.58초, 즉 100분의 58초 앞서 우승을 했습니다. 0.58초의 차이. 그것이 개인은 물론 온 국민을 흥분의 도가니로 몰아넣었습니다. 0.58초가 주는 의미가 무엇인지, 그 의미는 이해할 수 있으나 그 가치는 무엇인지 쉽게 정의하기가 어렵습니다. 어쩌면 인간의 육체가 그만큼 의미 있고 중요할 수도 있다는 가능성을 보여 주는 것 같기도 합니다. 그러나 제 개인적으로는 당연히 육체는 중요하지만, 그러나 이러한 육체적 간발의 차이를 그렇게 가치 있는 것으로 생각하는 성향이 아니기에 가끔 나 자신이 이방인인 듯 느껴질 때도 있습니다. 주위의 친우들과 자리를 함께하기만 하면, 야구 경기의 분위기에서 성장한 친우들은 어느 프로 팀의 성적이 어떠하고 어느 선수가 어떻게 했다느니 하면서 스포츠 이야기로 안주를 삼습니다. 제 경우는 그저 장단만 맞추는 정도이지 도무지 그런 열정에 공감이 가지 않으니 이상합니다. 그냥 개인적 취향이려니 하고 맙니다.

한편 이러한 육체적·물질적 세계와는 상대적인 정신적·영적 세계에는 이 같은 흥분된 일이 없을까 궁금해집니다. 또한 스포츠에서 거리와 시간과 점수를 매기듯이, 정신적·영적 활동에도 이러한 척도가 없을까 하고 생각해 봅니다. 『유란시아』의 어느 글에서 영 (spirit)도 물질이며 이를 측정할 수 있다고 기술한 것을 읽은 적이 있습니다. 이때 그 설명이 아주 획기적이며 참신하다고 느꼈습니다. 종전의 경우, 영-영혼의 세계는 물질의 세계와 차원이 완전히 달라서 아예 비교의 대상이 되지 않는 것으로 알고 있었으나, 영혼도 측정이 가능하다니, 이는 획기적이지 않을 수 없습니다. (이 부분은 다시 확인하고 싶었으나 책의 어느 부분에 있는지 찾을 수 없었습니다.)

이와 연결해 존재의 본질을 생각해 보면, 물질과 영 등 계측이 가능한 존재들 이외에 성품존재, 가치 등은 정말 이들과 다른 차원으로 계측이 불가능한 다른 차원의 존재가 아닌가 하는 생각이 듭니다. 아직 이러한 관점에서 설명한 글을 보지 못해 저도 판단을 내릴 위치에 있지 않아 보입니다. 그러나 당연히 이해를 해야 할 분야일 것입니다.

인간의 내부에 형성되고 성장하는 영혼이 계측 가능한 영적 존재이며 이를 영적 눈으로 식별할 수 있다면, 아마 그것의 수준, 즉 심령 회주에 오른 단계에 따라 색깔이나 느낌이 달리 보일 수도 있는 성질을 가지고 있지 않을까 상상해 봅니다. 높은 경지에 오른 도인들의 후광이 밝게 빛나며, 이를 카메라로 찍을 경우 밝은 황금색을 보기도 한다니, 어쩌면 이러한 현상이 연관 있을 것으로 생각됩니다. 이 경우 육체적 능력을 재듯이 영적 수준을 알아보고 비교하는 시기가 언젠가 이 땅에 올지도 모르겠지요. 그러면 영적 성질을 기준으로 해 어떤 경쟁도 있을 수 있지 않을까 상상해 봅니다. 영혼의 세계인 모론시아에 영혼의 성장과 강도를 겨루는 올림픽이 존재하지 말란 법은 없으니까요.

베이징 올림픽을 보면서 남다른 상상을 해보았습니다.

2008년 8월 12일

하안거를 마친 현각 스님 이야기

오늘 아침에 배달된 한 일간지의 문화면을 보니 푸른 눈의 현각 스님이 봉암사 하안거를 마치고 가진 법문의 기사가 실려 있습니다. 이번 그의 하안거가 특별한 것은, 하안거 장소인 경북 문경 봉암사가 한국 불교의 아주 특별한 사찰로서 오직 선방 수좌들만 모여 수행하는 곳이기 때문입니다. 평소 일반인에게 산문도 개방하지 않으며 보시도 받지 않는 곳으로서, 1100년 역사상 외국인 스님을 받은 적이 없었기 때문입니다. 이런 곳인데, 현각 스님이 몇 년 동안 간곡히 봉암사에서 공부하기를 요청하고 스스로 목숨을 내놓고 수행하겠다고 다짐하며 간청한 끝에 이루어진 수행이기에 더욱 특별한 수행으로 알려졌습니다.

현각은 그의 자서전 『만행』으로 잘 알려진 스님입니다. 미국의 가톨릭 가정에서 성장해 하버드 대학에서 수학하던 중, 숭산 스님의 강연을 듣고 불교에 귀의한 수도승입니다. 저는 그의 글에서, 그가 한국의 어느 절에서 수행 중 가끔 사찰에서 내려오는 길에 있는 한 가게에서 들려오는 음악에 깊은 감명과 전율을 느꼈으며, 나중에 알고 보니 그것이 한국의 애국가였다는 이야기가 인상 깊었습니다. 그 연유는 어떠하든지 간에 그러한 인연으로 불교와, 특히 한국과 인연을 맺은 그가 가깝게 느껴집니다. 특히 우리에게 일반적으로 불교에 대한 선입관이, 불교에 입문하는 사유가 구도적 의도보다는 세상에서 제대로 여건이 풀리지 않을 때 차선책으로 입문하는 경우가 많은 것으로 알고 있기 때문에 긍정적이지 못한 경우가 많은 것이 현실입니다. 그러나 현각은 따뜻한 가정과 좋은 사회적 여건을 뒤로 하고, 오직 인생의 진리를 알기 위해 법문에 뛰어들었기에 그 순수함이 우리에게 잔잔한 감동을 주는 것일 것입니다.

현각은 어제 법문에서 하안거를 마치고 올림픽 금메달 소식을 들었다면서, "금메달을 따면 모두가 큰 환희를 느끼지만, 올림픽이 끝나고 일상으로 돌아오면 2002년 월드컵이 끝난 뒤처럼 오히려 우울해진다면서, 이는 바깥의 빛에만 의지하기 때문이며, 이는 그림자일 뿐입니다."라고 말했습니다. 그러면서 "내 안의 빛을 찾아야 합니다, 나는 누구인가, 나는 누구인가, 끊임없이 물어야 합니다."라고 강조했습니다. 그는 또한 예수님과 성경을 언급하면서, 예수님의 가르침이나 부처님의 말씀이 똑 같은 가르침, 즉 '나' 속에 길이 있고 진리가 있다고 말했습니다. 평범한 말이지만, 고행 끝의 말이기에 일반인에게는 예사로울 수 없습니다.

　그러나 끊임없이 나를 찾아야 하며, 그 나는 내 속의 '참나'를 아는 것이라는 말은 그 '참나'를 찾는 것이 끝없는 길이라는 의미로 보여져 아쉬운 여운을 남기기도 합니다.

　진리를 찾고자 하는 순수한 마음은 가장 선에 가깝게 경건하게 느껴집니다. 선한 마음은 맑은 얼굴을 보여 줍니다.

　맑은 얼굴이 진리입니다.

2008년 8월 18일

어느 해군 대위의 죽음

오늘 아침 신문 칼럼에 게재된 기사가 잠깐 동안 생각에 잠기게 했습니다. 그 내용은 다음과 같습니다.

"6.25 전쟁에 참전했다가 전사한 미 해군 대위 윌리암 해밀턴 쇼(한국명 서위렴)의 추모공원이 서울 은평구에 세워진다는 것입니다. 1922년 평양에서 활동하던 선교사의 외아들로 태어나 평양에서 고등학교까지 마친 쇼 대위는 1945년 해군 중위로 2차 대전 때 노르망디 작전에 참가했습니다. 전역한 뒤 그는 진해 해군학교에서 교관으로 생도들에게 함정 운용설 등을 가르쳐 한국 해군 발전에 크게 기여했습니다.

1950년 하버드 대학에서 박사과정을 밟던 중 6.25가 발발하자 그는 '제2의 조국'인 한국과 자신이 가르쳤던 해군생도들을 돕기 위해 미 해군 대위로 다시 입대해 한국전에 참전했습니다. 그는 부모에게 보낸 편지에서 '전쟁의 고통에 신음하는 한국민을 돕지 않고 전쟁이 끝난 뒤 한국에 간다는 것은 양심이 허락하지 않습니다.'라고 자신의 심경을 전했습니다.

연합군의 인천상륙작전과 서울 탈환작전에 참가한 그는 1950년 9월 22일 미 해병 7연대의 서울 진격에 앞서 서울 은평구 녹번리에서 정찰 임무를 수행하다가 인민군과 교전 중 총탄을 맞고 산화했습니다. 사망 당시 나이는 29세. 그는 지금 부모와 함께 서울 마포구 합정동 외국인 묘역에 잠들어 있습니다."

이 기사에서 나의 관심을 끄는 사항은 쇼 대위가 우리나라를 도왔고 그와 같은 사람들의 희생으로 오늘의 우리가 있기에 이를 고맙게 생각하고 감사해야 한다는 점이 아닙니다. 중동의 어느 조그만 나라 어느 민족의 경우, 고국에 전쟁이 일어나면 외국에 나가 있던 청년들이 고국으로 돌아가 총을 들고 싸운다고 말합니다. 이와는 반대로 우리나라의 어떤 사람들은 평시에도 군 복무를 하지 않으려고 온갖 재주를 부리며, 전쟁이 일어날 듯싶으면 재빨리 외국으로 도망치듯 고국을 떠나겠다고 자랑처럼 말하곤 합니다. 전쟁에 참여하려면 죽을 것을 각오해야 합니다. 더구나 자기의 조국도 아닌 남의 나라를 위해서 자기 인생에 주어진 수명을 제대로 다하지 못하고 중도에 죽는다는 것, 큰 뜻을 위해 자기를 던지는 정신. 이 정신의 실현이 죽음보다 가치가 있는 것인가 하는 것이 바로 나에게 화두가 되는 것입니다.

이것은 가치의 문제입니다. 인간 생명과 인생의 가치의 기준을 어디에 두느냐 하는 문제입니다. 타인과 정의를 위해 선의를 지키겠다는 정신을 자기의 가치 기준으로 삼고 실천할 때, 인간의 심령적 수준은 크게 성장하는 것입니다. 따라서 큰 뜻을 받들고 실천하는 것은 평범한 인생이 가져다 줄 수 없는 성장의 기회입니다. 인간의 목적이 영적인 성장에 있다고 한다면 이는 올바르고 현명한 행동일 것입니다.

또한 종교적 기준의 판단이 바탕이 될 수도 있을 것입니다. 인간의 생명이 현세에서 끝나는 것이 아니라 다음 세상에서 계속되며 지금의 세상은 정신의 성장을 위해 경험을 하는 한 과정이라는 관점을 지닐 때 죽음 그 자체는 크게 중요하지 않으며, 이 경험의 영역에서 무엇을 추구하고 어떤 것을 가치 있게 보았느냐가 중요할 것입니다. 이런 관점에서 쇼 대위의 선택과 죽음은 현명하고 값진 것인 것입니다. 불과 29세의 나이에 그는 가장 높은 정신의 가치를 이루고 이 세상을 떠난 것입니다. 내가 이 글을 쓰면서 감동을 느끼는 것도 그의 높은 정신이 나의 심금을 건드리기 때문입니다.

아, 인간 정신의 숭고함이여!

2008년 9월 23일

어쩔 수 없는 선택

오늘 널리 알려진 여자 영화배우 한 명이 자살해 유명을 달리했습니다. 불과 얼마 전에 남자 연예인 한 명이 자살한 사건이 있었기에 더욱더 착잡한 마음을 금할 수가 없습니다. 왜 그들은 자살했을까요? 모두들 어떻게 해서라도 살려고 발버둥치는 세상에서 그들은 왜 스스로 죽을 수밖에 없었을까요? 경험하지 않고는 알 수 없는 것이기에 그 경지에 처해 보지 않은 우리들로서는 그들의 심경을 알 수가 없습니다. 다만 그저 비슷한 경험이나 상상으로나 겨우 짐작해 볼 수 있을 뿐입니다.

오래 전에 한 사람으로부터 심한 모욕을 당한 적이 있었습니다. 사업상 거래 관계에 있었던 그 사람은 저희 회사와의 거래에 큰 영향을 끼칠 수 있는 지위에 있었습니다. 느닷없이 모욕을 당한 저는 몸 둘 바를 몰랐고, 더구나 그 이유를 알 수가 없어 어떻게도 못 하고 끙끙 앓기만 했습니다. 아무리 마음을 평정하려 해도 되지 않아 도저히 잠을 잘 수가 없었습니다. 그런데 며칠이 지난 후 이 사람은 아무 일이 없었다는 듯 일상으로 돌아왔습니다. 저는 그 이유도 모른 채 현실을 받아들였습니다. 짐작하건대 아마 자기의 위치를 과시하려고 그랬던 것으로 여겨졌었습니다. 그러나 이를 당한 저는 정신적 고통이 말할 수 없이 컸습니다. 저는 이 조그만 경험을 가지고 겨우 죽음을 선택한 두 사람의 심정을 손톱만큼 이해를 합니다. 아마 힘겹게 일을 하고도 살아가기가 어려운 사람들은 이러한 죽음이 사치로 보일지도 모릅니다. 그러나 인간이란 몸만 있는 것이 아니라 마음과 정신이 있기에, 더구나 이들 마음과 정신이 몸과 연결되어 있어서 마음이 아프면 몸이 더욱 치명적으로 고통을 받기에, 그 고통을 벗어나기 위해 아마 생각을 계속하게 하는 몸의 그릇을 깨뜨려 생각의 괴로움을 중단할 수밖에 없었을 것입니다.

대부분의 종교는 자살을 인정하지 않으며 오히려 죄악으로 평가합니다. 미국의 어느 영적 책에서 말하는 이론에 따르면, 사람이 죽는 순간의 심경, 정신 자세로써 다음 세상으로 간다고 말합니다. 따라서 어둡고 파멸적인 상태로 이 세상을 떠나면 오랫동안 그 상태를 벗어나지 못한다고 말합니다. 그 예로 예수를 팔아넘긴 가룟 유다를 언급하고 있습니다. 그는 스승을 구세주로 믿었고 그를 궁지에 빠뜨리면 예수가 자신의 능력을 펼쳐 보일 것을 기대하고 그러한 행위를 했으나, 결과적으로 스승을 십자가의 죽음으로 이르게 했기 때문에 자신의 잘못을 후회하면서 자살했다는 것입니다. 그는 죽은 후 회한과 고뇌의 세월을 수백 년 보낸 후, 겨우 그 고통에서 벗어나 다음 단계로 올라갔으며, 오히려 큰 깨달음을 얻었다는 이야기가 있었습니다.

『유란시아』의 가르침을 기준으로 생각한다면, 인생의 괴로움이란 자신의 성품과 주위의 환경이 빚어내는 하나의 상태로서, 그것을 통한 경험 또는 체험을 통해 자신의 정신적 깊이를 확대하는 계기로 삼아야 한다고 합니다. 그러나 이를 체험으로 생각할 정도면 이미 괴로움이 되지 않을 수도 있을 것이므로 뭐라고 말하기 어렵습니다. 다만 그 어려움을 견디고 극복하면, 그리고 그 체험을 긍정적인 방향으로 통과할 수 있다면, 아마 그 어려움과 고난의 깊이에 반비례해 정신적이고 영적인 성장에 도움이 되리라 믿어집니다. 그러나 그러한 견디기 어려운 곤경에 처했을 때 어떤 행동을 할 것인가는 아무도 장담할 수가 없을 것입니다.

사람은 모두 언젠가 죽습니다. 건강하게 오랫동안 살다가 고통 없이 죽기를 모두 희망합니다. 그러나 그렇게 살지 못하고 중도에서 하차하는 사람들도 있습니다.

어쩔 수 없이 그러한 선택을 한 사람들의 명복을 빕니다.

2008년 10월 2일

스스로를 위로하면서

생각해 보면 사람에겐 커다란 두 가지 문제점이 있어 보입니다. 어떡하든지 먹고살아야 하는 것, 그리고 하루하루 살아가면서 사람들과 부딪쳐야 하는 것, 이 두 가지는 피할 수 없는 일로 보입니다.

먹고사는 게 요즘 세상 같아서는 대부분의 사람들에게 정말 힘든 과제입니다. 재산을 물려받았거나 물려받을 수 있거나, 교육을 잘 받고 안전한 직장에 다니면서 넉넉히 월급을 받으면 몰라도, 많은 사람들은 자녀 교육하랴, 집 장만하랴, 직장에서 잘못되지나 않을까 전전긍긍하랴, 먹고사는 일마저도 여간 어려운 과제가 아닙니다.

조기 퇴직으로 음식점을 시작한 수많은 자영업자들은 불경기로 인해 손님도 없이 불만 켜놓은 채 텅 빈 자리를 보고 있습니다. 그 심정은 간이 타들어 가는 지경일 것입니다. 각박한 이 시대 이 나라에 태어났으니 피할 수 없는 운명입니다. 그래도 거리에 넘쳐나는 사람들과 수많은 집들, 아파트에 사는 사람들을 보면 그저 신기할 따름입니다. 어떻게 저 많은 사람들이 돈을 벌고 잘 먹고 잘 살아갈 수 있는 건지, 여간 신비롭지 않습니다.

얼마 전에 중국 베이징에 들른 적이 있었습니다. 그 날이 중국의 연휴를 앞둔 날이어서 역 광장과 천안문 거리가 사람의 홍수였습니다. 도대체 이 많은 인간은 다 무엇이며, 이 넘치고 넘치는 인간이 정말 어떤 가치가 있는 것인가, 의문이 들지 않을 수 없었습니다. 물론 나도 그들 중의 하나이면서 말입니다. 말이 쉬워서 지구 인구 60 몇 억이지, 정말 60억은 대단한 숫자입니다. 그런데 이 60억은 앞으로 아무리 길어야 100년 사이에 모두 죽을 수밖에 없는 운명의 인간입니다. 이런 계산으로 보면 앞으로 1천 년 사이에 600억의 인간이 저 세상으로 가야 합니다. 지구는 인간의 숫자가 더 늘어나지 않을 것으로 가정하면 그럭저럭 견딜 수 있겠지만, 저 세상은 한 번 간 영혼이 죽지도 않고, 또 지구와 같은 다른 많은 행성에서 우리처럼 몰려간다면 그 세상은 얼마나 붐빌까 걱정되기도 합니다. 그곳에서는 뭘 먹고 살며, 결혼이나 하는지, 가족이란 게 있는지, 각각 다른 시기에 갈 지금의 가족들과는 어떤 관계에 있을 건지, 그 긴 세월 동안 무얼 하며 지내는지 궁금하기도 합니다.

이 아침에 온 나라가, 지구 전체가 금융 위기로 요동치는 소식을 보면서 안타까운 인간의 형편이 새삼 측은하게 여겨집니다. 그러나 어떡하든 살아야 할 운명이니, 마음을 다져먹고 포기하지 않고 견뎌나가는 수밖에 없습니다. 그러면 지금 밑바닥에서 힘겨워하던 것을 벗어나 언젠가는 다시 상승곡선을 타고 즐거워할 날이 있을 것입니다. 인간으로 태어난다는 것, 어느 누구도 자기 의지로 태어난 것이 아니므로 주어진 것에 그저 최선을 다해 볼 수밖에 없습니다.

자기 자신을 위로하지 않으면 어느 누구도 진정으로 관심을 가져 주지 않을 것이니까요.

2008년 10월 7일

선택의 어려움

사람의 행동은 그 사람이 지닌 가치 기준에 따라 다르게 나타납니다.

『유란시아』를 읽는 분들 중 어떤 이들은 『유란시아』의 가르침이 근본적으로 인생에서 경험을 쌓는 것을 강조하고 있으므로 인간은 무엇이든지 경험해야 하며, 그래서 어떤 행동을 해도 상관없지 않느냐고 말하고 또 그렇게 행동하는 것을 종종 접하게 됩니다. 과연 경험을 위해 인간은 어떤 행동을 해도 용납이 되는 것일까요? 사실 이에 대해 자신 있게 해답을 구하기는 쉽지 않습니다. 절대적 관점에서 보면, 우주에서 어떠한 종류의 일일지라도 발생하고 경험해 보는 것이 우주의 목적에 합당할지도 모릅니다. 그러나 종교적 관점, 즉 진선미의 가치를 추구하며 영적인 상승을 추구해야 하는 생명체의 입장에서는 무엇이든 경험해도 되는 방종의 자유가 아니라, 보다 향상된 가치를 추구해야 하는 책임을 전제로 하는 선택의 자유일 것입니다.

인간의 정신 현상에서 신비로운 점은, 생활 속에서 진지하게 노력하는 가운데 겪게 되는 실수나 잘못은 그것이 밑거름이 되어 깨달음의 과정을 거쳐서 상승의 길로 나아가게 하지만, 자기의 욕심과 욕망을 위해, 특히 육체적·물질적 욕구를 추구하면 이것이 오히려 또 다른 욕심을 계속 연쇄적으로 일어나게 해, 인간의 정신을 황폐시킨다는 점입니다. 마치 한 번의 즐거움과 경험을 위해 마약을 가까이했다가 벗어나지 못하는 게 인간인 것처럼, 악행도 그것을 선택해 의도적으로 할 경우, 그것이 안겨 주는 색다른 유혹에 휘말려 인간을 나락의 늪으로 빠지게 하는 것과 유사하지요.

얼마 전에 만난 한 『유란시아』 독자가 『유란시아』는 모든 경험을 용납하니까 자기가 불륜을 저지르는 것도 이런 관점에서 좋은 것이 아니냐고 합리화하는 말을 하는 것을 들은 적이 있습니다. 불륜을 알면서 불륜을 좇으면 이는 악행의 마음이 자리 잡는 필요 없는 경험을 추구하는 것입니다. 따라서 오히려 새로운 악습을 갖게 되는 계기가 될 수도 있어 상당한 각성과 주의가 요구됩니다.

그러면 인생에 있어서, 진지하고 선의에 찬 경험과 위선을 행하는 악행의 경험을 어떻게 구분할 것인가 반문할 것입니다. 어쩌면 그것은 그 상황을 맞이하는 인간의 판단, 선택의 몫일 것입니다. 그러므로 인생에서 선택은 어려운 것입니다. 그것이 아무렇지도 않게 쉬운 것이라면 인간에게 주어진 지고의 선물인 선택은 별 값어치가 없을 것입니다.

선택의 어려움, 그것이 인생입니다.

2008년 10월 21일

『화엄경』 이야기

    지난 주말에 어느 분이 "화엄경"이란 제목의 시를 보내와서 이를 계기로 불교의 한 부분을 음미해 보았습니다. 먼저 시를 보지요.

화엄경

이번 생에 잠시 인연 따라 나왔다가,
인연이 다 되면 인연 따라 갈 뿐입니다.

장작 두 개를 비벼서
불을 피웠다면 불은 어디에서 왔는가.

장작 속에서 왔는가,
아니면 공기 중에서 왔는가.

그도 아니면 우리의 손에서 나왔는가,
아니면 신(神)이 불을 만들어 주었는가.

다만 공기와 장작과 우리들의 의지가
인연 화합해 잠시 불이 만들어졌을 뿐이고,
장작이 다 타고 나면 사라질 뿐입니다.

이것이 우리 몸을 비롯한

모든 존재의 생사(生死)입니다.

불을 어찌 고정된 실체라 할 수 있겠으며,
'나' 라고 내세울 수 있겠는가.
다만 공한 인연생(因緣生) 인연멸(因緣滅)일 뿐입니다.

여기에 내가 어디 있고,
내 것이 어디 있으며,

진실한 것이 어디 있는가.
다 공적(空寂)할 뿐입니다.
이 몸 또한 그러하다.

인연 따라 잠시 왔다가
인연 따라 잠시 갈 뿐,

'나' 도 없고
'내 것' 도 없습니다.

그러할진대 어디에 집착하고,
무엇을 얻고자 하며,

어딜 그리 바삐 가고 있는가.
갈 길 잠시 멈추고 바라볼 일입니다.

아마 위의 글은 불교 사상을 가장 잘 표현한 『화엄경』에 대해 어느 분이 그 의미를 전달하기 위해 간단한 시로 표현한 것으로 이해됩니다. 저는 불교에 대해 일반적인 상식 정도의 지식을 가지고 있을 뿐입니다. 이 글을 계기로 『화엄경』에 대해 가볍게 알아보니, 이 경은 석가모니의 가르침을 가장 훌륭하게 설명한 경으로서 중국을 거쳐 신라에 들어온 대승불교의 중심이 되는 사상이며, 신라시대 원효와 의상이 이를 깊이 있게 다루어 우리나라 불교의 바탕이 되었다고 합니다.

『화엄경』은 대방광불화엄경(大方廣佛華嚴經)을 줄인 말로서, 산스크리트어로는 Avatamsaka-Sutra, 영어로는 Garland Sutra라고 하며, 석가모니가 설법한 여러 경전을 4세기 경 모아서 약 60권의 경전으로 묶은 것을 이릅니다. 『화엄경』에 대한 사전적 설명에 따르면, "모든 존재는 불성(佛性)을 가지고 있으며, 모든 현상은 다른 현상의 원인이 되어 상호의존하고 있고, 궁극적으로는 모든 존재가 다 부처이다." "부처와 중생은 둘이 아니라 하나이다."라는 것입니다. 방대한 가르침을 몇 줄의 글로 표현할 수는 없지만, 그 진수는 느낄 수 있습니다.

위에 처음 인용한 시는 아마 이 화엄 사상 중 인연법과 공(空)의 사상을 부각시켜 지은 것으로 이해되며, 그 전달하는 의미가 심오하게 느껴집니다. 이러한 사상은 불교적 분위기에서 성장한 오늘날의 많은 한국인의 정신적 바탕이 되고 있을 것이며, 기독교적인 서양 사상과는 대조적인 것으로서, 기독교를 바탕으로 하는 서양의 정신은 이러한 궁극적인 '공(空)' '허(虛)'의 사상을 불교처럼 깊이 있게 제대로 이해하지 못하고 있는 것으로 알고 있습니다.

위의 시에 나타난 글을 좀 더 파악해 보면, 이 세상에서 일어나는 모든 현상은 인과응보의 인연에 따라 일어나는 현상일 뿐, 그 이상도 그

이하도 아니라는 해석입니다. 처음에 어떻게 해서 우주가 시작되었든지 간에, 앞의 모든 것이 원인이 되어 다음의 모든 것이 이루어지며, 그것이 영향을 주어 여러 가지로 파생하면서 지금껏 전개되어 왔으며 앞으로도 그렇게 전개되어 나갈 것이라는 의미입니다. 이에 반해 기독교 사상은 인간을 포함한 우주의 모든 것이 신(神), 하나님에 의해 창조되었고 그의 의도대로 전개되어 간다는 사상으로서, 위의 불교적 사상과는 정면으로 상치됩니다. 그러므로 이러한 불교적 사상을 이해하거나 받아들일 수 없을 것입니다. 마찬가지로 이러한 인연법만 이해하는 불교인에게는 우주가 하나님에 의해 일방적으로 창조되었으며, 하나님을 중심으로 우주의 목적이 존재한다는 우주관은 좀처럼 받아들여질 여지가 없을 것입니다.

사실 이들 사상 중 상대편의 어느 하나를 완전히 부정하거나 긍정할 수 있는 이론을 내세울 수 있다면, 동서양의 사상을 융합할 수 있는 획기적 발판이 마련될 것입니다. 저의 얕은 지식과 사상으로서는 이러한 사상을 도저히 반박하기 어렵습니다. 다만 이러한 불교적 사고에 대해 몇 가지 문제점만을 제시할 수 있을 것입니다.

첫째, 생명체가 가진 자유의지입니다. 즉 인간은 우주에 그냥 주어진 존재가 아니라 자유의지를 가진 존재로서 자신의 행동을 선택할 수 있고, 그러므로 우주의 창조에 직접 관여하는 존재라는 주장입니다. 이는 생명체의 존재성을 강조하는 『유란시아』의 가장 기본이 되는 사상입니다. 자유의지는 성품존재를 지닌 생명체에게만 있는 것으로서, 하나님 절대자로부터 주어진 고유의 특별한 것이기 때문에 이와 연관 지어 절대자가 존재한다는 주장입니다. 그러나 이에 대해서도 극단적으로 말한다면, 사실 자유의지란 아예 근본적으로 없을 수도 있습니다. 말하자면 모든 의지의 선택과 판단은 그 결정을 내리는 주체에게 주어진 환경과 여건에 따라 결정되는 것으로서, 그러한 선택은 의지의 산물이 아니라 그 여건에 처한 주체를 지배하는 여건에 의해 그렇게 선택할 수밖에 없는 것으로서, 어쩔 수 없는 결과라는 해석입니다. 그러므로 우주 어디에도 이미 완전한 절대적 자유의지란 존재하지 않는다고 말할 수도 있습니다. 이에 대해 자신 있게 반박한다면, 자칫 자기기만과 억지에 빠질 수도 있겠지요. 그러나 이 점에 있어서 불교도 자유로울 수 없습니다. 자유의지를 부정하는 것은 모든 개체의 노력을 근본적으로 부정하는 결과를 가져오기 때문입니다.

또 한 가지는 인간 정신의 도덕적 가치, 진선미에 대한 가치관을 이야기할 수 있습니다. 『유란시아』는 하나님이 인간에게 이러한 가치를 추구하도록 하게 하는 생각 조율자라는 존재를 인간 안에 내려 주기 때문에, 인간은 진선미의 가치를 위해 진화해야 한다는 설명입니다. 그러므로 모든 것이 공허한 것이 아니라, 하나님이 제시한 가치를 추구해야 할 의미 있는 존재라는 설명입니다.

그러나 이에 대해서도 반박하는 입장에서 이해한다면, 가치란 본래 존재하는 것이 아니라, 인간이 지상에 생겨난 이후 긴 세월 동안 공동생활을 하면서 두뇌의 발달로 형성되기 시작한 개념에 의해 점점 구체화된, 하나의 축적된 가상적 고정관념에 지나지 않는다고 말하면 반박하기 어렵습니다. 특히 화엄 사상의 경우, 『유란시아』의 생각 조율자 개념과 유사한 불성을 제시하고 있어서, 누구에게나 이러한 설명이 완전히 받아들여지지 않을 수도 있습니다. 다만 불교의 불성은 인간에게만 적용되는 것이 아니라 온 삼라만상에 해당되는 것으로 말하고 있어, 근본적인 개념이 다르다고 볼 수 있습니다.

사실 불교 사상대로라면 참선이나 수도생활, 깨달음이 아무런 의미가 없는 것일 수도 있습니다. 모든 것이 공하며 허한데, 빨리 깨달으면 무엇하며, 몇 천 번 윤회를 한들 무엇이 달라지며, 어떻게 된다고 무슨 문제가 있을 수 있나요. 세상에서 나쁜 짓을 하든 선행을 하든, 모두 이 세상에서 잠깐 동안 불타는 불꽃에 지나지 않으니 아무런 판단도 할 필요조차 없다는 주장에 이르게 됩니다. 불교의 주장은 인간 세상이란 이렇게 별 볼일 없는 것이므로, 이 점을 빨리 깨닫고 우주에서 존재도 없이 영영 사라지는 것이 최선이라는 주장입니다. 사실 실지로 많은 불교의 현자들이 이렇게 사라지려고 노력했고, 실제로 사라진 것으로 알고 있습니다. 그러나 모든 불교인들이 부처와 수많은 보살들, 수많은 신적 존재들에게 도움을 청하는 것을 보면, 그들이 우주 어디에 아직 존재하며 활동하고 있는 것으로 여기도록 하고 있어, 저는 정확히 그 상황을 알지 못하겠습니다.

위와 같은 여러 가지 생각과 가설에 대해 저는 반박할 깊은 지식과 능력이 없습니다. 이러한 극단적인 사상에 대해 저의 경우는, 다만 자신을 조용히 들여다보면서 생각하는 것이, 이 세상에 이런 이유에서든 저런 이유에서든 간에, 인간은 보다 진화하려는 노력을 멈추지 않는 성향을 가지고 있으며, 그 지향하는 방향이 진실과 아름다움과 착함이라는 가치를 추구하는 성품을 지니고 있고, 무엇보다 중요한 사실은 죽고 난 뒤에도 인간에게 무엇인가 어떤 형태로든지 '나'라는 주체가 지속적으로 존재한다고 생각하게 하는 객관적인 현실이 있다는 것입니다. 이러한 나 자신의 여건을 인정하고 이를 현실화하려고 노력하는 것이 참된 행동이라고 이해하기 때문에 그렇게 살고자 할 뿐입니다. 그리고 이러한 이해가 오늘날 우리 시대에 주어진 종교적 철학 사상인 『유란시아』의 가르침과 많이 맞아떨어지므로 이 책을 깊이 있게 공부하고자 할 뿐입니다. 어떤 면에서 보면, 기독교를 바탕으로 한 『유란시아』가 그래도 지금 시대에 불교적인 사상을 가장 잘 이해하고 감싸고 있는 것으로 여겨집니다. 이에 대해서는 간단히 언급하기가 어려우므로 생략하기로 하지요.

어느 누구도 무엇이 옳다고 자신 있게 말하기 어려울 것입니다. 그러므로 자기에게 현재 주어진 여건에서 최선의 방향으로 나아가는 것이 가장 바람직한 행동일 것입니다.

2008년 10월 27일

당신 직업을 바꾸는 게 낫겠소

다른 사람의 생각과 행동을 비판한다는 것은 참으로 어렵고 위험한 일인 줄 압니다. 그러나 최근 아주 특이한 사람을 경험했는데, 그냥 넘기기엔 안타까워 되짚어 봅니다.

단체 여행객의 한 사람인 50대 중반의 이 남자는 평범한 얼굴이지만 처음부터 별다른 느낌을 주는 인상이었습니다. 여행 내내 그는 얼룩덜룩한 줄무늬 셔츠 위에 주머니가 여기 저기 달린 낚시용 조끼 한 가지만 걸치고 다녔습니다. 주머니가 많은 조끼는 여행에 편리하다면서, 이 호주머니에서 여권을, 저 호주머니에서 일회용 물수건을 끄집어내는 등 온갖 잡동사니를 넣고 다녔습니다. 오랫동안 너무 한 가지 옷만 입고 다니니 보는 사람들도 민망해졌습니다.

이 사람이 걷는 모습은 아주 특이해, 두 다리가 모두 짧은 듯 어깨를 양쪽으로 이리저리 기우뚱거리고 신발을 질질 끌면서 뒤뚱뒤뚱 걸었습니다. 심심하면 껌을 씹으면서 방울을 만들어 터뜨려 소리를 내거나 무슨 찬송가 같은 소리를 흥얼거리며 손을 앞뒤로 흔들면서 손뼉을 치곤 했습니다. 상대하기 불편한 것은 그의 말투였습니다. 나이가 많든 적든 누구하고나 말하면서도 뒷말을 적당히 흐리게 하는 낮춤말을 사용했는데, 이런 태도에 어색해 하는 사람에게는 심지어 등을 어루만지거나 두드리면서 마치 자기가 윗사람이나 되는 양 행동했습니다.

하나가 밉게 보이면 다른 것도 밉게 보이는 것인지, 먹는 모습도 눈에 좋게 들지 않았습니다. 뷔페 음식을 먹을 때 접시에 음식을 가득 넘치게 가져와 먹다가 맘에 안 들면 옆으로 제쳐두고 또 다른 접시를 가득 채워 가져오기를 몇 차례 해야 직성이 풀리는 듯 했습니다. 더욱 보기 힘든 것은 맛을 미리 보려는 듯 음식을 입에 집어넣고 씹으면서, 접시를 들고 이리저리 다른 음식을 기웃거리며 돌아다니는 모습이었습니다. 또한 정해진 메뉴, 즉 식당에서 테이블에 차려 주는 음식을 먹을 때는 모두들 이 사람 옆에 앉기를 피했습니다. 너무 게걸스레 챙겨먹으니 공동 음식이나 반찬이 옆 사람에게 제대로 돌아가지 않기 때문이었지요.

어쩌다가 대화라도 할라치면 자기 자랑을 빼면 대화가 되지 않았습니다. 여행사가 패키지로 시행하는 상품은 모두 가보았으며, 이제 아프리카의 빅토리아 호수만 보면 된다고 떠벌렸습니다. 어디를 가보았는데 어느 나라 사람은 좋으며 어느 나라 사람은 나쁘다고, 마치 아주 경험이 많은 것처럼 획일적으로 어떤 나라와 민족을 평가하기를 서슴지 않았습니다.

자기가 차고 있는 시계는 스위스 OO 제품인데 언제 몇 백만 원에 샀으

며, 선글라스는 몇 년 전 싱가포르에서 몇 십만 원을 주고 샀는데, 안경
테에 씌어진 영국의 명품 브랜드를 표시하는 작은 글씨가 보이느냐고 자
랑했습니다. 신발은 코르크 깔개를 깔았는데 비싸지만 몸에 좋다느니
하면서 일류와 명품, 몸에 좋은 것만 사용한다고 일일이 나열했습니다.
무슨 품목은 무슨무슨 브랜드가 세계 최고이며, 무슨 음식이 몸에 어떻
게 좋으며, 무엇은 나쁘니 먹지 않는다고 떠들었습니다. 식사 때 포도주
는 몸에 좋으니 한 잔씩 마셔야 한다며 술이 제공되면 이를 챙기고, 사과
에는 사과산이 나오니 식사 후에는 먹지 않는다며 저녁 식사 자리에서
후식인 사과 한 쪽마저 입에 넣지 않았습니다.

일행 중 한 명이 회사 운영상 벤츠를 타고 다니는데, 이제 부담스러워
처분할까 생각한다고 말하자, 체어맨을 탄다는 이 사람은 자기 차에 대
해 한참 자랑한 후 벤츠에 탐이 나는지 계속 차량의 성능을 자세히 여러
번에 걸쳐 물으면서 은근히 구입할 의사를 내비치기도 했습니다. 이 차
를 사지 않고는 못 배길 눈치였습니다. 이렇게 이 사람의 험담을 늘어놓
는 지금, 이 사람에게 좋은 점은 무엇이 있었을까 아무리 생각해도 잘 떠
오르지 않습니다. 아마 너무 실망해 미처 보지 못했던 것 같습니다. 이렇
게 실망하기도 어려운 일입니다. 그러니 여행에 홀로 참가한 이 사람에
게 아무도 말을 걸거나 상대하지 않으려 했습니다.

이처럼 자세하게 이 사람에게 대해 서술하는 이유는 단 한 가지, 그의
직업 때문입니다. 이 사람은 처음 나를 포함해 주위 사람들을 만나자마
자 "교회를 나가십니까, 예수를 믿습니까?" 하고 질문을 해왔습니다. 왜
묻느냐고 하자, 그는 자기가 **교회 목사**라고 대답했습니다. 그러면서 "교
회에 나가야지요." 하면서 독려까지 했습니다. OO북도, OO시에 있는 제
법 큰 교회에서 목회자로 몇 십 년 활동하고 있다는 것이었습니다. 목사

라는 사실을 증명하듯, 가끔 국제 전화 로밍을 해온 휴대폰 전화로 교회 당직자에게 전화를 걸어 안부를 묻는 것으로 확인시켜 주었습니다.

하루는 어떻게 그렇게 좋고 비싼 것들을 사용하고 세상에 안 가본 곳이 없이 여행을 할 수 있느냐고 어떤 사람이 비웃는 듯한 속마음을 숨기며 물었습니다. 그러자 이 사람 대답이, 부자인 아버지를 두어서 그렇다는 것이었습니다. 그런데 그 아버지는 *하나님 아버지*라고 하더군요. 말문이 막혔습니다. 모든 일행은 교회 목사에 대한 실망감을 감출 수 없었습니다. 그에게 잘 입고 잘 먹고 세계를 유람하라고 헌금을 내는 교인을 모두 측은하게 생각했습니다. 무엇 망신은 무엇이 시킨다고, 그가 목사라는 게 안타까웠습니다. 헤어지기 전에 그에게 "당신 직업을 바꾸는 게 낫겠소."라고 말하고 싶었으나 차마 그러지는 못했습니다.

이제 저의 안타까운 마음을 조금 이해했으리라 믿습니다.

2008년 10월

인류의 사회체제

이 지구상에서 인간이 생존하기 위해 고려할 사항으로 크게 두 가지 중요한 요소가 있습니다. 하나는 생명을 유지하는 것으로서, 이는 인간의 육체가 자연과 직접적으로 연관되어 있기 때문에 자연과학의 지배를 받아야 하는 것입니다. 다른 하나는 인간이 본능적으로 무리 지어서 생활해야 하므로 어떤 형태로든지 사회성을 지니는 것입니다. 무리를 지어서 생활하는 한, 그 단위 무리 안에는 질서와 조직이 필수적으로 갖추어지게 마련입니다. 인간의 역사는 이 질서와 조직의 형태가 변천해온 과정이라고 할 수도 있을 것입니다.

인간에게 있어서 가장 먼저 두드러지게 조직의 힘을 발휘한 형태로는 씨족 사회와 부족 사회 제도가 있습니다. 그 후 지역이 넓어지고 인구가 증가하면서 보다 효율적인 지배 관리제도인 봉건왕조 국가체제가 형성되었고, 이 체제가 중세와 근대에 이르기까지 가장 오랫동안 유지되었던 것입니다. 물론 고대 그리스의 아테네 같은 일부 도시에서는 민주주의가 시행되었으며, 고대 로마에도 민주주의와 유사한 공화주의가 활발했으나, 이를 오늘날의 민주주의라고 할 수는 없을 것입니다.

그러나 왕조 국가제도가 왕과 소수의 귀족들에 의해 대중의 이익이 착취되자, 근대에 이르러 다수 민중의 지능이 전반적으로 상승함에 따라 이 소수 지배의 사회구조가 무너지고, 소위 사회주의와 민주주의 체제가 발생하게 되었던 것입니다. 그러나 왕조 체제에서 혁명을 통해 사회주의 또는 공산주의를 선택한 국가의 경우는, 아직 민주주의를 최선의 사회체제로 인정하지 않고 있습니다. 다만 공산주의 자체가 안고 있던 문제점으로 인해 공산주의 체제가 무너지거나 일부 체제를 변경한 수정 사회주의가 계속해서 제 길을 가고 있습니다.

공산주의와 사회주의를 고수해온 중국의 경우는 공산주의의 결점을 보완해 수정 사회주의를 개발해 적용하고 있으며, 수많은 대중을 거느린 거대 국가로서 급속한 성장을 위한 과도기적인 형태로서는 어느 정도 성공한 체제로 부각되고 있습니다. 마치 로마 시대의 원로원과 집정관 제도를 현대에 적용한 것처럼, 국가 경영의 최고 지도자 그룹인 '공산당 정치국원 25명'과 주석을 중심으로 일사불란하게 국가를 운영하는 것이 크게 돋보입니다. 따라서 중국의 이러한 제도를 민주주의의 관점에서 비난하기보다는, 이 제도가 민주주의 약점을 보완하는 장점을 가지면서 인류에게 적절한 것인가 아닌가 하는 의문을 던져 볼 필요가 있겠지요. 이에 대한 해답은 앞으로의 역사가 말해 줄 것으로 보입니다.

오늘날 민주주의는 개인의 자유의사를 존중하면서 국가 운영체제로서 의회, 행정, 입법을 분리하여 가장 합리적으로 관리하는 형태라고 현재 우리는 이해하고 있습니다. 그러나 어느 조직 형태일지라도 그 조직의 정상에는 지도자가 있게 마련이며, 이 지도자의 성향과 역량에 따라서 국가의 환경과 성장이 크게 좌우되지요. 그렇기 때문에 비록 민주주의일지라도 지도자의 선택이 결정적인 역할을 하는 장점과 결점을 안고 있습니다.

문제는 선거에 의한 다수의 결정이 항상 최선의 지도자를 선출하지 못할 수도 있음에 있다는 것입니다. 그러나 현재의 민주주의 제도로서는 최선의 지도자 선출에 대한 보장을 할 수 없다는 데 근원적인 모순이 있습니다. 오늘 미국에서 버락 오바마라는 새로운 대통령이 당선됨으로써 또 한 번 민주주의 제도의 문제점을 시험하게 되었습니다. 대통령제도 아래서 지도자가 된 부시 대통령이 이라크 침공을 주도했고 잘못된 경제 정책으로 인해 세계가 경제적 위기에 빠지게 되었기 때문에 미국 국민은 새로운 변화를 요구하게 된 것입니다. 이는 민주주의 제도도 잘못 운영되면 그 결과가 많은 대중에게 피해를 줄 수 있음을 여실히 보여 주는 사례입니다.

인간 개개인은 어느 시대, 어느 특정 국가에 태어나는 것을 스스로 선택할 수 없습니다. 그러므로 그 시대 그가 속한 사회의 형태를 따를 수밖에 없습니다. 그러므로 어느 시대 어느 국가에서 태어나느냐가 인간의 기본적인 조건의 측면으로 볼 때 한 개인의 행복과 불행을 결정하는 바탕이 되기도 합니다.

하지만 오바마는 흑인 결손 가정이라는 어려운 환경에서 성장했으면서도 이를 역으로 활용해, 가난하고 어려운 환경에 처한 사람들에 대한 이해를 넓히는 계기로 삼았습니다. 또한 이를 바탕으로 변화를 추구함으로써 대중의 긍정적인 선택을 받아 대통령에 당선되었지요. 어려운 환경이 꼭 개인의 불행만이 아님을 보여 주는 사례가 되어, 개인의 자유의지가 얼마나 훌륭한 것인가를 여실히 보여 주었습니다.

이렇게 우리가 익히 알고 있는 인류사회의 제도 체제에 대해 되돌아보는 이유는, 첫째 현재 인류가 최선의 사회제도로 신봉하는 민주주의가 앞으로 어떻게 변화해 갈 것인가 하는 점과, 궁극적으로 인류에게 어떤 사회체제가 가장 이상적인 제도인가, 아니 인류의 지능 발전에 따라서 이 사회체제는 계속 바뀌어야 하지 않을까 하는 생각 때문입니다.

『유란시아』에 의하면 인류가 발전해 가장 안정적인 단계에 이르는 것이 '빛과 생명의 시대'라고 언급합니다. 그리고 이에 이르렀을 때의 사회체제에 대해 간접적으로 설명하고 있습니다. 이에 대한 세부 내용은 지금 잘 기억나지 않습니다. 『유란시아』가 말하는 사회체제는 이 책이 말하고 있는 우주의 운영체제를 참고하면 어느 정도 알게 될 것입니다. 현재 우주의 체제를 보면 '행정'과 '사법' 부서는 언급되고 있으나 '입법' 부서는 없는 것처럼 보입니다. 궁극적으로 하나의 행성 또는 체제, 성단, 지역우주 등 단위체제는 한 지도자, 통치자에 의해 다스려지며, 이는 그 상위 조직에서 임명되는 것으로 보입니다. 최고의 영적 수준과 높은 지혜를 가진 존재가 다스려야 하는 것으로 이해됩니다. 즉 유한생명의 사회가 이상적인 영적 수준에 이르면, 기본적인 법률은 우주적인 모범 법률을 적용함으로써 입법기관은 필요하지 않으며, 운영의 최고 지도자는 상위의 단계에서 내려오는 최고의 영적 지혜자가 다스리지요. 그러나 진화하는 단계의 영역이므로 필수적으로 과오는 발생하기 때문에 사법 조직이 존재하는 것으로 이해됩니다. 이러한 이해는 아직 『유란시아』의 내용을 완전히 알지 못하면서 겨우 파악하는 수준에서 추측한 것임을 전제로 합니다.

인류의 사회 조직, 제도 체제는 앞으로 어떻게 변할 것인가. 『유란시아』가 말하는 이상적인 체제는 무엇일까.

버락 오바마의 당선을 계기로 한번 생각해 보았습니다.

2008년 11월 6일

깊은 밤 하염없는 발길

깊은 밤
대위법 바탕에 멜로디가 설레는 선율에 젖어서
마음 실어 보낼 편지를 그려 보지만

스쳐간 얼굴들
길거리에서 우연히 만날 것만 같았던 세월들

간절한 눈빛도

애절한 원망도
처절한 갈구도

몸으로 얽혀 있는 매일의 시간 안에서
진정 마음 떨리는 순간을 기다리다가
그것은 외로운 숲속의 오솔길

밤을 밝히면
세월을 옮기면
그 끝은 어디멘가

아름다움에 몸부림치고
스며 오르는 기쁨에 잠기고 싶지만

희미한 새벽, 하염없는 발길

2008년 11월 15일

부처님 진신 두개골, 중국서 세계 첫 발굴

11월 25일 신문은 석가모니 부처의 두개골 뼈가 중국 난징에서 발굴되었다고 보도했습니다. 그 기사의 내용은 다음과 같습니다.

인도에서 중국에 전해진 것으로 알려진 석가모니 진신(眞身) 두개골*
일부가 중국 난징에서 발굴됐다고…가 24일 보도했다. 부처의 진신 두
개골이 발굴된 것은 세계 최초이며, 금릉대보은사 터 지하 궁전에서 발
견되었다고 중국 언론들은 전했다. 땅 속에 묻혀 있던 '아소카왕 탑'이
라고 불리는 소형 철제함 속을 내시경으로 확인한 결과, 길이 3.5cm, 직
경 1cm의 두개골을 확인했다.

난징 시 정부는 '불교 신자라면 부처를 친견하기 위해 꼭 한번은 난징
을 찾아야 하게 됐다'고 하면서 기대에 부풀어 있다. 앞서 중국 시안의
법문사에서 1987년 석가모니 손가락뼈인 진신 불지사리(佛指舍利)가 발
견돼 큰 반향을 일으켰다. 진신 불지사리는 유네스코의 세계 9대 불가사
의로 꼽히면서 해마다 불교신자 등 수백만 명의 관광객을 불러 모으고
있다. (*진신 두개골=석가모니(기원전 566~486)가 80세에 열반한 뒤 제자들은 다비
식을 거쳐 두개골과 치아, 가운데 손가락뼈, 그리고 8만 4천 개의 사리를 수습했다.)

이번에 중국에서 발견된 것이 정말 석가모니의 뼈인지 아닌지는 알
수 없습니다. 문제는 그 뼈의 진실 여부에 있는 것이 아니라, 석가모니의
뼈를 숭배하는 불교의 정신에 있습니다. 우리나라의 사찰 가운데도 적
멸보궁(寂滅寶宮)이라고 씌어져 있는 절은 부처의 진신사리를 모시고 있
어서, 다른 절과 달리 각별한 대우를 받고 있는 것으로 알고 있습니다.
이들 절들은 이 진신사리가 있기 때문에 별도의 부처상을 모시지 않고
있다고 합니다.

인간이 사망하면 죽음을 아쉬워해 유품을 소중히 여기고, 특히 오랫
동안 없어지지 않는 뼈의 존재를 가치 있게 생각하는 것 같습니다. 그러
나 과연 뼈라는 것이 그러한 대접을 받아야 하는 대상인지 한번 생각해
볼 문제입니다. 유물이나 유골이 그 사람을 대신하는 상징성 때문에 그

정신을 기리는 관점에서 대단히 중요할 수도 있으나, 실제로 뼈는 다만 썩지 않는 석회질일 뿐 그것이 별다른 어떤 활동을 하지 않지요. 또한 사람이 다르다고 해서 뼈의 성분이 별반 차이 나지 않을 것은 당연한 사실입니다.

이런 관점에서 뼈를 모시고 숭배하는 것은 우상을 모시는 것과 다름없어 보입니다. 불교가 토속신앙과 접목하면서 이러한 우상숭배의 성격이 강한 것으로 생각했었으나, 석가모니의 제자들이 다비식 후 뼈를 모아서 나누어 가진 점으로 미루어 보아 처음부터 불교는 이러한 정신을 가지고 있었고 이를 계승해 온 것으로 판단됩니다. 불교의 발전을 위해 이러한 우상숭배의 자세는 근본적으로 다시 한 번 생각해 볼 필요가 있다고 보입니다.

기독교의 경우에도 예수의 성배나 성의에 얽힌 사연이 역사적으로 많은 것을 보면 크게 다르지 않은 것 같습니다. 『유란시아』의 어느 내용에서 인간의 이러한 본성을 고려해, 2천 년 전 예수도 자신의 몸을 남기지 않았을 뿐만 아니라 아무런 기록도, 심지어 후손도 남기지 않았다고 말하고 있습니다.

정신이 깃들지 않은 물질은 가치가 없는 것이 당연할 테지만, 또한 물질에 정신을 대변하는 상징성을 부여할 수도 있기 때문에 함부로 어떤 대상을 판단하기가 쉽지는 않지요.

다만 정신적 성숙에 따른 바람직한 자세가 무엇인가 돌이켜 생각해 볼 필요는 있다고 생각됩니다.

2008년 11월 26일

생명의 한 모습

방 한 쪽 햇볕이 밝게 들어오는 구석진 곳에서 무엇이 움직이는 듯해 가까이 다가가 보니 아주 조그만 거미 한 마리가 줄을 치고 있었습니다. 꼼지락거리는 노란색 발을 모두 다해도 크기가 불과 2mm 될까 말까하는 거미는 열심히 이리저리 움직이고 있었습니다.

오늘 아침 냉장고에서 끄집어 낸 양파에는 새순이 돋아 있었습니다. 갈색 껍질에 싸여 있는 양파 몸체에서 노란색 새싹이 5cm 가량 자라나 있었습니다.

생명은 언제 보아도 신비합니다.
눈에 보일까 말까하는 거미, 그 작은 몸체 안 어디에 무슨 생각이 일어 나기에 거미줄을 치면서 살아가려고 움직이게 하는 걸까요.
냉장고 어두운 채소 저장 칸 안에서 양파의 그 무엇이 생명의 꽃을 피 우려고 그렇게 새싹을 돋아나게 하고 있었을까요.
참으로 신비합니다.
물론 눈에 보이지 않는 바이러스나 암세포, 커다란 덩치의 인간도 알 고 보면 다 같은 생명체의 하나인데 무엇이 대수냐고 말할 수도 있을 것 입니다.
그러나 열악한 환경에서 생존하려는 의지를 나타내는 모습은 아름답 다 못해 처절하기도 하고 절대적인 숙명을 보는 듯하기도 합니다.

확대 해석하면 모든 존재에는 생명이 있어 보입니다.

물질에게도 생명이 없다고 할 수 없습니다. 극단적인 사례는 물 입자를 전자 현미경으로 촬영한 사진이 보여 주는 현상입니다. 순수하고 깨끗한 물의 입자는 그 모습이 아름다우며, 사랑의 음악을 들은 물 입자는 모습이 아름답게 변화한다는 사실을 볼 때 물 입자도 마음이 있다는 증거를 보여 주는 사례일 것입니다.

비록 단순한 활동이겠지만 모든 물체도 마음을 가지고 있습니다. 보기 좋은 물체가 아름다운 느낌을 주는 것은 그 모습 자체뿐만 아니라 그 물체가 지니고 있는 아름다운 마음이 밖으로 나타나기 때문인지도 모릅니다.

물질이 그러한데 하물며 식물이나 동물은 두말할 나위가 있을까요.

사람들은 제 각각 잊지 못하는 얼굴들이 있듯이 아마 잊히지 않는 생명들도 있을 것입니다.

자주 오르는 북한산 등산객의 발길이 적은 등산로에서 조금 벗어난 곳, 높은 바위 위에 한 뼘 정도 움푹 팬 구멍이 있습니다. 어느 봄날 이곳에 올랐더니 조그만 풀이 돋아나 있었습니다. 오랫동안 바람에 날아온 흙이 구멍 안에 한 주먹 정도 쌓여 있었는데, 그곳에 풀씨가 떨어진 것입니다. 얼마 지나지 않아 이곳을 다시 올랐더니 보랏빛 꽃 한 송이가 탐스럽게 피어 바람에 흔들리고 있었습니다. 여름이 지나자 그 꽃은 시들고 풀마저 죽어 사라지고 말았습니다.

그렇게 그 생명은 제 눈앞에 나타났다 사라졌습니다. 이 생명의 존재에 대해 어떤 의미를 부여해야 하나요. 아니면 의미를 생각하는 게 부질없는 일이라고 지나쳐야 하는 것인가요.

한때 어떤 신흥 종교에 심취했을 때, 우주는 인간을 위해 존재하며 모든 생명은 인간을 위해 있는 것이라고 믿은 적이 있었습니다. 그런 관점으로라면 그 산 위 바위 틈새의 조그만 꽃은 한 인간에게 모습을 보여준 것으로도 그 존재의 사명과 의미를 다한 것이라고 자위할 수 있을 것입니다.

어쩌면 이러한 이해는 너무 편협한 생각이라 치더라도, 적어도 그 들꽃에게 생명이 있는 것을 이해한다면 그 꽃의 존재를 인정하고 그에게 조그만 감정을 보내준 한 인간과 그 존재 사이에 어떤 교류는 있지 않았을까 하는 아름다운 억지를 부려 보고 싶습니다.

들풀보다도, 거미보다도, 그 무엇보다도 고귀하다는 인간 생명, 그러나 그 가치를 모르는, 아니 그 가치를 지키지 못하는 우리들 자신이 안타깝습니다.

정말 생명은 고귀하고 가치 있는 것일까요?

2008년 12월 9일

캐나다 어느 조그만 마을 연못에 핀 수련. 연꽃 넓은 잎사귀 위에 동전들이 사뿐히 앉아있다. 인간의 염원이 담긴 동전을 품고 있느라고 연꽃이 고생을 한다.

나이아가라 폭포에 피어난 무지개를 배경으로 갈매기가 포즈를 취했다. 자기 영역에 나타난 인간들을 구경하느라고 눈이 동그랗다.

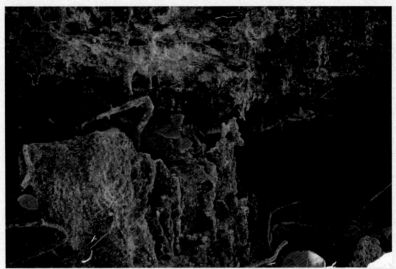

멕시코 동쪽 끝 마을 뚤룸(Tulum) 바닷가 바위틈에 핀 꽃. 열대의 꽃답게 험상궂은 화강암 틈새에서 열정을 내뿜는다.

뚤룸 바닷가 한산한 해변. 푸르디 푸른 바닷물. 오른쪽 바닷물 안에서 한 사람이 이쪽으로 보고있다. 카메라 맨은 ?

일본 북해도 어느 고산지대에 핀 들꽃. 비바람에 키는 작아도 꽃은 아름답고 힘차다. 환경조건이 어려울수록 생기가 넘친다.

6월인데도 아직 고원의 눈은 녹지 않았다. 눈이 녹도록 기다리지 못하고, 줄기인지 꽃인지 확실하지는 않지만, 몸을 밖으로 내미는 들꽃. 영하의 추위도 다음 세대로 생명을 이어가려는 들꽃의 의지를 막지 못한다.

일본 북해도 어느 호숫가. 물, 갈대, 수초, 나무들이 어울린 조용하고 고즈넉한 분위기. 보고 있노라면 저절로 무아의 경지에 들게 한다.

호수에 걸쳐있는 잔교. 배도 인적도 없는 잔교는 무엇을 잃어버린 듯 쓸쓸한 분위기다. 언제쯤 그 사람이 탄 배가 올까.

제4장

2009년

아침

찬 세숫물이 산뜻하게 느껴집니다.
붉은 해가 오늘따라 크게 보입니다.
길게 늘어선 아파트들이 숨을 쉬기 시작합니다.

이 세상에서 어쩌다가 주어진 생명이면서
마치 자신이 만든 것처럼 으스댑니다.
조그만 몸의 굴레 속에서 아프지 않고 오래 살려고
안간힘을 쓰지만, 언제나 패배자로 남아 있습니다.
하고 싶은 것 하고, 남보다 잘 살려고 아등바등하지만
맘처럼 쉽지 않습니다.

나는 나이지만 내가 아닙니다.
쌀은 농민이 지어 주어야 하고,
지하철은 누가 운전을 해주어야 하며,
세월이 만든 도덕을 벗어나지 못하고,
이상한 사람들이 만든 법을 지켜야 합니다.

맛있는 것 먹고 싶고,
세상 구경 다 하고 싶고,
사랑까지 하고 싶습니다.

그러나 이 모두가 부질없다는 것을 알아도,
그것을 껴안고 살아가야 합니다.

그게 나이기 때문입니다.

나는 착각 속에 사는지 모릅니다.
모르면서 아는 것으로,
별 볼일 없는 존재이면서 뭐인 양,
그렇게 잘못 알고 있는지 모릅니다.
아니 그 반대일 수도 있을 것입니다.

가까운 한 친우가 인간에게 영혼은 없다고,
다음 세상은 존재하지 않는 허구라고 주장하면서,
그러고도 의미 있게 살려고 노력하는 것을,
그 냥 아무 말 못 하고 바라보고 있습니다.

티벳 『사자의 서』를 논하던 한 친우는,
그제 『유란시아』서를 읽어 보겠다고 빌려갔습니다.
아마 지금쯤 새로운 우주를 만나고 있을 것입니다.

생각이 움직이는 한,
아름다움이 느껴지는 한,
오직 성실함만이 내가 할 수 있는
모든 것임을 되새길 수밖에 없습니다.

또 한 번의 떠오르는 아침 해를 맞이하고 있습니다.

2009년 1월 1일

상대와 절대

세상을 여러 가지로 가늠합니다.

숫자로 세기도 하고 저울로 달기도 합니다.

셀 수 있다는 것은 하나씩 개체로 나누어져 있기에 가능합니다. 그러나 숫자도 단위의 크기에 따라 개념이 다를 수 있습니다. 모래알 하나와 축구공 하나가 다르며, 축구공 하나와 지구와 같은 크기의 구체 하나가 다르듯이 숫자도 그 크기에 따라 크게 차이가 납니다.

한편 질량은 셀 수가 없습니다. 부피로 그 질량을 잴 수 있습니다. 그러나 그것도 그 부피가 가진 밀도에 따라서 같은 크기의 부피라도 그 내용은 엄청나게 다를 수 있습니다.

그러나 이 세상에는 크기로도 부피로도 가늠할 수 없는 것도 있습니다. 마음이 그러하고, 정신이 그러하고, 영적인 현상이 그러하고, 아름다움이나 사랑, 사상, 철학이 그러합니다. 그런 것들이 분명히 존재하지만, 그것을 우리의 그릇으로 잴 수는 없습니다. 잴 수 없다는 것은 물질의 차원이 아닌 또 다른 차원이 존재함을 의미합니다.

우주 천문에 관해 이야기를 할 때 우리는 광년이라는 단위를 사용합니다. 광년이란 빛이 1년 동안 갈 수 있는 거리입니다. 빛이 1초에 30만 km를 간다니, 이를 1년으로 계산하면 30만 × 31,536,000초 = 약 9,300,000,000,000,000km를 가게 됩니다. 이는 그저 상상의 거리이지요. 그런데 천문학에서 우주 공간의 거리를 이야기하면서, 몇 광년 몇 십 광년이 아니라 몇 만, 몇 십만, 몇 백만, 심지어 수십억 광년을 언급하고 있으니, 그것은 사실 상상을 넘어 거의 무한대와 같은 상징적인 수준인 것입니다. 가만히 눈을 감고 그 거리를 따라가 보십시오. 아무리 상상

의 세계이지만 생각으로조차 따라가기 힘듭니다. 이것은 『유란시아』에
서 언급하는 우주의 크기와 비교해 보면 그 유사성에 있어서 흥미 있는
발견을 할 수 있습니다. 이런 숫자의 경지를 불교에서도 억겁이니 영겁
이니 하는 말로 잘 표현하고 있지요.

한편 우리는 무한(the infinite), 영원(the eternity), 절대(the
absolute)라는 용어를 자주 접하게 됩니다. 이러한 용어의 개념 또한 이
해가 쉽지 않아 보입니다. 곰곰이 생각해 보면 그저 상대적 무한, 상대적
영원, 상대적 절대가 있을 뿐, 정말 그러한 차원이 존재하는가 하는 의구
심이 들기도 합니다.

손바닥 위에 놓여 있는 한 알의 모래알에게 그 넓은 모래사장은 숫자
상 비교할 수 없는 무한의 세계입니다. 한 방울의 물에게 넓은 바다는 무
한 이상의 세계입니다. 바다의 물을 물방울로 채운다고 생각해 보면 그
것은 영원보다도 더 긴 세월, 상상도 할 수 없는 경지일 것입니다.

누군가 예수는 절대적 존재라고 말하는 것을 들었습니다.

갓난아기에게 부모는 절대자입니다. 생명을 가졌을 당시의 예수가 절
대자였다면, 아마 이 세상에 오지도 않았을 것이라고 추정해 봅니다. 지
저스 마이클이 일곱 번이나 피조물의 세계로 내려와야 한다는 것은 그가
완전하지 않음을, 즉 경험을 통해 부족한 것을 채워야 하는 존재였음을
간접적으로 증명하는 것입니다. 그는 인간에게 대해 상대적으로 절대적
이지, 그 자신이 절대자가 아닐 가능성이 훨씬 높습니다. 그런 의미에서
절대적 생명체란 존재할 수가 없습니다.

한 포기의 풀도 절대적 존재라고 말하기도 합니다.

그런 의미에서 우주는 절대적입니다.

그러나 생명으로 존재하면서 경험을 통해 진화해야 하는 존재에게 의

미에 있어서, 가치에 있어서, 영적으로, 성품에 있어서 절대적 수준이란 불가능한 것입니다. 오직 영원한 진화만이 있을 뿐입니다. 무한에 이르렀다면, 영원에 도착했다면, 절대에 도달했다면 그것으로 끝이 나야 합니다. 역설적으로 말하면, 영원하려면 끝의 영역에, 절대의 단계에 언제까지나 결코 도달하지 않아야 하지요. 그런 의미에서 무한이든, 영원이든, 절대이든 모두 존재하지 않습니다. 마치 시간에 있어서 항상 현재만 있듯이, 절대는 그곳에 도달하는 동시에 그곳에 존재하지 않게 됩니다.

진리는 상대적입니다. 어떤 경우에도 상대적입니다. 오직 그 수준, 그 단계에서 절대적일 뿐, 영원이나 절대의 입장에선 언제나 상대적입니다.

그런 의미에서 제5의 계시라는 『유란시아』서도 지금 이 시대, 이 지구에게 진리일 뿐, 영원과 절대적 수준에게는 상대적일 수밖에 없습니다. 상대적인 것을 절대적인 것으로 받아들일 때, 그 순간만은 발전이 일어날 수 있으나, 다음 순간에 그것은 아마 효력을 잃게 되고 그 다음의 단계로 나아가야 할 것입니다. 그것이 유한생명이 지닌 진화의 숙명일 것입니다.

이와 관련해 어제 번역한 『유란시아』서 13-0 마지막 문장에서 이러한 진리의 상대성과 일시성을 잘 표현한 내용을 보았습니다.

"여기에 전하는 글들은 거대 우주에 있어서 현재 놓여 있는 우주 시대, 아니 거대 우주의 일곱 구역 중 한 구역과 관련해, 어느 한정된 어떤 활동이 보여 주는 지나가는 한 순간만을 다만 보여 줄 수 있을 뿐이다."

새해에 들면서 이런 저런 생각을 떠올려 봅니다.

2009년 1월 2일

이런 돈 저런 돈

인간이 지구상에서 서로 어울려 살아가는 공동생활을 시작하면서 경제 개념이 생겨나고, 이것이 발전해 오늘날의 화폐를 탄생시켰을 것입니다. 화폐는 인간에게 있어서 물질적 가치를 측정하는 절대적 기준이 되었습니다. 이 화폐, 즉 '돈'을 좇아서 모든 인간이 죽고 살기로 열심히 움직입니다. 돈이 물질적인 모든 욕구를 충족시켜 주는 도구, 수단이기 때문입니다.

며칠 전 한 가출 청소년의 이야기에서 요금이 조금 싼 시간에 찜질방에 들어가기 위해 밤새껏 이리저리 헤매다가 새벽녘에 들어가 하루 종일 잠을 잔다는 이야기를 들은 적이 있습니다. 불과 일이천 원의 돈을 절약하기 위해 밤을 지새우는 것입니다.

그제 한 뉴스는 어느 지방 공무원들이 정부 보조금을 정기적으로 타내려고 하천 자투리땅을 오래 전부터 연고를 가지고 있었던 것처럼 관련 서류를 꾸몄다가 들통 났다고 합니다. 한달에 몇 십만 원을 몰래 챙기려다 평생 철밥통인 공무원 자리가 날아가게 된 것입니다.

오늘 신문의 기사에서 한 재벌회사가 자회사 운영과 관련해 몇 천억 원의 이익을 챙기기 위해 고급 거물 브로커에게 60억 원의 비자금을 주었다고 합니다. 이 사람은 이 거액의 돈을 교제비와 뇌물로 쓴 것처럼 하기 위해 정부 고위 관료에게 2억 원을 줬다고 검찰에 진술해, 그 관료가 불명예 퇴진하고 철창에 갇히도록 했다는 것입니다. 아무리 돈이 많아도 또 더 많은 돈을 위해 자기를 속일 수밖에 없는 게 우리들입니다. 제가 그 자리에 처했을 경우, 그렇지 않으리라는 확신이 나에게 있을까요.

또 지난 주말에 있은 TV 프로그램에 의하면, 대부분의 사람들이 안정적인 노후 생활을 위해 적어도 10억 원은 있어야 한다고 하더군요. 많은 신혼부부들이 1억 원이 채 되지 않는 자산으로 인생을 시작하는 것을 감안한다면, 자식 교육시키고 놀 것 놀면서 10억 원이란 거액을 비축하기란 정말 어려운 일일 것입니다. 이 프로그램에서 이미 몇 십억 원의 자산을 굴리고 있는 한 주식 거래자는 아직 새벽 6시경 집을 나서 사무실에서 하루 종일 모니터로 주식 상황을 지켜보며 실랑이를 하다가, 오후 3시경 집에서 싸간 도시락을 먹고 밤늦게까지 일을 한다는 것입니다. 돈이 그렇게 많은데 왜 계속하느냐고 질문하자, 시장이 있으니까(아마 돈을 벌 수 있는 것이 눈에 보이니까) 계속한다고 대답했습니다.

삼 일 전에 한 반도체 회사가 주식을 공모했습니다. 총 금액 3천억 정도를 공모했는데 경쟁률이 16대 1이 넘었습니다. 공모 이틀 전에 청약 공모 발표가 있었다니까 일반인에게 별로 알려지지도 않았을 터인데, 청약에 몰려든 돈이 자그마치 5조 2천억 원에 이릅니다. 잠깐 지나가는 이벤트에 5조 원의 돈이 동원된 것입니다. 돈이 있는 곳엔 돈이 넘쳐나는 것입니다.

지금의 세상은 돈이 돈을 낳습니다.

가난은 대물림되고, 부자는 그 자식도 부자가 됩니다. 중세시대에도 그랬고, 조선의 양반 상놈 사회에서도 아마 그랬을 것입니다. 그것이 누적되어 어떤 한계점에 이르자 혁명이 일어나고 민중 봉기도 일어났을 것입니다.

지금 우리가 살고 있는 오늘날의 경제 사회 시스템, 체제가 이상적인 것인지, 어떻게 변화하고 발전해야 할 것인지 아직 우리는 알지 못합니다. 다만 지금의 사회체제가 모두에게 경쟁의 기회를 주고 있고 변화의 가능성이 열려 있으니 최선이라고들 말합니다. 작년에 발생한 금융대란

이 인류의 사회제도를 변화시킬 획기적인 계기였다고 말하는 학자도 있습니다. 그러나 이 세기적 환란도 기존 제도에 흡수되어 약간의 위기와 변모를 일으키는 데 그치고 그냥 지나가는 것 같습니다. 돈은 정말 신기한 매체입니다.

다른 우주 행성의 세상에도 돈이 있을까요? 아마 그럴 테지요. 우리들은 돈을 쉽게 이야기하지만, 정말 기초 생활을 위한 절대적 돈마저 없고 직업마저 없어서 길거리를 헤매어 보지 않고는 돈의 가치를 정말 알 수 없을 것입니다. 또 돈이 넘쳐나고 날마다 자고 나면 돈이 불어나서 주체하지 못할 정도로 돈이 많아 보지 않고는 아마 돈이 무엇인지 제대로 알지 못할지도 모릅니다. 물질로 이루어진 육체를 지니고 물질의 세상에 살고 있는 한, 물질을 맘대로 할 수 있는 돈의 위력은 어쩔 수 없을 것입니다.

돈을 벌려고 버둥대는 자신을 보면서 이런 저런 돈의 존재를 돌이켜 생각해 보았습니다.

2009년 1월 16일

최선을 다한다는 것, 그것은 무엇인가

"항상 최선을 다하라. 거기에 약간만 더하라." "중요한 것은 이기는 것이 아니다. 최선을 다하는 것이다." "우리가 우리를 존중하고 서로 사랑하고 격려하며 우리의 일에 최선을 다한다면 우리 모두가 챔피언이다."

위의 말들은 오늘 아침 배달된 한 신문의 책 서평에서 『마지막 질주』라는 책을 소개하는 내용에서 인용한 글들입니다. 미국의 중남부에 있는 한 도시 앨버커키에서 고교시절 잘 달리던 육상 선수였던 주인공이 어느 날 갑자기 악성 고환암으로 쓰러진 후 26세라는 짧은 생애를 열심히 살다가 간 한 청년의 생애를 그린 실화입니다. 이 청년은 불치의 암에 굴하지 않고 교사로서 학생을 지도하면서, 인생에 최선을 다하는 정신을 심어 주려고 노력했던 것입니다.

서평의 다른 한 구절을 보면, "암 판정 후 절망에 빠진 그는 근처 산의 낭떠러지로 차를 몰고 갔다. 자살하기 위해서였다. 하지만 그는 돌아섰다. 자신이 아이들에게 '최선을 다해라. 결승점에 도달하기 전에는 절대로 포기하거나 주저앉으면 안 된다'고 했던 가르침이 떠올라서였다. 그리고 '남은 생이 얼마든 나의 소중한 아이들을 위해 바치겠다. 병과 한번 싸워 보겠다'고 결심한다."

이 책을 쓴 작가는 이 청년이 지녔던 불굴의 정신, 최선을 다하는 의지를 강조한 것으로 생각됩니다. 그러나 나는 그 정신보다도 이러한 인간의 정신은 왜 생겨나며 이러한 정신이 왜 바람직한 것인가 하는 문제가 더 관심이 갑니다. 이는 인간은 기본적으로 누구나 아름다움을 추구하고, 부모가 자식을 위해 모든 것을 희생하며, 인생을 위해 최선을 다하는 정신에 대해 왜 인간은 긍정적으로 생각하며 우러러보는가 하는 근본적인 의문과 같은 것입니다.

이는 일종의 인생에 대한 가치 기준, 판단의 척도를 말하는 것입니다. 만약 인생이나 우주에 있어서 어떤 목적이 있는 것을 전제로 하지 않고도 이러한 가치들이 존재할 수 있느냐 하는 문제입니다. 그럴 수도 있고 그렇지도 않을 수도 있을 것입니다.

무신론자들은 그러한 가치는 오랜 세월 동안 내려온 생활 과정에 축적된 일종의 고정 관념에 지나지 않는다고 주장할 것이며, 종교인들은 인간이 하나님의 창조물이기 때문에 하나님이 인간에게 심어준 본래적인 본성이라고 말할 것입니다. 그러나 이에 대해 명확하게 대답할 수 없음이 인간의 숙명입니다. 만약 이 주제에 대해 명쾌하게 답변할 수 있다면, 이는 종교적인 문제에 대한 근본적인 답변이 되므로 결국 모든 것을 해결할 수 있는 실마리를 찾는 게 될 것입니다.

인생은 온갖 모습으로 다양하며, 그 다양한 것 하나하나가 소중하며, 성실하고 충실히 살아가는 자세, 그것이 인생에서 가장 중요한 것이므로 오히려 인생에 대한 해답을 모르면서 최선을 다할 때 더욱 빛나는 것이기 때문일지도 모릅니다.

인생의 모든 가치는 그 가치를 인식하는 사람만의 것입니다.

2009년 1월 24일

담배 연기

어제 친구들과 어울려 바둑을 몇 시간 두었더니 기원에 가득 찬 담배 연기 때문에 오늘까지도 머리가 아픕니다. 이제는 담배연기가 너무 싫습니다. 담배를 끊은 지 오래되어 아마 내 몸속에 담배와 친근할 수 있는 요소가 전혀 남아 있지 않아서인 모양입니다. 식당은 물론 길을 가다가도 앞에 가는 사람이 담배를 피우면 용케도 냄새를 맡고 거리를 두곤 합니다.

내게는 커피도 마찬가지입니다. 오래 전에는 커피를 즐겼는데, 모 외국계 음료회사를 다닐 때 그 회사 제품 중 콜라가 있어서 커피 대신에 콜라를 마셨고(이 회사 안에서는 회사 정책상 손님이 오거나 개인적으로 음료수를 마실 땐 모두 커피 대신에 콜라를 마셨습니다), 그 회사를 그만두면서 콜라를 마시지 않았더니 그 후론 커피를 마시면 밤에 잠이 잘 오지 않는 현상이 나타났습니다. 아마 커피보다 콜라가 카페인이 적게 들어 있어서 몸이 이에 적응했다가, 카페인이 강한 커피를 마시자 거부반응을 일으킨 것 같습니다. 오전에 한 잔 마셔도 그날 밤에는 잠들기가 힘들어져서 아예 못 마시게 되어 버렸습니다.

사람 몸이란 묘하게 작용하는 것 같습니다. 몸은 자기가 좋아하는 것과 싫어하는 것을 정확히 구별해 그것을 고집하려 듭니다. 담배와 커피는 극단적인 사례이고, 그 외의 다른 음식도 좋아하고 피하는 것이 그 사람의 유전적 요소나 성장 과정의 여러 가지 경험적 요인 때문에 생기지 않을까 싶습니다.

이런 인간의 성향은 물질적인 몸에서뿐만 아니라 정신적인 또는 마음의 활동에서도 같은 현상을 보일 것으로 생각됩니다.

만나서 대화를 나누고 함께 시간을 가지면 편안하고 즐거운 사람이 있는 반면, 함께 있으면 무언가 불편하고 마음이 편치 않은 대상이 있음을 밖으로 표현은 삼가지만 우리는 자주 느낄 수 있습니다. 그것은 서로 간의 정신적 성향이 다르기 때문이겠지요. 어쩌면 정신적, 심령적, 영성적 수준이 다를 경우 자기도 모르게 상대의 어두운 면이 느껴지고 그것을 멀리하려는 본능이 나타나는지 모릅니다. 그러니 가깝게 정을 느끼는 친구가 생기며 자주 만나고 싶은 사람이 있는 반면, 그가 있으면 자리를 일찍 벗어나고 피하고 싶은 느낌을 받는 경우도 있는 것입니다. 이것이 아마 마음의 끌림의 법칙 중 하나의 현상이 아닌가 싶습니다. 이러한 끌림의 현상이 지속적으로 강하게 나타나면 사랑이 될 것이며, 그것이 물질의 경우는 인력, 중력으로 나타납니다.

그러나 인간이란 묘해서 꼭 이 법칙에만 종속하지 않는 게 또한 현실입니다. 담배 연기가 싫으면서도 가끔은 그분위기에 들어갔다가, 얼마나 내 몸이 싫어하는가를 확인해 보듯이, 마음에 들지 않는 사람과도 어울리면서 그것을 느끼고 그러한 상대를 배려하려는 마음을 내켜보는 것이 또한 필요한 것을 생각하면, 인간의 세상 이치란 알다가도 모를 일입니다.

그렇게 어울리면서 살아가는 게 경험이고 인생일 것입니다.

2009년 3월 29일

보기에 좋지 않은 모습들

어느 사람 눈에는 마음이 편치 않게 거슬리는데, 어느 사람은 아무렇지 않은 경우도 있습니다. 지난 주말 한 지방으로 친우들과 나들이를 다니는 동안 제 눈에는 마음에 들지 않는 행동을 하는 사람들을 자주 만나게 되어 마음이 편치 않았습니다. 단체로 타고 간 버스가 공용 주차장을 나오려는데, 주차장 바로 입구에 차가 한 대 세워져 있고, 그 앞 마주보는 길가에도 차가 한 대 세워져 있어서, 주차장에서 나가려는 버스가 도저히 회전해 나갈 수가 없었습니다. 이웃 가게를 수소문해 차 한 대의 주인을 찾아 차를 옮기게 해서 겨우 버스가 빠져 나갈 수 있었습니다.

많은 사람들이 차를 보유하게 되면서 특히 주차질서가 문제가 되고 있습니다. 교통법규에 맞고 틀리고가 아니라, 적어도 교통의 흐름과 다른 사람의 편의를 먼저 생각할 줄 알아야 하는데, 이러한 생각은 도저히 염두에도 두지 않는 것이 한심할 뿐입니다. 왕복 2차선 도로라면 비록 차를 세우는 것이 불법이라 하더라도, 한 쪽 편으로 이미 많이 주차해 있으면 같은 편으로 한 줄로 빈자리에 주차를 해주는 것이 좋을 텐데, 이는 아랑곳하지 않고 이편저편에 차를 세워 진행하는 차가 지나가려면 곡예를 하게 합니다. 또 조금만 앞으로 가면 여유 있는 공간이 있는데도 굳이 길모퉁이에 비상등을 켜면서까지 차를 세워 두고 그 앞 가게에 담배를 사러 들어가는 사람들, 버스 정류장에서 사람들이 내리고 타는 곳에 택시를 세워 두고 손님을 기다리는 운전사들, 고급 승용차라고 건드릴 테면 건드려 보란 듯이 길 가운데 덩그러니 세우는 졸부들, 이러한 행위가 일상사로 되어 있습니다. 너무나 흔히 이러한 행위를 접하게 되니까 이제 모두 감각이 무뎌져서 이러한 행위를 아무렇지도 않게 생각합니다.

이곳 지방의 한 사찰을 구경하게 되었습니다. 사찰 입구에 노란 수선화가 곱게 피어 있었습니다. 아마 절 관리인이 씨(구근)를 뿌려 밭을 가꾼 듯했습니다. 그런데 지나가던 한 부부 중 남자가 한 그루를 뽑겠다고 엎드려 꼬챙이로 열심히 땅을 파고 있었습니다. "선생님, 그냥 많은 사람들이 보도록 놓아두면 좋지 않겠습니까?"라고 말을 건넸으나 돌아보지도 않고 그냥 계속 땅을 팠습니다. 그러나 뿌리가 깊어서 쉽게 파지지 않자 일어서서는 못 이기는 듯이 가버렸습니다. 파던 자리에 구멍이 생겨서 흙이 보기 흉하게 흩어진 채로 말입니다. 산을 다니면 가끔 정말 안타까운 상황에 부딪치기도 합니다. 지난해에 진안 마이산을 갔을 때, 한 청년이 산에 있는, 얼핏 보기에도 괜찮은 좋은 수종으로 보이는 나무를 캐서 배낭에 넣는 것이었습니다. 한적한 산길에서 지적하여 뭐라고 말하기가 어려워 그냥 강한 눈빛만 보냈습니다. 그 용도와 목적은 모르겠으나 보기에 좋지 않았습니다.

작년 어느 때는 이웃 야산의 으슥한 곳을 오르는데, 나이든 사람 세 명이 곡괭이와 삽으로 노송 한 그루를 파고 있었습니다. 잘생긴 소나무를 정원수로 팔려고 그러는 것이 분명했습니다. "아저씨들, 산에 있는 나무를 파시면 어떡합니까!"라고 말하니까, 그저 "미안합니다."라고 대답하면서 계속 나무뿌리 쪽을 파고 있었습니다. 겉으로 보기에도 이러한 일이 직업인 것이 뻔해 보였으며, 먹고 살려고 하는 일이니 강하게 질타하기가 어려웠습니다.

생활 속에서 우리는 이러한 행동, 저러한 행위를 보고 만나고 나 자신도 행하게 됩니다. 그러한 행동들이 나의 눈에만 거슬리는 것인지, 아니면 내가 유별나게 그러한 행위에 관심이 많은 것인지 알 수 없지만, 그래도 한번은 생각해 볼 문제가 아닌가 싶습니다. 아마 아직 우리 사회가 이제 겨우 경제적 어려움에서 벗어나는 과정에 있기에 이러한 과도기적인 여러 형태가 있는 것으로 이해됩니다.

그러나 가능하다면 남을 생각하고 전체를 배려하는 마음가짐이 갖춰지는 사회로 향해 나아가기를 바라고 싶습니다.

2009년 4월 8일

잠 오지 않는 밤에

지금은 새벽 3시. 여행지와의 시차 때문에 잠이 깊이 들지 않아 일어났습니다. 몸은 나의 생각과 달리 자기가 적응해야 하는 사정에 따라 반응합니다. 내가 그러한 사정에 적응하도록 만들어 놓고도 이를 어쩌지 못합니다. 이때는 몸의 사정에 따라 줄 수밖에 없습니다.

몸은 참으로 중요합니다. 흔히들 종교적으로 몸은 죽으면 필요 없어지는 것이라고 말하지만, 마치 먼 길을 가는 데 교통수단이 필요하듯이 죽는 순간까지는 몸을 무시할 수가 없습니다. 몸이 아프면 만사가 귀찮고, 배가 고프면 그보다 더 절실한 절망이 없습니다. 생리적 욕구가 몸속에서 일어나면 피할 도리가 없습니다. 그것이 mortal, 유한한 생명을 가진 인간 존재의 현실입니다.

그러나 이 몸을 영원히 가질 수 없는 것을 너무나 잘 알기에 고민이 생깁니다. 절실히 중요하면서도 언젠가는 벗어나야 하는 몸. 그것이 인간의 한계이고 굴레입니다. 그렇다고 임의적으로 미리 벗을 수도 없고, 조금의 차이는 있을 수 있지만 연장하고 싶다고 더 오래 가지고 있을 수도 없습니다. 이러한 현실을 제대로 이해하고 적응하기도 어렵습니다.

지금 내가 존재하는 것은 나를 인식하기 때문입니다. 그 인식은 몸을 통해서 일어납니다. 죽은 뒤에 만약 이 인식이 없다면, 아니 인식하는 주체가 바뀐다면 그는 지금의 내가 아니므로 크게 상관하지 않아도 될 것입니다. 마치 불교에서 말하듯 사람이 죽어서 또 다른 사람으로 다시 태어난다고 하더라도 그 존재를 인식하는 주체가 바뀐다면, 이는 벌써 지금의 내가 아니기에 크게 상관할 일이 아닐 것입니다. 그러나 죽은 후 다음 생애에서도 그 인식하는, 생각하는 주체가, 비록 지금의 몸은 아니지만 또 다른 형태의, 즉 모론시아 상태의 몸을 통해 인식을 계속하게 될 것이기 때문에 지금 생각하는 주체가 어떤 상태의 존재가 되는가가 문제 될 것입니다. 그렇게 '나'라는 주체는 계속 인식하며 살아가야 하기 때문에 인생이 어려운 것일 것입니다.

몸에 억매이고 있는 현재. 언젠가 이를 벗어나야 하는 운명. 몸을 가지고 있는 동안은 물질이 소중합니다. 그 물질이 나 혼자뿐 아니라 다른 존재들과 공유해야 하기 때문에 더욱 소중합니다.

물질을 제외하면 무엇이 소중할 수 있을까요?

'인간관계'를 생각할 수 있을 같습니다. 어떤 인간과 어떤 관계를 유지하는가, 그것이 세상만사의 무수한 일들을 만들어 주는 것 같습니다. 그 관계의 수준과 정도에 따라서, 타인으로부터 시작해 조금 아는 사람, 좀 가까운 사람, 서로 염려하는 사이, 많이 생각하는 사람, 보고 싶은 사람, 많이 보고 싶은 사람, 없으면 안 될 사람 등으로 차이가 날 것 같습니다.

나는 내 주위 사람들에게 어떤 관계의 존재일까요?

나를 상관하는 사람이 누가 있으며, 어느 정도 상관하고 있을까요? 내가 없어지면 아쉬워할 사람이 몇이나 있을까요?

잠 오지 않는 깊은 밤, 이 생각 저 생각을 해봅니다.

2009년 5월 5일

먼 곳에서 만나는 흐뭇한 마음

저의 경우, 일반적인 관점에서 보면 해외여행을 자주 많이 다니는 편에 속합니다. 해외여행은 크게 세 가지로서 업무를 위한 여행, 여행사를 통한 패키지여행, 그리고 순수하게 개인적인 목적으로 하는 개별 여행이 있습니다. 회사나 공무를 위한 업무여행은 미리 일정과 숙박지를 결정하고 예약을 하는 등 계획에 따라 움직이며, 여행사의 경우는 하나에서 열까지 모두 여행사가 뒷바라지를 해주니 여행에 있어서 큰 문제점이 없습니다. 그러나 개별여행의 경우는 개인이 일정과 숙박 시설, 그리고 교통편까지 알아보고 결정해야 하니 여간 신경 쓰이고 어려운 일이 아닙니다.

이번 남부 유럽 여행의 경우도 스페인 말라가에서 있은 유란시아 모임 일정 이외에는 모두 개인적으로 행동해야 했으므로, 20일이 넘는 여행 동안 여러 가지 어려움이 많았습니다. 그러나 이런 어려움이 있기에 개별 여행이 흥미 있고 별난 매력을 주는지도 모릅니다.

처음 여행 목적지인 프랑스의 몽 생 미셸(Mont Saint Michel)을 가려고 파리 몽빠르나스 역에 들렀습니다. 그런데 4월 중순은 부활절 휴가 기간으로 열차와 숙박시설 예약이 어려웠습니다. 역 창구에 근무하는 여직원이 열차 타는 것을 이리저리 연결시켜 주고 그 시간에 맞는 연결 버스를 알려 주어 그곳을 방문할 수 있었습니다. 역 근무 직원의 자세가 영업하는 회사원처럼 친절하고 적극적이어서 고맙고 보기 좋았습니다.

두 번째 방문지인 스페인 마드리드에서는 한국 교포가 하는 민박집을 예약해 놓았기에 미리 가르쳐준 대로 지하철에서 내려 그 집을 찾아 나섰습니다. 그러나 캄캄한 늦은 밤에다 비까지 내려 주변을 구별하기 어려워 이곳저곳 헤매다 비슷한 집 앞에 서성거리고 있었습니다. 그때 그 집에 살고 있는 한 나이 많은 남자분이 밖에서 돌아오다 우리를 발견한 것입니다. 그런데 가방을 들고 서성거리는 우리 부부를 이상하게 보지 않고 집안으로 들어오라고 하더니, 내가 내어준 희미하게 보이는 주소를 확인하고는 그 비 오는 밤에 함께 걸어서 인근의 민박집을 찾아 주는 것이었습니다. 민박집이란 교포들이 운영하는 숙박시설인지라 간판도 없어서 근본적으로 알아보기 어렵게 되어 있었습니다.

스페인의 고적도시 사라고사(Zaragoza)에서도 똑같은 경험을 했습니다. 이곳에서는 역 안내에게 이틀 묵을 예정이니 하루 얼마 정도의 호텔을 소개해 달라고 했더니, 나중에 알고 보니 이를 이틀에 얼마 하는 정도로 알아듣고 반값의 아주 싼 펜션을 소개해 주었습니다. 이 집 역시 간판이 없어 헤매고 있었는데, 어느 중년 스페인 신사분이 자기가 가던 길을 되돌아서 얼마를 함께 걸으며 번지를 일일이 확인해 그 집을 찾아 주었습니다. 현관에 있는 조그만 건물 안내 리스트를 보니 펜션이라고 작은 글씨가 알아보기 힘들게 씌어져 있었습니다. 그분의 도움이 아니었더라면 또 얼마나 더 고생을 해야 했을지 모를 일이었습니다.

또한 프랑스에서 고대 성곽 중 형태가 가장 잘 보존되어 있는 남부의 조그만 마을 깔까손(Carcassonne)에 도착했을 때는 저녁 6시가 지나 역의 안내소가 문을 닫은 뒤였습니다. 짐을 들고 시내를 거닐다가 역시 여행 중인 한 미국인 부부에게 어느 호텔에 묵고 있느냐고, 호텔에 대해 아는 것이 있으면 소개해 달라고 부탁을 했습니다. 그랬더니 내 어깨에 있는 무거운 배낭을 보고는 우리의 수준을 짐작했는지, 자기들이 체류하는 곳은 너무 비싼 곳이라며 안내책자를 보고 한 곳을 알려주었습니다. 알려준 주소에 따라서 택시 기사가 내려준 곳은 어느 수도원 마당이었습니다.

어느덧 날은 어두웠는데 수도원은 캄캄한 가운데 대문은 닫혀 있고, 이곳이 도저히 숙박시설이라곤 생각되지 않았습니다. 이때 어디서 갑자기 택시 한 대가 도착하더니 프랑스 남녀 서너 명이 내렸습니다. 반가운 마음에 이들에게 이곳이 숙박시설이 맞느냐고 묻자 그렇다면서 자기들을 따라오라는 것입니다. 그들이 어딘가로 전화를 거니 한 수도사가 나타났습니다. 그리곤 대문을 열고 들어가더니 숙박 접수를 하는 것입니다.

알고 보니 이곳은 몇 백 년 된 수도원으로서 수도원 운영 수입을 벌기 위해 숙박객을 받고 있었습니다. 그러니 미리 예약을 하지 않으면 숙박하기 힘든 곳이었습니다. 아침 식사를 제공하는데, 미리 차려진 식당에서 스스로 먹으며, 밤이 늦으면 출입문을 잠가 숙박객은 미리 알려준 비밀번호를 이용해 대문을 열고 들어가야 했습니다. 그러나 내부는 아주 조용하고 깨끗했으며, 꽃들이 가득한 정원에 고즈넉한 분위기로 마치 기도생활을 하러 들어온 수도사처럼 너무 마음이 편했습니다.

이렇게 여러 번 낯선 나라에서 길을 헤맬 때 천사처럼 도와주는 사람들을 순간순간마다 만나게 되면서, 이 세상은 참으로 선의를 가진 사람이 많다는 느낌을 갖게 됩니다. 이런 경험을 자주 하는 저는 서울에서 길에서 머뭇거리는 외국인을 보면 다가가 도와주고 싶은 마음이 생기곤 합니다.

아무런 이해 없이 서로를 돕는 마음은 참으로 흐뭇한 일입니다.

이때 진정 이 세상은 정말 좋은 곳이란 생각을 하게 됩니다.

2009년 5월 10일

어느 죽음과 관련하여

그제 만난 일련의 사람들은 노무현 전 대통령의 사망으로 벌어지고 있는 지금의 사태에 대해 강력한 비판을 늘어놓았습니다. 파렴치한 범죄를 저지른 후 자괴감을 견디다 못해 자살한 사람에게 서거란 가당치도 않는 말이며, 촛불은 왜 켜고 야단들이고, 검찰이 무엇을 잘못했기에 책임자 추궁이라니, 말이 되는 이야기냐고 목청을 돋우었습니다.

어제 만난 자칭 노사모 회원이라는 사람은 지난 29일 장례식 날 오전을 눈물로 보냈으며, 자기 부모가 돌아갔을 때보다 더 슬피 소리 내어 울었다고 했습니다. 몇 백만 불 정도의 돈은 다른 부정에 비하면 별 것도 아닌데, 검찰 수사당국과 정부가 지나치게 몰아세웠고, 그 가족이나 주변사람들이 견딜 수 없을 정도의 수모를 당하게 되었으니, 노 전 대통령의 자살은 이를 잘 계산한 당연한 대응이라는 취지였습니다. 그분은 정말 인간적인 대통령이었으며, 그의 죽음에 가슴이 아프다는 것이었습니다. 한 사건을 두고 사람의 생각이 얼마나 다를 수 있는지를 극단적으로 보여 주는 사례였습니다.

야당은 이러한 사태를 활용하여, 북한의 도발은 어찌되든지 간에 정국을 위기로 몰아넣어 정권을 쥔 자들을 궁지로 몰아넣어서 다시 정권을 잡을 계기를 마련하려고 온갖 지략을 짜내며 투쟁을 벌이려 하고 있습니다. 정부는 혹시 지난번 쇠고기 사태 때 일어난 촛불 파동처럼 또다시 큰 불로 번질까봐 무슨 수로 군중을 달랠까 이리저리 눈치만 보고 있습니다. 이번에는 촛불이 번지지 않게 하려고 경찰차로 서울 시청 광장을 아예 에워싸 버렸습니다. 작년 이맘때쯤 정말 서울 시청 앞 거리는 매일 촛불로 밤을 밝혔습니다. 미국 쇠고기를 먹으면 죽는다던 사람들이 거리를 메웠었는데, 그때 촛불을 들었던 사람들이 아직도 미국 쇠고기를 먹지 않는지 궁금합니다. 그 뒷이야기는 없으니 생각의 추이를 알 수 없습니다.

사람의 생각이란 어떤 계기로 인해 어떤 생각의 불씨가 형성되고, 어떤 영향을 받으면 그것에 불이 붙으며, 그러다가 자기도 어쩌지 못하는 사이에 그 불을 들고 거리를 나서서 높이 쳐드는 것 같습니다. 이러한 사람들 가운데 정말 자기 소신을 가지고 행동하는 사람들도 있겠지만, 많은 비중의 군중은 주위의 불길에 그냥 자신도 모르게 휩쓸리기도 할 것입니다. 이런 관점에서 보면, 저 새로운 독일 건설을 외쳤던 히틀러 시대의 젊은이들과 아시아 대공영이란 명분으로 일어난 침략전쟁에 휩쓸렸던 일본의 젊은이들, 또 붉은 깃발을 흔들면서 지식인을 몰아세웠던 홍위병 등 많은 젊은이들이 역사의 순간마다 그렇게 휩쓸렸던 것처럼, 지금 거리를 메우러 나서는 수많은 사람들도 아마 그런 최면에 걸려 있는지 모릅니다.

인간이란 속을 들여다보면 참으로 허구적이며 비이성적으로, 자아 감정적으로 움직이는 불안하고 부족한 존재임을 느끼게 합니다. 어찌 보면 진화 과정의 인간이 어느 정도 진화된 인간이 누려야 할 정치 구조인 민주주의를 하기엔 아직 미개한 단계에서 채 벗어나지 못하고 있는 상태에 머물러 있기 때문인 것 같기도 합니다.

이러한 온갖 사고와 고난을 거치면서 인류는 진화하게 되어 있는 모양입니다. 주어진 굴레를 어떡하겠습니까?

그저 하루하루, 순간순간을 살아남으려고 애를 써야 할 밖에.

2009년 6월 2일

사람마다 서로 다른 판단

지난주에 만난 두 사람과의 대화 일부를 소개합니다.

이들 두 사람은 나와는 개인적으로 너무 가까운 분들인데, 우연히 이들과 의외의 상황에 부딪쳤으나 그에 대해 제대로 의견도 나누지 못해서 안타까웠습니다. 이분들이 이 글을 보게 된다면, 나의 개인적인 생각을 좀 더 이해할 수 있는 기회가 되기를 바라면서 마음을 열고 싶습니다.

먼저 30대 중반의 청년과 음식을 먹었는데, 이 청년이 "저는 미국 쇠고기를 먹지 않겠습니다."라고 자기 입장을 단호히 표명했습니다. 지난번 광우병 파동의 여파가 아직 남아 있었기 때문입니다.

의외의 말에 놀란 나는 "무얼 그러시는가, 편견을 벗어나시게." 그리고 "그래, 마음대로 선택하시게."라고 말한 후 마음이 씁쓸했습니다.

설령 세상이 온통 광우병 문제로 떠들썩한 당시는 그렇게 생각했을지라도, 일년이 지난 지금에는 괜찮을 줄 알았는데, 지금까지 그러한 생각을 아직 가지고 있다는 것이 영 믿어지지 않았습니다.

몇 억의 미국인들이 매일 먹고 있는 쇠고기가 왜 위험하다고 생각하는지, 그들의 식품 기준이 우리나라보다 허술하다고 생각하는 건지, 그리고 한때 소문으로 나돌았던 것처럼 미국인들이 먹는 쇠고기와 수출용 쇠고기가 정말 다르다고 믿고 있는 것인지, 지금 같은 시대에 만약 국내용과 수출용을 달리한다면 그러한 음모가 숨겨질 것으로 보는 것인지, 만약 그 사실이 탄로 나면 미국이란 나라가 국제사회에서 엄청난 피해를 입을 텐데 그것을 국가적인 차원에서 숨기려 할 수 있을 것인지, 내 나름대로 그의 행동을 이해하기 위해 이런 저런 생각을 해보아도 얼른 해답이 나오지 않았습니다.

그러면 만약 미국을 여행하게 된다면, 아예 음식을 먹지 않을 심산인 지요. 아니 미국을 아예 가지 않을 생각인가요. 나는 작년에 미국을 방문해 곰탕과 불고기 등 온갖 식사를 다 했는데, 그러면 나는 무엇이란 말인가. 아무리 생각해 보아도 그러한 자세에 대해 도대체 현실감이 느껴지지 않았습니다.

그러나 한편으로 생각하면, 이 사람이 그렇게 생각하고 있을진대, 아직 많은 젊은 층이 여전히 미국 쇠고기를 광우병과 연결시켜 안전하지 않다고 생각하고 있는지도 모른다는 생각에까지 미치자 어쩐지 두렵기도 했습니다.

나에게는 너무나도 간단한 상식적인 판단을 그들이 그렇게 부정적으로 고집스레 믿으려고 한다는 것은 한 마디로 편견으로밖에 이해되지 않았습니다. 그러나 편견만 그 이유라고 치부하기엔 무언가 마땅치 않아 보입니다.

나와 서울시청 앞 잔디광장에서 만나기로 한 또 다른 한 중년 남자 분은 만나자마자 덕수궁 앞에 차려진 노무현 전 대통령의 분향소에 분향을 하겠다는 것이었습니다. 나는 그가 국화 한 송이를 들고 가서 분향을 하고 방문자 기록부에 글을 남기는 동안 기다렸다가 함께 식사를 하게 되었습니다.

그런데 노사모 지지자임을 자칭하는 이분은 노 전 대통령을 자살로 몰아간 검찰은 수사에 책임을 지고 이명박 대통령은 사과를 해야 한다는, 어느 야당이 주장하는 내용을 그대로 옹호했습니다.

그러면서 서로 가까운 사이에 몇 백만 불을 주고받은 것으로 수사를 벌였다는 것은 상대를 쓰러뜨리려는 표적 수사였다는 것이었습니다.

이에 대해 나는 비록 검찰이 다소 과잉 수사를 한 것은 사실이겠지만,

그것을 이명박 대통령이나 그 참모들이 지시했다고 판단하는 것은 지나친 억측이지 않은가, 이 억측을 근거로 이명박, 아니 어디 북한의 대리인이나 되는 것처럼 '리명박' 퇴진하라고 피켓을 들고 외치는 것은 좀 지나치지 않은가 하는 의견을 피력했습니다. 수사 당시의 검찰총장은 이미 앞 정권, 노무현 시대에 임명된 사람인 데다 지금 이 시대가 어떤 시대인데 검사들이 누구의 지시를 받고, 수사를 강하게 하고 약하게 한단 말인가, 그들의 생리란 것이 일단 누구라도 피의사실이 있다고 생각돼 그들의 손 안에 들어오기만 하면, 특히 고위 공무원, 정치인에 대해서는 죽기 살기로 파헤치려는 직업적인 편협성 때문이지, 결코 누가, 어느 정권이 시킨다고 해서 하는 것이 아니지 않은가, 만약 시켰다고 한다면, 그 사실이 폭로되는 순간 그 정권은 무너지고 말 텐데, 지금 우리나라의 현실에서 그것이 가능할 것으로 생각하는가 하고 반문했습니다.

특히 죽음을 택한 그분은 돈의 많고 적음을 떠나서 자기도 모르는 사이에 가족들이 돈을 받았다는 사실에서, 그리고 1억 짜리 고급 시계를 받았고 미국 집을 거래한 계약서를 찢어 버렸다고 구차스런 이야기를 해야 하는 처절한 상황에서, 도덕적인 인물로 부각되었던 자신의 이미지에 상반되는 결과 앞에서, 도저히 참을 수 없는 수치감과 인간적인 모멸감 때문에, 정신적인 압박감 때문에 그런 선택을 한 것으로 생각되는데, 그것을 모두 정권이나 수사당국의 책임과 잘못으로만 치부하는 것이 정말 옳은 생각인가, 라고 반문했습니다.

그러나 그분은 결코 이러한 반문에 대해 귀 기울이려 하지 않고 자기 주장을 조금도 양보할 생각이 없어 보였습니다.

역시 이러한 생각을 가진 사람이 우리 사회에 대단히 많이 있기에 피켓을 흔들며 길거리를 점령하려 하고, 야당이 '이명박은 사과하라' 고 큰 소리치는 근거가 되고 있구나, 하고 이해되었습니다.

위 두 사람의 그러한 관점에 대해 나는 옳고 그르고를 말하고자 하지 않습니다. 그러한 결론으로부터 출발한다면 나도 벌써 하나의 편견으로 무장하게 될지도 모르기 때문입니다.

사람은 저마다 생각과 판단이 다를 수 있습니다. 그러나 그 판단이 정확한 사실에 근거를 두고 그것에 대해 개성적으로 달리하는 것은 인간의 다양성에서 나오는 것이지만, 사실에 대한 정보가 부족하거나 지나치게 개인적인 추측을 근거로 하여 무리하게 결론 내리는 것은 편협함일 수 있을 것입니다. 사실에 대한 정확한 정보와 이를 근거로 한 올바른 판단만이 편견을 벗어날 수 있습니다.

편견만큼 인간의 정신적 발전을 가로막는 것이 없습니다.

그러나 편견을 벗어나면 또 다른 새로운 하나의 발전을 이룰 수 있는 것이 인간이기에 서로 편견을 벗어나도록 도와야 할 것입니다.

2009년 6월 25일

(위의 내용은 사실에 대한 정보의 중요성과 편견에 대해 언급하기 위해 현실적인 사실을 인용한 것으로서, 정치적인 주장이나 의도와는 상관이 없음을 밝혀둡니다.)

미국 쇠고기와 광우병

지난 주말에 본 블로그에 올린 "사람마다 서로 다른 판단"이라는 글에서 미국 쇠고기를 먹으면 광우병에 걸릴 위험이 있으므로 미국 수입 쇠고기는 먹지 않는다는 분에 관한 내용을 적은 적이 있습니다. 그 내용을 말한 젊은 분이 제 글을 읽은 후, 왜 미국 수입 쇠고기가 광우병에 걸릴 위험성이 있는지에 대해 그의 의견을 보내왔습니다. 그분의 의견 덕택에 이 문제에 관해 좀 더 자세히 알아보게 되었으며, 여러 가지를 배우게 되었습니다.

인터넷에 올린 글들의 성향을 보면, 일반적으로 많은 사람들이 광우병에 대해 큰 우려를 나타내면서 미국 쇠고기 수입에 대해 비판적이었습니다. 그러나 최근의 글들은 상당히 중립을 지키려는 글들이 고개를 들고 있습니다. 답변을 보내온 분을 포함해 미국으로부터 수입하는 쇠고기가 위험하다고 주장하는 사람들의 일반적인 이유를 보면 아래와 같습니다.

첫째, 일본은 20개월 이하의 뼈 없는 살코기만 수입해서 먹는데, 우리나라는 30개월 미만, 그리고 광우병을 유발시키는 뇌, 척수, 뼈, 내장 등 SRM을 수입한다는 것.

둘째, 광우병에 걸린 소가 월등히 많은 캐나다로부터 살아 있는 채로 수입해, 미국에서 일정 기간 사육한 후 도축해 수출에 사용한다는 것.

셋째, 미국 내에서 소비되는 소고기의 90%는 20개월 미만의 쇠고기이며, 햄버거에도 24개월 미만만 사용한다는 것. 특히 미국과의 협상에 있어서 불평등하고 현장검사 등 절차도 미흡했다는 주장이었습니다.

결론은 한국 정부 당국이 미국에 대해 제대로 맞서지도 못하고 굴욕적으로 협상해, 미국인도 먹지 않는 20개월 이상의 쇠고기를, 그리고 온갖 부위를 수입해 국민에게 먹이고 있으며, 이러한 쇠고기는 광우병의 위험에 그대로 노출되어 있다는 주장입니다. 이러한 주장이 근거가 뚜렷하다면, 저도 미국 쇠고기를 먹는 것을 한 번쯤 다시 고려해야 하겠다는 생각이 들었습니다.

그래서 이와 관련해 인터넷을 통해 여러 정보를 알아보았습니다. 언제나 정확한 정보를 바탕으로 판단을 내려야 하는 것이 기본이며, 그 정보를 어떻게 판단하느냐는 각자 개인의 몫이고, 그것으로 각자 그 사람의 방향성과 인생이 정해지기 마련이기 때문입니다.

첫째, 20개월 미만과 30개월 미만 쇠고기 수입에 대한 정부의 발표 자료를 보았습니다. 이 자료에 의하면 미국이 전 세계 117개국에 쇠고기를 수출하고 있는데, 일본만이 20개월 미만을 수입하며, 싱가포르, 홍콩, 대만, 한국 등 20개국이 30개월 미만, 나머지 유럽의 모든 나라 등 세계 96개국이 30개월 미만이라는 제한마저 없었습니다. (참조 1의 도표)

미국이 어떤 이유로 일본과는 20개월 미만의 쇠고기만 수출하기로 계약을 체결했는지 그 배경은 알 수 없지만, 세계 117개국 가운데 오직 한 나라 일본만이 20개월인데 왜 우리는 그와 같지 않느냐고 비교하는 것은 좀 무리가 있어 보입니다. 적어도 몇 개의 나라, 아니면 유럽의 어느 한 나라라도 들어 있어서 형평에 어긋난다면 어느 정도 고려 대상이 될 수도 있을 것입니다. 이러한 상황에서 다른 대부분의 국가가 받아들이는 그 기간을 우리가 문제를 삼아야 하는지, 객관적인 관점에서 그 이유가 타당하게 받아들여지지 않았습니다.

그리고 특수 부위에 대한 수입은, 저도 잘 모르지만, 그냥 쉽게 추측할 수 있는 사유는 오히려 우리나라가 그러한 부위에 대한 수요가 많기 때문에 필요한 것이 아닐까 싶기도 합니다. 억지로 수입을 강요당해서가 아니라 우리가 필요하니까 수입 품목에 당연히 들어 있어야 할 것으로 짐작할 수도 있습니다.

둘째, 캐나다 소가 미국을 경유해 들어오는 문제는, 캐나다에 지금 얼마나 많은 광우병의 소가 있는지, 얼마나 미국으로 유입되고 있는지 등, 이 사실과 관련된 정보를 어느 누구도 정확하게 파악할 수 없는 문제이며, 정확하지 않은 정보로 어떤 판단을 한다는 것은 무리라고 생각됩니다. 미국 쇠고기 수출업자가 수출을 목적으로 광우병 위험이 높은 캐나다 소를 의도적으로 수입해 사육한 후 외국에 수출한다는 것은 아무리 영리를 추구하는 기업이지만 인간적인 면에서 그들을 그렇게 폄하하는 것은 좀 지나친 느낌이 들지 않을 수 없습니다.

셋째, 미국 내에서 20개월 이상의 쇠고기를 적게 사용한다는 이야기의 근거 자료를 찾으려 했으나 역시 찾기가 어려웠습니다. 다만 전국적으로 판매되는 햄버거의 경우 24개월 미만을 사용한다는 인터넷의 주장은 잘못된 것으로 보입니다. 제가 관련 인터넷의 내용을 확인한 바에 따르면, 미국 햄버거 회사 담당자와 인터뷰한 내용을 번역하면서, 햄버거 회사 홍보 담당자가 미국에서 사용되는 쇠고기의 연령은 30개월 미만이며, '평균 24개월(average 24months)'이라고 말한 것을 인터넷 번역자가 '24개월 미만'이라고 번역해, 마치 24개월 이상의 쇠고기는 절대 사용하지 않는 것처럼 호도하고 있었습니다. 평균 24개월이란 말은 20개월짜리도 있고 28개월짜리도 있으며, 이들의 평균이 24개월이지 24개월 이하만 사용한다는 말이 아니었던 것입니다. 그러니 미국에서 24개월 이상은 햄버거에 쓰지 않는다는 주장은 잘못된 해석에 따른 것이지요. 미국인이 즐겨 먹는 패스트푸드의 양은 어마어마합니다. 아마 이 양이 우리나라에서 소비하는 모든 쇠고기 양보다 많을지도 모릅니다. 미국인은 20

개월 이상의 쇠고기는 아예 먹지 않는다면 모르겠으나, 적어도 간이 음식에 사용한다면, 미국이란 나라가 광우병의 위험을 감수하면서 간이음식일지라도 사용을 허락했다고는 인정하기 어렵습니다.

한국 정부 당국의 졸속 협상 내지 불평등 협상에 대해서는, 이 문제가 쇠고기의 광우병 발병 문제와는 직접적인 연관이 없으므로 생략합니다.

이와 같이 미국 쇠고기의 수입 조건에 따른 문제점을 나름대로 알아보았습니다. 그러나 미국 소는 '미친 소'라고 이미 판단 내린 분들에게는 위 설명이 여전히 미흡할 것입니다.

이제 위의 설명과는 아주 다른 관점에서, 근본적으로 문제를 다룬 글 하나를 소개하겠습니다. 제가 읽은 많은 글들 중 이 글이 가장 설득력 있어 보였습니다. 이 글을 쓴 사람이 누구인지는 몰라도, 쇠고기와 광우병에 관한 한 누구보다도 정확하고 전문적인 지식을 지니고 있는 것으로 보여 저로서는 판단에 큰 도움을 받았습니다.

결론을 먼저 말하자면, 이분은 "인간 광우병은 여기저기서 따온 최악의 가설들을 짜깁기해서 만든 한 편의 훌륭한 공포영화입니다."라고 말했습니다. 닉네임이 Bcoder라는 분이 2008년 5월 1일 "인간 광우병에 대한 오해와 진실"이라는 제목으로 쓴 글을 다른 분이 '다음, 아고라 뉴스'에 2009년 5월 8일에 올린 것입니다. 이분의 글을 다 읽고 나면 이 사람의 주장이 이해가 갈 것입니다.

그 내용에서 이분이 다룬 주제는 광우병의 정체, 광우병이 시작되고 성행하고 쇠퇴한 상황, 인간 광우병의 현황, 프라이온의 정체, 인간 광우병의 전염성 등 이보다 더 자세히 설명할 수 없을 정도로 세세히 지적해 광우병에 대한 문제점을 모두 파헤쳐 놓았습니다. 이 많은 설명 중 가장 중요한 사항은 소의 광우병이 거의 영국에 국한됐다는 점, 소 광우병이

1987년 442건으로 시작해 1992년 최고 36,683마리에 이르렀고, 그 이후 쇠퇴해 2007년에는 전 세계에 53건 밖에 발병되지 않았다는 점, 인간 광우병의 경우는 1995년 3명으로 시작해 '2000년 28명으로 최고였고, 2007년에는 3명으로' 줄어들었으니, 인간에게 광우병이란 현재 시점으로는 거의 영향력이 없다는 사실 등이었습니다.

또한 일반인들은 인간 광우병의 원인 물질이 프라이온이라고 알고 있는데, 프라이온은 우리 몸이 필요로 하는 물질이고, 변형 프라이온이 문제인데, 이마저도 연구 단계의 가설이었지 그것이 광우병의 원인이 된다는 사실이 밝혀진 바가 없다는 설명입니다. 한 마디로 광우병의 원인은 아직 모르며, 그 발병 원인적 요소를 제거한 지금은 거의 사라진 질병이란 결론입니다. 이에 대한 자세한 설명은 그 내용을 전달하기가 어려워 본문을 읽고 판단하기 바랍니다. (참조 2. 3)

결론적으로 이분이 글의 머리에 언급한 "광우병은 하나의 공포영화"란 말이 글을 읽고 나면 이해가 되고 잘못된 정보가, 편견을 가진 과학이, 지나친 언론이, 대중심리에 휩쓸리는 인간의 마음이 어떤 영향을 끼치고 어떤 결과를 가져오게 하는가 새삼 깨닫게 해줍니다.

지금 이 시점에 광우병을 들먹이는 것은 마치 멀리 사라져가는 망령을 아쉬운 듯이 붙들려는 심정처럼 느껴졌습니다. 그러나 혹시 이분의 정보도 잘못될 수도 있을 가능성은 있으며, 설령 틀리든 옳든 서로 열린 마음으로 이해하고 함께 앞으로 나아가도록 노력하기를 기대합니다.

2009년 6월 30일

(추기 : 위 글 내용 참조에서 언급한 도표 등은 편의상 게재를 생략함.)

'도덕'이란 무엇인가

인간에게 '도덕이란 무엇인가'라는 주제는 동서양이 오랜 기간 동안 많은 설전을 벌여 왔으나 명쾌한 대답을 내리지 못하고 있는 것이 현실입니다. 도덕이란 인간이 행동을 어떻게 할 것인가, 그 행동이 옳은 것인가 그른 것인가를 논하는 것입니다. 그것을 판단하는 기준에 따라서, 즉 사회적·철학적·종교적 기준에 따라서 다를 수밖에 없습니다. 이를 '개인적 양심'이라고 해석하는 의견도 있으나 막연한 설정에 지나지 않으며, 문제는 이러한 도덕이란 것이 시대, 장소, 민족, 문화에 따라 판단 기준이 서로 다르고 변화한다는 점에 있습니다.

대표적인 사례로 성(性.sex)에 관한 인식을 들 수 있습니다. 사람이 몸을 보호하기 위해 입기 시작한 옷을 얼마나 노출하느냐 하는 것이 성적인 노출과 관련지어 시대와 사회에 따라 달라지고 있습니다. 또한 결혼을 하는 양식의 변화, 남녀의 결합 형태의 변화를 들 수 있습니다. 일부다처제, 모계 사회, 일부일처제, 심지어 동거생활, 동성애 생활 등 시대와 문명에 따라 그 개념과 인식이 확연히 바뀌고 있으며, 이에 대해 도덕적 판단을 내리지 못하는 것이 현실입니다. 또한 극단적인 사례는 살인에 대한 도덕적 판단입니다. 어떤 경우에도 타인을 살해하면 처벌을 받습니다. 그러나 전쟁으로 인한 살인, 자기 방어적인 살인, 자기를 죽이는 자살, 논란의 대상이 되는 낙태, 존엄사 등은 처벌 받지 않으며, 이에 대한 도덕적 판단도 수립되어 있지 않습니다.

한편 『유란시아』서는 도덕에 대해 중요성을 강조하고 여러 글에서 이에 대한 설명을 하고 있습니다. 16-7장은 도덕을 아래와 같이 규정하고 있습니다.

"지성 하나만으로는 도덕의 성격을 설명할 수는 없다. 도덕성, 덕성은 인간의 성품에 고유하게 있는 것이다. 해야 할 의무를 깨닫는 것, 도덕적 본성은 인간 마음이 천성적으로 가지고 있는 성질의 하나이며, 이는 과학적 호기심, 영적 통찰력 같은 인간 본성에서 제외할 수 없는 다른 여러 가지의 성질과 연결되어 있다. 인간의 정신은 그의 사촌인 동물의 정신보다 훨씬 뛰어나지만, 그러나 특히 인간을 동물의 세상과 구별 짓게 하는 것은 도덕과 종교적 본성이다."

도덕이란 인간이 지닌 여러 가지 본성 가운데 하나이며, 이는 인간이 "해야 할 의무를 깨닫는 것"(the realization of duty)이라고 간단히 언급하고 있습니다. 인간이 해야 할 의무를 깨닫는 것, 이 말은 너무 간명해 자칫 그냥 평범하게 넘기기 쉬운 말입니다. 하지만 이를 그 근본으로부터 생각하면 깊은 의미를 내포하고 있습니다.

인간으로서 해야 할 의무는 무엇일까요? 이를 깨닫고 알게 되는 것은 배움으로 얻은 지식이나 학식이 높아진 지성으로 가늠할 수 있는 문제가 아니라고 말합니다. 이는 인간이 공동의 생활을 해야 하는 고유의 성품을 지닌 생명체로 태어남에 따른 필수적인 질서, 마치 물질 영역에서 자연 법칙이 그 질서를 유지하게 하듯이, 마음이 활동하는 영역에서는 마음의 질서를 지키기 위한 기초적인 법률이 도덕이라고 말하고 있습니다.

이는 유한생명 존재가 자기 자신 개인뿐만 아니라, 필연적으로 시간과 공간을 함께 공유해야 하는 불특정 타인과 원만한 관계를 유지하기 위해 필수불가결하게 지켜야할 필요한 조건들을 말하는 것으로 이해됩니다. 즉 인간이 사회생활을 함에 있어서 본능적으로 지켜야 할 사항을 깨닫고 이를 행하는 정신을 도덕이라고 하는 것으로 여겨집니다. 그러나 이러한 설명으로도 위에서 제시한 여러 사례들을 만족하게 설명해 주지 못합니다. 이는 책의 가르침을 전반적으로 이해해야만 이 책이 규정하는 도덕의 개념을 겨우 파악할 수 있을 것이기 때문입니다.

『유란시아』의 가르침은 인간이 어떤 목표를 이루기 위해 온갖 노력을 행하는 것도 중요하지만, 그 수단과 방법이 남에게 피해를 주지 않고 정당해야 한다고 말하고 있습니다. 이러한 기본을 지키는 것이 바로 높은 수준의 공동체 생활인 우주 시민이 가져야 하는 기본적인 자세이며, 그 수준에 이르게 되면 아마 도덕이 필요하지 않게 될 것입니다.

도덕이 필요 없는 인간, 그러한 인간이 생활하는 사회가 아마 『유란시아』가 추구하는 목표일 것입니다.

2009년 7월 14일

빗속의 숲길 다이센(大山) 등반

버스에서 내려 빗속을 걷기 시작했습니다.

다이센 우체국 입구라는 안내판을 지나자 공중 화장실이 보였고, 빗속을 걸으면 곧 더워질 것을 감안, 바람막이 웃옷을 벗기 위해 잠깐 일행을 벗어나 그곳으로 들어갔습니다. 버스에서 가장 늦게 내린 탓에 일행이 저만치 사라지고 있었습니다. 옷을 가방에 챙겨 넣고 배낭 덮개를 다시 씌운 후 우산을 펴들고 급히 서둘러 걸음을 재촉했습니다. 그러나 20

여명의 일행은 인적이 없는 빗속에서 사라지고 없었습니다.

모퉁이를 돌아서 올라가니 '大山夏山入口'라는 안내판이 산 쪽으로 소로를 연결하고 있었습니다. 그러나 대산 산정(山頂) 입구의 팻말을 기대한 나는 이것이 산행 입구가 아닐 수도 있겠다 싶어 얼마를 가보기로 하고 계속 아스팔트길을 따라 올라갔습니다. 그러나 얼마를 걸어도 다른 입구가 나타나지 않았습니다. 조그만 차들 몇 대가 바퀴로 빗물을 튕겼습니다. 세워서 묻고 싶었으나 승차를 요구하는 등산객으로 보일 것 같아 차마 손이 올라가지 않았습니다. 그러다가 무작정 갈 수는 없어서 용기를 내어 지나가는 차에게 손을 들어 보았습니다. 고맙게도 차를 세운 30대의 일본 남자는 등산로 입구는 벌써 지났으며 내가 그냥 지나친 입구가 등산로 입구라고 말해 주었습니다.

되돌아오는 길에 아까는 보지 못했던 산 쪽으로 난 소로가 보였고, 그 길이 대산사(大山寺)를 거쳐 정상으로 가는 길이라는 안내판이 붙어 있었습니다. 산행 출발 전에 단체 등산 가이드가 등산로 중간에 일본 사찰이 있다는 이야기를 한 것이 생각나서 아마 이 길이 지름길일 수도 있을 것으로 생각하고 접어들었습니다(나중에 알고 보니 가이드가 말한 건물은 이름은 비슷했으나 아예 다른 신사인 大神社[오가미 야마−신사]이었습니다).

큰 전나무와 온갖 열대 나무들, 산죽이 뒤섞인 좁은 산길은 비와 안개 속에 호젓하니 걷기에 좋았습니다. 오솔길을 한참을 걸었더니 눈앞에 무엇이 나타났습니다. 일본 신사(神社)의 입구에 세우는 일주문처럼 생긴 돌문이 폐허 속에 커다랗게 모습을 드러내었습니다. 아마 아까 보았던 안내판은 아마 다른 위치에 있는 사찰 안내판이었던 것으로 짐작되었습니다.

산으로 올라갈 줄 알았던 숲길은 산허리를 감싸면서 완만히 연결되었습니다. 유난히 산죽(山竹)을 좋아하는 나에게 비에 젖어 맑은 빛을 발하는 산죽 잎이 마음을 차분히 가라앉혀 주었습니다. 어디서 사람들 모습이 보이더니 십여 명의 일본 남녀 노인들이 나타났고, 가이드인 듯한 사람이 멈춰 서서 나무를 가리키면서 뭐라고 설명을 하고 있었습니다. 자연을 탐사하는 일행인 듯싶었습니다.

계속 하염없이 걷고 싶었으나 일행들이 염려할 것을 생각해 되돌아 나와, 처음에 지나쳤던 등산로 입구를 찾아 처음부터 산을 오르기 시작했습니다. 그 사이에 일행과 헤어진 지 시간 반에 가까워지고 있었습니다. 산은 가이드가 산행 전에 설명했던 것처럼 처음부터 나무 계단의 연속이었습니다. 비록 주변의 숲은 짙고 새들이 지저귀는 소리는 맑았으나, 둥근 통나무로 만든 계단 등산로는 산을 오르는 등산객에게 환영 받기 어렵게 보였습니다.

늦게 산을 오르기 시작한 탓에 3분의 2 정도를 올라 六合目 중간 대피소에서 도시락을 먹고 한숨을 돌리자, 먼저 산을 올라 정상을 밟고 하산하는 팀과 조우하게 되었습니다. 아쉽지만 정상을 밟지 못한 채 하산해야 했습니다. 그러나 정상을 갔던 분들의 이야기는 계속 계단길만 올라가서 산행이 별로 흥미롭지 못했고, 정상에서도 비 때문에 경치도 제대로 보지 못했다고 했습니다. 그 말을 들으며 저는 오히려 숲속을 헤맨 내가 더 값진 시간을 가진 것 같아 남 몰래 흐뭇했습니다.

주말 친우들과 하는 북한산 등산에서도 일행과 벗어나서 길 없는 숲속을 혼자 헤매는 것을 즐기는 나는, 이번의 경우도 그러한 마음이 은연 중에 나를 그러한 길로 가게 한 것이 아니었나 자문하게 했습니다. 사람은 무의식중에 자기가 바라는 방향으로 가는 것을 알기에 이를 부정할 수가 없었습니다.

인생도 자기만이 가진 내적인 성품이 밖으로 발로되어 인생의 먼 여정 동안 전개되는 것으로 느껴지는 것은 나만의 현상이 아닐 것으로 보입니다. 그러니 평소에 가지는 생각, 무의식 안에 잠재된 느낌, 자기만의 고유한 성품이 새삼 얼마나 중요한가를 깨닫게 합니다.

(*다이센(大山, 높이 1,709m)은 일본 서쪽 해안 돗도리 현에 있으며, 우리나라 여객선이 동해와 돗토리 현에 있는 사까이 미나토 사이를 운항합니다. 지난 6월 29일부터 시작된 항로에 주말 등산객들이 애용하기 시작한 것으로 보이며, 일본 등산을 또 한 번 하고 싶던 차에 우연히 이곳을 등산하는 팀을 알게 되어 지난 주말 합류했습니다.)

2009년 7월 28일

인간관계의 어려움

사람이 한평생을 살아간다는 것은 한 사람이 다른 사람과 사이에 어떤 관계를 새롭게 맺거나, 그 맺은 관계를 유지하고 발전시켜 나아가거나, 아니면 그와 맺은 관계를 중단하거나 흐지부지하게 되어 소원해지는 과정의 연속이라고 말할 수도 있을 것입니다.

한 인간이 살아가면서 관계를 맺을 수 있는 대상은 그가 태어나면서 자연적으로 맺게 되는 가족과 친척으로부터 출발해, 그가 속한 지역의 친구, 학교 동문, 그리고 성장 후 직장에 다니면서 연결되는 직장 동료와 상하 관계의 여러 사람들, 업무 상 만나는 많은 사람들, 그리고 취미와 종교 등 여러 가지 사회 활동을 하면서 만나는 사람 등 온갖 사람들이 포함될 것입니다.

이들 사람들과의 관계란 정말 쉬운 것이 아니지요. 일반적으로 대다수는 아무런 이해관계가 없는 단순한 관계일 수 있으나, 이들 중 일부는 서로 주고받는 정신적 교류의 성질에 따라서 주종 관계, 애정 관계, 이해 타산의 관계, 우의 관계 등 여러 가지 형태의 관계가 있을 것입니다.

인간이란 모두가 어쩌면 완전하지 않은 인격에서 출발하기 때문에 어떤 사람의 표현과 태도는 다른 사람을 불쾌하게 하거나 괴로움을 주기도 하고, 어떤 경우는 그 타고난 아름다운 성품과 성장하면서 다듬은 고운 마음씨로 주위 사람들에게 정다운 느낌과 기쁨을 주기도 합니다. 그런가 하면 보기 싫은 사람, 만나기를 원치 않는 사람도 있고, 반대로 보고 싶고 만나기를 기다려지는 사람도 있게 마련입니다. 인생에 있어서 보고 싶고 만나고 싶은 사람을 가진 사람이 아마 가장 행복할 것입니다.

가장 가깝다는 형제의 경우에도 이해관계에 얽매여 서로 언성을 높이거나 심지어 등을 돌리는 경우도 우리는 주위에서 흔히 봅니다. 직장 동료들도 겉으로는 서로 위하는 척하지만, 내심으로는 경쟁 대상이기에 서로를 질타의 대상으로 생각하는 것이 현실입니다. 함께 학창시절을 지낸 가까운 친구라고 해도 서로 어울릴 때는 허물없이 좋은 듯하지만 조그만 의견 차이에도 서로를 감싸 주지 못하고 부딪치기 일쑤이며, 때로는 실망스런 행동을 보이는 것이 우리들의 모습입니다.

이러한 행동들을 하는 우리들은 자기가 행하는 행동이 바람직하지 않다는 것을 알지만 나이가 들면서도 이러한 바람직하지 못한 행동을 고치지 못하고 지속적으로 반복하는 것을 보면서 평범한 인간의 한계에 씁쓸해집니다. 이러한 지속적인 실수의 습관이 어쩌면 인간의 발전을 가로막는 가장 큰 걸림돌이 아닌가 합니다.

그러나 다소 불편하고 편치 않은 분위기를 겪으면서도 관계를 떠나서는 또한 살지 못하는 것이 우리들이니, 그래서 인생이란 더욱 묘한 것입니다. 부딪치고 마찰해 일어나는 그 열기를 통해 우리의 인생에 있어서 무엇이 더욱 중요하고 바람직한 것인가를 깨달을 수 있게 되므로, 그 부딪힘을 피함은 발전의 기회를 회피하는 결과를 가져옵니다.

나의 경우는 일반적인 사회활동과 더불어 종교와 관련된 인간관계를 자주 하게 되면서, 종교적 활동에서 만나는 인간과의 사이에서 일어나는 갈등도 예사롭지 않다는 것을 느낍니다. 진리를 추구한다는 기본 바탕은 같으나, 그 방법에 있어서 서로의 의견과 생각이 다를 때 서로의 갈등은 더욱 심각해지곤 합니다. 그러니 아마 많은 단체와 국가, 인종 사이에서 종교적 분쟁과 전쟁이 일어나는 것이겠지요.

이러한 분쟁의 틈바구니에서 자유로울 수가 없다면, 그 분쟁을 고집하는 진리는 그렇게 바람직하다고 말할 수는 없을 것입니다. 인간의 영적 성장의 척도는 인생에 있어서 어렵고 힘든 분쟁의 순간에 문제점을 지적으로 정확히 파악할 수 있어야 하며, 그 사건을 파악하는 지적인 바탕 위에 얼마나 깊은 이해심으로 상대를 이해하느냐에 달려 있을 것입니다. 그러한 파악과 이해 위에서 더 높은 목적을 위해 서로 조화를 이루고 융화하려는 노력을 기울임의 정도에 달려 있을 것입니다.

이런 말을 하는 것은 나 자신이 위에 열거한 어리석고 부족한 인간에 해당함을 너무나 잘 알기에 무어라고 말할 위치는 아니지만, 그래도 반성이라도 하는 시간을 가지면서 노력하려는 자세를 견지해야겠다는 다짐의 마음으로 다시 생각해 보는 것입니다.

인간과의 관계를 어떻게 진전시켜 나아가느냐, 그것이 문제입니다.

2009년 8월 26일

강풍의 순간

지난 일요일 새벽 6시에 호텔을 출발한 등산 팀은 7시에 산행 입구에 도착, 산을 오르기 시작했습니다. 이미 비가 올 것을 알고 있었던 20여 명의 남녀 등산객들은 모두 우의를 입고 배낭에 덮개를 씌운 후 비를 맞으며 모두 산에 미친 듯 정신없이 산을 향해 치달았습니다.

등산로는 처음 입구부터 일본인답게 구슬처럼 작은 돌들을 촘촘히 박은 시멘트 길로서, 비가 올 때는 빗물이 내려오는 수로 역할까지 하는 듯했습니다. 계속 내린 비로 길은 세찬 물길로 덮여 있어서 아예 물속을 걷는 결과가 되었고, 얼마 오르지 않아 등산화 안은 물로 가득 차버렸습니다. 그러나 열대 우림처럼 짙은 숲을 옆으로 보며 야생화들이 쉼 없이 얼굴을 내미는 산길에 비록 비옷 안은 땀으로 흥건했지만 마음은 여유로웠습니다.

일본 아키타 현과 야마카타 현 사이에 위치한 쵸카이산(鳥海山)은 일본 100대 명산 가운데 하나로서 동북부 지방에서는 상당히 알려진 산입니다. 높이가 해발 2236m 인 이 산은 철마다 피는 야생화와 산 위에 있는 호수가 특색입니다. 산은 비록 2000m 이상이지만 버스로 1300미터

까지 오른 후 출발하니까, 실은 약 900m만 오르면 됩니다. 그러나 15km를 걸어야 하는 산행은 8시간이 넘게 소요됩니다.

빗속에 산행을 시작한 지 한 시간쯤 지나자 나무는 사라지고 비에 젖은 산죽 숲이 푸르게 주위를 덮고 있었습니다. 나무가 없는 산등성이에 오르자 바람이 더욱 세차게 불어, 조금씩 힘겨워하던 등산인들은 때마침 이르른 대피소에서 잠깐 숨을 돌렸습니다. 잠깐 쉬는 사이 몸이 추워진 우리는 좀 더 두꺼운 옷으로 갈아입은 후, 다시 고지를 향해 대피소 문을 나서서 대피소 뒤 언덕으로 올라섰습니다.

그러나 이게 웬일입니까. 바람과 비와 우박이 사정없이 몰아치는 것입니다. 등산 대장이 앞에서 길을 열어 나아갔습니다. 100여 미터 10여 분을 비바람 속에 몸을 숙이고 비틀거리며 한 걸음씩 앞으로 향했습니다. 바윗돌만 흩어져 있는 야트막한 고갯길을 오르기 시작하자 짙은 구름과 안개 속에 휘몰아치는 비바람이 더욱 사나워졌습니다. 바람막이 옷에 달린 머리 덮개를 한 손으로 잡고 있으나 세찬 바람이 덮개를 흔들어 귀가 아플 지경이었고, 몸은 바람에 비틀거려 넘어지기를 몇 번이나 거듭했습니다. 넘어지지 않으려고 스틱으로 바람의 반대방향으로 지게를 받치듯 바쳐 몸을 겨우 세우면서 비스듬히 서 있을 수 있었습니다.

사정이 이렇게 되자 내 머리 속은 자칫 잘못하면 사고라도 나지 않을까 염려되기 시작했습니다. 그래서 등산 대장에게 산행이 무리라고 외쳤더니, 자기도 그렇게 생각하는 듯, 얼른 이런 날씨로는 도저히 안 되겠다면서 모두 돌아서 내려가자고 일행을 향해 외쳤습니다. 산이라면 정상을 오르지 않고는 견디지 못하는 30대에서 4, 50대에 이르는 산쟁이들도 돌아가자는 말이 떨어지자 두말없이 다시 내려가는 쪽으로 몸을 돌렸습니다.

우박이 바지를 뚫고 들어오는 듯 다리가 따끔따끔했고, 몸이 넘어지려 하니 땅에 몸을 붙여 기듯이 한 발 두 발 옮겼습니다. 어떤 이는 손으로 잡고 있던 모자가 순식간에 하늘로 솟구쳐 날아가는 것을 쳐다보았으며, 어떤 이는 아예 손발을 땅에 짚고 엉금엉금 기어가고 있었습니다. 다시 대피소가 있는 곳 가까이로 되돌아오자 그곳은 바람이 좀 잦아들었습니다. 다들 미련 없이 한 달음에 산을 내려가기 시작했습니다. 어떤 이는 소백산 바람이 세다 해도 이것에 비하면 산들바람이라고 허풍을 떨었고, 어떤 이는 누구에게 이 사정을 말하면 알아듣겠느냐고 짜릿했던 순간을 못 잊겠다는 듯 안도의 숨을 내쉬었습니다. 정말 세상의 일이란 체험해 보지 않고는 알 수 없는 거라고, 그 위험했던 순간을 말로 표현할 수가 없군요.

바닷가에 외따로 우뚝 솟은 이 산의 특이한 위치에다 이 날따라 너무나 나쁜 날씨가 만들어 낸 강풍이 산등성이를 넘어가면서 엄청난 위력을 발휘한 것입니다.

인간이 몸과 정신을 가지고 있는 한 육체적·정신적 경험이란 정말 색다른 것이며, 인생이란 어쩌면 그것의 한계를 넓히는 과정이 아닌가 하는 생각이 들었습니다.

산이 좋아서 죽기 살기로 산을 오르는 산꾼들마저도 그 순간만은 다시 겪고 싶지 않다니, 정말 힘들었던 순간이었던 것만은 사실인 것 같습니다.

2009년 9월 15일

난초는 왜 꽃을 피울까

월요일 새벽. 가을비가 내립니다.

꽃봉오리를 맺었던 난초가 밤사이 꽃을 피웠습니다.

문득 난초는 왜 꽃을 피울까, 하는 생각이 들었습니다.

대부분의 꽃들이 벌이나 나비를 불러들여 꽃가루를 옮기게 하려고 꽃을 피우는데, 난초는 뿌리 쪽에서 새로운 촉이 돋아나는 것을 보면 꽃가루로 번식하지 않고 뿌리로 번식하는 것으로 이해됩니다. 그런데 왜 필요도 없는 꽃을 피우는 것일까요.

인간이 꽃을 보고 즐기는 것을 알고 꽃을 피우게 된 것일까요. 그러한 지능을 가지고 있단 말인가요. 그러면 인간이 있기 전부터 피기 시작한 꽃들은 도대체 무어란 말인가요.

인간은 무엇이든지 이해되지 않으면 받아들이려 하지 않는 법입니다.

왜 밥을 먹어야 하는지, 왜 일을 해야 하는지, 왜 사랑을 해야 하는지, 왜 살아가야 하는지, 왜 별이 존재하는지…. 무엇이든 이해되지 않으면 직성이 풀리지 않지요.

그 이해에는 합리적인 이성과 지식이 근본적인 바탕으로 작용하고 있습니다. 앞뒤 사리에 맞지 않으면 받아들이지 않는 게 정신을 지닌 인간의 원칙입니다.

인간의 발전이란 자기를 포함해 세상, 우주를 이러한 이성적인 방법으로 알고 이해해 가는 과정인 셈입니다.

우주에는, 아니 지구에만 해도 수많은 존재가 있습니다.

산이 있고 돌이 있고, 식물이 있고 동물이 있습니다.

이들은 왜 존재하는 것일까요. 어떻게 존재하게 된 것일까요.

종교적 관점에서 세상을 보는 인간은 이들이 인간을 위해 존재하는 것으로 이해하려 합니다.

우주를 절대자 하나님이 창조한 것으로 이해하는 종교인은 우주의 모든 것이 절대자가 우주 속에 살아갈 영적인 존재를 위해 계획적으로 우주를 창조했다고 알고 있습니다.

깊은 산 속 이름 없는 들꽃이 인간을 위해 피고 지는 것인가요.

깊은 바다 속 아메바 생물은 인간을 위해 존재하다가 사라져 가는 것인가요.

감기 바이러스는 인간을 위해 진화해 신종 바이러스를 만들어 내는 것인가요.

어쩌면 많은 존재에게 아무런 이유가 없는지도 모릅니다.

존재하게 되었기에 존재하는 것, 그것이 이유일 수도 있을 것입니다.

난초 향기가 온 거실을 스며듭니다.

나비도 벌도 부르지 않는 꽃이 조용히 자신을 드러내고 있습니다.

왜 꽃을 피우는지, 나는 알지 못합니다.

난초는 알고 있을까요.

2009년 9월 21일

사람과 부딪치면서 생기는 일들

지난 이삼 주 동안 주위의 여러 친우들과 어울려서 여러 곳, 여러 지방을 다니면서 "인간이란 참으로 여러 가지 서로 다른 성격과 생각을 가지고 있구나." 하는 생각을 새삼 했습니다. 특히 여행하면서 오랜 시간을 함께할 경우, 사람의 그러한 특징이 더욱 두드러지게 나타납니다.

여럿이 식사를 하는 자리에서 유난히 음식을 밝혀 맛있는 것이 나오면 먼저 많이 먹으려고 젓가락질을 멈추지 않거나 받지 않으려는 상대에게 술잔을 억지로 권하면서 잔을 채우겠다고 떼를 씁니다. 다른 손님은 아랑곳없이 목소리 크기 경쟁이나 하듯 목청 높여 떠들기도 합니다. 어떤 경우는 에어컨이 가동되고 있는 식당에서 담배를 피워 옆 사람의 눈총을 받기도 하고, 담뱃재를 음식 접시에 떨거나 꽁초를 꼭 소주병이나 맥주병에 집어넣는 사람도 있습니다.

스스로 사회적 중견 위치에 있다고 자부하는 사람들이 이러한 행위를 할 경우, 참으로 보기 안쓰러울 때가 많습니다. 특히 다른 사람이 모르겠거니, 못 보겠거니 하는 생각에서 사용한 이쑤시개나 휴지를 슬쩍 구석으로 던지거나, 재생해 쓰는 물수건에 코를 풀거나 침을 뱉기도 합니다. 인적이 없는 농촌 길을 걸으면서 밭에서 남몰래 고추를 따거나 깻잎을 따기도 합니다. 그걸 점심상에 내놓으면서 자랑합니다. 길섶에 핀 귀여운 꽃을 꺾어 자기 모자에 꽂고는 은근히 자기를 보아주기를 바라고 있을 땐 정말 마음이 아픕니다. 이러할 때 가까운 친우라면 만류할 수 있겠지만, 자칫 잘못 말을 했다가는 상대를 불쾌하게 자극해 오히려 불편한 관계를 만들어 버릴 수 있기 때문에 쉽게 만류하거나 참견할 수도 없습니다.

사람은 모두 완전할 수가 없습니다. 특히 도덕적인 문제는 저마다 생각과 판단이 다르기 때문에 뭐라고 이야기하기 어렵습니다. 이러한 경우를 당할 때, 어떻게 하는 것이 바람직할까 자문해 보기도 합니다. 상대가 선의의 지적에 대해 좋게(?) 받아 줄 것으로 예상되면 이를 말해 주는 것이 가장 좋을 것입니다.

그러나 이를 좋게 이해해 줄지, 아니면 "그게 뭐 어째서 네가 참견이냐, 너는 뭐 그리 대단하냐."라고 반문하며 불쾌해 할지 미리 알 수가 없으니, 이를 행동에 옮기기가 여간 어렵지 않습니다. 그러니 그냥 모르는 듯 넘기는 것이 가장 현명하다고 생각할 때가 많습니다. 이 경우 마음속에서 상대를 경멸하거나 비난하는 마음이 불쑥 일어납니다.

그러다 어느 순간인가 이러한 비난하는 마음을 가지는 것이 나에게 바람직하지 않겠다는 생각이 들었습니다. 도덕적으로 좀 잘못되었다고 그 사람이 망가지는 것도 아니고 당장 다른 사람이 다치는 것도 아닌데 왜 호들갑이냐,라는 생각이 들었습니다. 그 사람이 그런 조그만 약점이 있기는 해도 내가 갖지 못한 많은 장점을 가지고 있으며, 심지어 그들로부터 도움을 받기도 하는데, 그 약점만 크게 생각하는 것은 문제일 수 있다고 생각하게 되었습니다. 그러면서 무엇보다도 자기도 완전한 인간이 아닌 것을 감안한다면, 다른 사람의 부족과 결점을 이해하고, 그것을 과도기적인 현상으로 보고 받아 주는 정신적 자세가 더 중요한 것이 아닌가 하는 생각에 이르게 되었습니다.

내가 상대와 다르고 좀 더 도덕적일지는 모르겠지만, 그러나 이를 계기로 상대를 업신여기는 마음의 자세는 그렇게 좋은 생각이라고 말할 수가 없는 것이지요.

이러한 자세를 아량과 관용이라고 말할 수 있을지 모르지만, 상대의 부족함과 모자람을 이해하고 이를 함께 개선하려는 자세가 더욱 중요할 것이라는 생각에까지 이르렀습니다. 그러다가 이러한 생각마저도 어쩌면 건방진, 자만에서 비롯된 것인지도 모른다는 염려까지 생기기도 합니다.

어쨌든 사람이란 좋든 나쁘든 여러 경우를 경험하는 것이 여러 모로 생각할 기회를 제공해 주니, 그래서 좀 문제가 있더라도 인간이란 서로 어울려야 하는구나 싶습니다. 별나게 이런 여러 가지를 생각하는 게 문제인지도 모릅니다.

2009년 10월 27일

포기할 줄 모르는 인간의 생존력

인간이란 참으로 묘한 존재입니다.

인간이 동물과 구별되는 것은 자기가 할 일을 자기가 선택할 수 있고, 일에 대한 결정을 내릴 수 있는 자유의지를 가지고 있기 때문이라고 흔히들 말합니다. 그러나 이 선택권도 어찌 보면 상당히 제한적입니다. 무엇보다도 자기가 자기 자신의 존재를 선택하지 못합니다. 그저 주어지는 자기를 받아들일 수밖에 없습니다. 태어나는 시기와 나라 장소, 사회적인 여건과 환경, 그리고 생명을 존재케 해주는 부모는 선택 사항이 아닙니다. 자기의 의지와는 상관없이 선행적으로 부여되는 조건입니다. 한국이 아닌 미국에서 태어날 것을 선택할 수 없고, 전쟁이 아닌 평화 시에 태어날 것을 선택할 수 없습니다. 무엇보다도 부자 아버지, 미인 엄마 아래서 돈 많고 잘생긴 자녀로 태어나는 것을 선택할 수 없습니다. 그러니 현재 이렇게 태어난 것을 불평한들 아무런 소용이 없다는 것을 알고, 체념하거나 묵인하고 받아들이고 있는 셈입니다.

그러면서도 가난하고 못나게 태어난 자기를 포기하거나 미워하지 않는 것을 보면 또한 신기합니다. 아무리 못난 아이도 자기를 무시하면 반항합니다. 못나고 잘나고, 여건이 좋고 나쁘고가 그 존재의 존재성을 결코 부정할 수는 없습니다. 비록 성형수술로 얼굴의 모습을 바꿀지언정, 자기를 무시하거나 포기하지는 않습니다. 우리는 무수한 사람들을 만나고 어울리면서, 그 어느 누구도 자신이 못 났다고 팽개치고 자신의 존재를 부정하는 사람을 보지 못합니다. 몹쓸 병에 걸려 신음하는 사람으로부터 캄보디아의 진흙 늪에서 고기를 잡으며 살아가는 어린아이들, 관광객을 지게에 올리고 가파른 계단을 오르는 중국인에 이르기까지, 그리고 주위에서 보는 평범한 수많은 사람들 중 어느 누구도 자기 자신을 버리거나 포기하지 않고 열심히 살아갑니다. 이러한 생존력은 도대체 어디에서 비롯되는 것일까요.

그러면서 한편으로는 이렇게 부족한 자기를 있게 해준 부모에 대해 불평하거나 부정하지도 않는 것을 보면 또한 신기합니다. 아무리 못난 부모일지라도 일반적으로 부모는 부모로서 존경과 애정으로 대합니다. 특히 외국으로 입양된 어린아이의 경우, 남다른 부모 밑에서 부유하게 성장해서도, 비록 아무것도 모르는 자기를 버렸을망정 그저 얼굴만이라도 보고 싶고 만나고 싶어서 온갖 어려움을 무릅쓰고 귀국해 전국을 헤매고 다닙니다. 그들은 다만 부모를 만나게만 된다면 모든 것을 잊고 사랑으로 대하고 싶다고, 대부분 간절하게 보고 싶은 마음을 토로합니다.

잘 났든 못 났든 부모와 자식 사이의 애정은 저버릴 수가 없는 것입니다.

동물이나 인간이나 이러한 부모 자식 사이의 어쩌지 못하는 애정은 어디서 비롯되는 것일까요.

종교인들은 이러한 부모의 애정을 창조주 절대자 하나님이 피조 생명체에 대해 베푸는 애정과 같은 것으로 비유합니다. 그러나 이는 사실 확인할 수 없는 현상입니다. 인간의 그러한 현상을 보면서, 그러한 사랑이 가장 순수하고 헌신적이기 때문에 이를 하나님의 애정과 연결시켜 추정한 것에 지나지 않을 수도 있습니다. 사실 부모 자식 사이의 이러한 애정 관계가 없다면 자생력이 없는 자식의 세대는 단절되고 말 것입니다.

인간이나 동물이 오랜 세월 생존을 위해 투쟁하는 과정에서 후손의 연결을 위해 노력하다가 자연히 이러한 본성이 조성되었는지, 아니면 이러한 종을 주관하는 능력을 가지고 있는 하늘의 존재들이 이러한 종을 탄생시키면서 그런 성질을 심어 놓은 것인지 우리는 알지 못합니다. 다만 이러한 성질을 가진 자기 자신을, 이웃 사람들을 바라보면서 그렇게 이해할 뿐입니다.

인간이 이렇게 잘 났든 못 났든 자신을 포기하지 않고 생존하려는 본성은 아마 인간 하나하나마다 남다르기 때문인지도 모른다고 제 나름대로 생각해 봅니다. 그러한 개개인 사이의 다름이 비교 대상이 되기보다는, 오히려 독특한 개성의 다름으로 인해 어느 누구도 자기가 가지고 있는 개성을 다른 누가 가지고 있지 않으며 가질 수도 없다는 자부심이 아마 이러한 자신에 대한 존재성과 생존력의 바탕이 되는 것이 아닌가 하는 생각이 들기도 합니다. 이러한 개인의 존재의 독특성을 『유란시아』서는 personality, 즉 개체의 '성품'이라고 말하고 있습니다. 이러한 성품을 가진 인간이 바로 성품존재인 것입니다. 이러한 성품이 있기에 이 땅을 떠난 후, 수많은 다음의 세상으로 이어지는 긴 세월 동안 지치지 않고 존재할 수 있는 것이 아닐까요.

제가 읽고 있는 『유란시아』서의 핵심은 바로 우주에 있어서 생명을 지닌 모든 생명체는 이 독특한 성품을 지니고 있으며, 이것이 바로 우주에 있어서 형이상학적인 존재의 진수라고 말합니다. 어쩌면 인간의 신비함을 이 성품이란 것으로 연결시키지 않고는 풀리지 않을지도 모릅니다. 이런 연유로 『유란시아』서가 더욱 가까이 우리 곁으로 다가오는 듯합니다.

어찌하든 인간은 참으로 신비로운 존재입니다.

2009년 11월 3일

지구 온난화와 석유

오늘 신문을 보면 세계 44개국 56개 신문이 전례 없는 공동사설을 싣는다고 합니다.

그 주제는 '코펜하겐 유엔 기후 회의'를 앞두고 192개국에서 참가하는 대표들에게 지구 온난화를 막기 위한 탄소배출 규제 협약을 제대로 이루어 주기를 촉구하는 내용입니다.

그 요지는 지난 14년 중 11년이 "지구 역사상 가장 더운 해"였으며, 따라서 만년설이 녹고 있고 원유와 식량의 대폭동이 예상된다는 의견입니다. 앞으로 14일간 열리는 이 회의에서 기온이 2도 이상 오르는 것을 막아야 한다는 주장입니다. 만약 섭씨 3~4도가 상승하면 농지가 사막으로 바뀌고 종의 절반이 멸종하며 바다가 땅을 삼키게 된다고 합니다.

이를 위해 각 국가가 배출하는 이산화탄소의 양을 1990년대 수준으로 낮춰야 하며, 이를 위해 감소시켜야 할 양을 각 국가가 배분해 기준을 마련해야 하며, 그러므로 회의 참가국들 사이에 자국의 발전과 직접적으로 이해관계가 얽혀 있는 이 비율의 합의가 쉽지 않을 것으로 예상하고 있습니다. 그러나 지금까지 이 협약에 소극적이던 미국이 합의에 참여할 것으로 기대되어, 어쨌든 합의는 이루어질 것으로 예상하고 있습니다.

이 문제와 관련해 개인적으로 두 가지의 견해가 떠올랐습니다.

하나는, 이제 지구인이 지구라는 하나의 공동체 안에서 함께 살아가야 한다는 점을 인식하게 된 단계에 이르렀으며, 이러한 관점에서 지구 전체적 문제를 해결하려는 지도자들이 모여서 해결 방안을 찾으려고 노력하고 있다는 긍정적인 측면입니다. 가족과 사회, 국가 등 여러 단계의 집단을 이루어 살아가야만 하는 인간에게는 필수적으로 그 공동체를 이끌어 가야 하는 지도자가 있어야 하며, 그러므로 그러한 공동체의 운명은 지도자의 역량과 선택에 좌우되므로 좋은 지도자, 훌륭한 지도자를 갖는 것은 공동체의 행복, 존폐와 직결하게 연결되는 것입니다.

그 대표적인 사례가 현재의 남한과 북한의 차이라고 보아도 크게 틀리지 않을 것입니다. 지금 시대에 사는 한 인간의 생존은 개인의 노력과 아울러 그가 속한 집단의 지도자의 역량에 절대적으로 의존하게 되어 있는 것이 인간 사회의 운명이지요. 다행히 현재의 인류는 이러한 문제를 심각하게 생각하는 지도자들이 대다수를 이루는 까닭에 지구의 앞날은 긍정적일 것으로 예상됩니다.

두 번째 견해는, 지구 온난화와 직접 연결되는 주범인 탄소의 사용입니다. 탄소는 석탄과 석유, 천연가스 등 화석연료를 일컫는 말로, 이들이 현재는 주로 전기 화력 등 동력의 생산 원료로서, 자동차 비행기 등 이동 수단의 연료로서, 그리고 화학, 섬유, 의학 등의 재료로서 사용되고 있습니다. 특히 이들이 동력 생산과 자동차의 연료로 사용하는 양이 대부분을 차지하면서, 그 소비의 양이 계속 증가하는 반면 자원은 한정되어 있기 때문에 인류의 앞날과 심각한 연관성을 가지고 있는 것입니다. 석유에서 나오는 재료를 연관시키지 않고는 현대 문명이 근본적으로 존재를 할 수가 없는 데 그 원인이 있습니다.

우리의 일상생활 주위를 살펴보면, 집을 짓는 데 소요되는 핵심적인 재료들, 입고 있는 온갖 의류들, 자동차, 의약품, 컴퓨터, 통신기기 등 농산물을 제외한 모든 것의 직간접적인 원료는 석유에서 나오는 것입니다. 석유의 자원 문제도 오래 전부터 인류가 지구적인 문제로 깨닫고 전력 생산의 근원을 원자력, 풍력, 조력 등으로 돌리려 노력하고 있으며, 자동차는 그 원료를 다른 것으로 대체하려고 애쓰고 있으나 아직 그 속도가 느린 것이 안타까운 점입니다. 아마 그 근원을 공기나 물, 태양의 열로부터 구하지 않는 한 근본적인 해결이 어려울 것으로 예상됩니다.

이제 지금의 인류는, 아니 앞으로 다가오는 세대의 인간은 자기 혼자만의 세상이 아니라, 점점 보다 서로 밀접하게 연결된 사회 구조 속에서 살아가야 할 것입니다. 그러므로 인류의 생존과 직접 연관이 있는 석유 자원에 대한 절약과 재생, 대체 등에 더욱 적극적이어야 한다고 생각됩니다.

석유는 지구가 옛날 한때 무성했던 나무들이 지구의 재난으로 땅 속에 파묻혀서 오랜 세월이 지나면서 만들어진 것입니다. 이제 다시 현재의 문명을 멸망시킬 정도의 재난이 발생하지 않는 한, 석유는 지구에서 다시 생성될 가능성이 없습니다. 먼 훗날 석유가 고갈되는 날, 아니 그 시기는 그렇게 멀지 않을 것으로 생각되지만, 그 시대의 인류는 어떻게 이 문제를 해결할 것인지 사뭇 염려스럽습니다.

검은 색깔의 석유를 사용하게 된 것은 인류에게 주어진 하나의 축복일 수도 있지만, 또한 인간이 극복해야 할 또 하나의 비극일 수도 있을 것입니다.

지식과 영성의 성장을 추구하는 인류에게 희망을 걸어 봅니다.

2009년 12월 7일

일본 서부 바닷가 쵸카이산(鳥海山) 산정 바로 아래의 언덕. 몸을 날려보낼 듯 강한 비바람을 피하려고, 잠깐 몸을 낮추어 돌틈 사이를 보는 순간, 눈에 들어온 조그만 꽃잎. 천지가 진동하는 하늘아래, 무심한 듯 투명한 꽃잎.

쵸카이산 아래 늪지대. 가득히 물기를 머금은 이끼의 산뜻한 색감이 신비롭다.

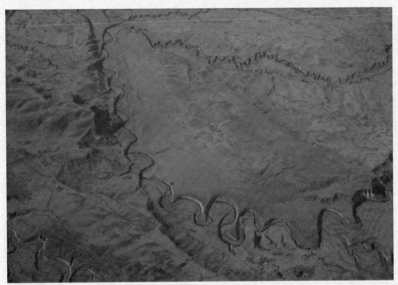

남미 안데스 산맥, 4천 미터 고원지대에 있는 사행천. 왼쪽 아래로 도로가 보이고, 사진 중앙 한가운데와 왼쪽 아래로 집 몇 채가 겨우 보인다. 이 오지에 인간이 살고있다. 무엇을 생업으로 하는지, 왜 이곳에 살게 되었는지.

안데스 산맥 칠레 북쪽의 고원. 멀리 화산이 솟아올라 만든 산. 그 오른쪽으로 하늘에서 떨어진 운석이 만든 둥그런 자취, 앞쪽으로 지층이 갈라져서 형성된 호수. 생명이라곤 없을 것 같은 불모지. 그러나 언젠가 이곳을 인간이 점령할 것은 틀림없으리라.

남미 티티카카(Titicaca)호, 해발 4천 미터 고지에 핀 꽃 이곳에서 샤워는 금기. 금방 체온을 빼앗겨 저체온 증세로 위험을 겪을 수 있다. 필자도 한번 고산지대에서 샤워를 했다가 정말 호된 경험을 하였다.

티티카카호 호수 한 가운데 갈대로 섬을 만들어 수상생활을 하는 우로스(Uros)족. 뚱뚱한 몸매로 관광객들에 게 노래를 부르고 있다. 한국 민요와 가요를 유창하게 합창을 하는 모습이 애처롭다.

페루 쿠스코(Cuzco) 지방의 한 염전. 어느 날 산에서 나오는 지하수가 소금물인 것을 발견, 이를 유도하여 소금밭을 만들었다. 먼 옛날 바다가 지각 변동으로 3천 미터 고산지대로 바뀐 것. 언제 다시 바다로 되돌아 갈 날은 오지 않을까.

페루 내륙 마추픽추(macchu Picchu)의 밭. 인간이 접근하기 힘든 깊은 산 속 벼랑을 개간한 계단식 밭. 특이하게 이 밭 위쪽에 수원이 있어 지금도 물이 흐른다. 밭이랑을 파던 그들은 흔적도 없이 사라지고, 그 터만 남았다.

제5장

2010년

모사기(茅沙器)

저의 선대(先代)가 살았던 곳은 경상북도 경주시와 바로 인접한 지방이었습니다. 그런 연고로 그곳에 가족들의 묘가 있으며, 이와 관련된 일로 그제 그곳을 잠깐 다녀왔습니다. 이씨조선 초기에 이 지방에서 뿌리내린 저희 씨족들은 이곳에서 오랫동안 자리를 잡아 많은 친족들이 살게되었으며, 특히 한양에서 벼슬을 마친 후 이곳에 처음 자리를 잡은 파 시조(派 始祖)가 이씨조선의 좌명공신(左命功臣)을 지낸 분으로서 불천지위(不遷之位)의 인물이었기에 이곳에 서원(書院)도 세우고 왕성한 활동을 하여 한때 씨족들의 위세가 꽤 높았다고 합니다. 불천지위 또는 불천위라고 일컫는 지위는 사전에 의하면, "나라에 큰 공훈을 세워 영구히 사당에 모시는 것을 나라에서 허락한 신위(神位)"라고 되어 있습니다. 아마 씨족 사회에서는 이러한 조상을 가지고 있다는 것이 대단히 명예로운 일로 여기고 이를 높이 받들어 오고 있는 모양입니다.

제가 이곳을 방문한 날이 마침 이 파 시조의 배필, 할머니의 제삿날이었습니다. 이곳 종가의 친족들과 가까이 알고 지내는 저는 후손의 한 사람으로서 이 날 제사에 참여하게 되었습니다. 내륙지방인 경주 벌판의 날씨는 최근 더욱 내려간 기온과 함께 그 매서움이 서울 날씨와 견줄 수 없이 차가웠습니다. 종가 한옥 사랑채에는 인근 지역에서 참배하러 온 족친들이 밤 12시가 가까워 오자 두루마기에 두건을 쓰고 참례 준비를 했으며, 저도 종가에 예비로 마련되어 있는 두루마기와 두건을 쓰고 참례하게 되었습니다.

어린애 키 정도로 높은 제상에 온갖 제물을 놓고 촛불을 밝히자, 제주인 종손은 사당에서 신주를 꺼내 두 손으로 조용히 받쳐 들고 들어와 제상에 모셨고, 친족들은 순서에 따라 예를 올렸습니다. "유 세차…(維 歲 次)," 하면서 축문을 읽었고 초헌(初獻), 아헌(亞獻), 첨작(添酌) 등을 하면서 술을 차례로 올렸습니다. 모두 끝난 후 제주는 축문을 불살라 마지막을 고했습니다. 그리고 참석자들은 둘러앉아 음복(飮福)을 하면서 담화를 나누었습니다.

이 담화 중에 한 분이 제사상에 '모사기'가 보이지 않는 것 같다는 의견을 피력하자, 다른 분이 향로 옆에 모사기가 있었을 것이라고 대답했습니다. 그러자 처음의 사람이 모사기란 모래와 흙을 차례로 깔아 채우는 것인데, 모래와 흙은 땅을 상징하는 것으로서 제사를 지낸 후 혼(魂)은 하늘로 가고 백(魄)은 모사기를 통해 땅으로 돌아간다고 설명했습니다. 이에 대해 또 다른 한 분이 말하기를, 어떤 지방은 그 흙을 잔디를 섞은 특수하게 만든 종류의 흙을 사용하기도 하고 향로로 대신하기도 한다는 등, 지방마다 여러 가지 다른 형식이 적용되고 있다고 했습니다.

이런 대화를 들을 때, 모사란 용어로 미루어보아 의미를 짐작할 수 있었으나 정확하게 알기 위해 오늘 사전에서 찾아보았습니다. 모사(茅沙)란 "제사에서 강신(降神)할 때 술을 따르는, 그릇에 담은 띠의 묶음과 모래"라고 되어 있고, 모사기란 그 "모사를 담는 그릇"이라고 되어 있습니다. 전통 제사의 경험이 적은 저 같은 일반인은 쉽게 이해하기 어려운 용어이지요. 그 모사기를 주제로 이러니저러니 하는 이야기를 들으니 마치 다른 나라에 온 느낌이었습니다.

이 자리에서 또 다른 한 분은 이러한 전통의 유교적 제사를 배척시키는 기독교를 질타하면서, 조상을 숭배하고 어른을 공경하는 사회가 올바른 가치의 사회이며, 제사를 부정하는 기독교는 우리 사회의 암적 요소라고까지 비난했습니다. 이런 토론들에 대해 저로서는 바로 뭐라고 의견을 말하기는 참으로 어려운 분위기여서 가만히 듣고만 있으면서도 마음으로는 온갖 느낌과 생각이 교차되었습니다.

왜 우리나라의 전통 전래의 생활 방식이 유교에 근거를 두게 되었는지, 그리고 왜 '유교'도 하나의 교(敎), 종교라고 말하는지 이해가 되었습니다. 즉 유교의 중심 사상 중 하나가 인간이 죽으면 영혼이 있어 하늘나라로 날아가며, 그 영혼이 기일이 되면 다시 내려와서 후손과 교감한다고 믿으니, 이는 하나의 종교적 개념이라고 해도 무방하다는 생각이 들었습니다. 조상에 대해 제사를 지내게 된 시원이 인간이 오랜 기간 동안 살아오면서 현재의 생활에서 이해되지 않는 사건이나 흥복의 원인이 그들의 조상인 신들의 영향력에 좌우되고 있는 것으로 믿었기 때문이었을 것이며, 또한 이러한 주술적인 개념에 대해 이를 대체할 수 있는 새로운 사상을 접하지 못한 환경에서는 이러한 전통적 유교 사상을 부정할 수 없었을 거라고 이해되었습니다.

제사상에 올리는 과일인 '조율이시'의 순서를 따지고 모사 그릇이 어떻게 준비되어야 옳은지를 따지는 것이 얼마나 중요한지는 알 수 없지만, 그러나 어느 정도 인간의 지능이 진화한 지금의 이 시대에 살아가는 인간이라면 그 형식과 전통을 강조하고 고수하기보다는, 이제는 그러한 전통과 형식이 지닌 정신과 가치를 기리는 것이 더욱 바람직하지 않을까 하고 생각했습니다. 제사란 영혼이 존재하고 그 영혼이 그 자리에 참석하는 것을 전제로 한다면, 그 영혼에 대한 예의와 정신을 기리는 것이 우선해야 할 것이며, 나아가 그 영혼에 대한 배려와 그러한 모임의 기회를 후손들 사이에 서로 화목하게 교류를 이루는 자리로 만드는 것이 더욱 중요하지 않을까 하는 생각이 앞섰습니다.

이 음복 자리에서 어느 한 분은 또 날이 갈수록 제사 참여자의 숫자가 줄어가고 있다고 말하기에 제가 지나는 말로 가볍게, 이제 서울 같은 도시의 경우는 밤 12시에 제사를 지내는 경우가 거의 없다고 강조하면서, 점점 도시화되어 가는 지방에서도 굳이 밤 12시를 고집할 것이 아니라, 참석자들이 서로 편리한 시간으로 조정하는 것을 고려해야 할 것이라고 의견을 제시했습니다. 이 말이 나오자마자 한 분이 직장에 다니면서도 야근도 하고 고스톱 친다고 밤샘도 하는데, 하루 정도 밤늦게 제사 지내는 것이 무어 큰일이라고 이를 못 지키느냐고 반박했습니다.

그러나 지방에 있는 이러한 유교의 집안들은 대개 고조(高祖)까지 4대 봉사를 받드는 경우가 많으며, 이 경우 종가 제사에 자기 선조의 제사를 합치면 제사의 숫자가 일 년에 십 수 번에 이르게 될 것입니다. 이러한 처지에 전통만 고집할 것이 아니라, 이를 현실에 맞게 개선하고 진화하는 자세가 필요할 것입니다. 그렇지 않으면 오래지 않아 이러한 전통이 쇠락할 수밖에 없을 것입니다.

인간의 개념이 올바른 지식과 판단에 근거를 두고 개인의 정신과 영적인 가치의 발전에 목표를 두기란 아직 우리 사회가 많이 미숙한 것 같습니다. 역시 인류의 역사란 사회의 변화와 시대의 진화에 따라 성장하는 진화의 과정을 거쳐야 할 수밖에 없다는 생각을 하게 했습니다.

모처럼 시골 나들이가 여러 느낌을 주었습니다.

2010년 1월 15일

지저스의 얼굴

'토리노의 수의'(The Shroud of Turin)는 기독교 역사상 가장 논란의 대상이 되고 있는 유물 중 하나입니다. 이탈리아 북부 도시 토리노의 성당에 보관되어 있는 이 유물은 지저스가 십자가에 처형되었을 때 몸을 덮은 수의라는 주장 때문입니다. 4.4×1.1m 크기의 아마로 짠 천인 이 수의는 이 성당에 오랜 기간 동안 보관되어 오다가, 1958년 가톨릭 교황이 이를 지저스의 성의로 인정했습니다. 이 수의를 1898년 흑백 사진으로 촬영한 결과, 십자가에 처형되어 사망한 육체의 모습을 영상으로 보여 주고 있어서 지저스의 수의로 그 주장을 더욱 굳혔었습니다. 이를 1978년 미국 과학자들이 조사한 결과 이 수의가 위조품이라는 사실을 증명할 수 없다는 주장을 해 간접적으로 지원했습니다. 그러나 1988년 이를 라디오 카본 기기로 연대를 측정해 본 결과, 서기 1,300년경의 옷감으로 밝혀져 이것이 어떤 미술가에 의해 만들어진 위작이라는 주장이 제기되었습니다. 그러나 이러한 카본 측정 방법에 대한 신뢰도를 의심하는 주장이 계속 제기되면서 최근 다시 이 수의에 대한 진위의 논란이 뜨겁습니다.

『유란시아』서에도 이 수의를 언급한 구절이 있어서 일부 독자는 이 수의가 진품이라고 주장하고 있습니다. 이들은 천사들이 지저스의 육체를 자연적 변화를 기다리지 않고 조속히 처리하기 위해 상부의 허가를 기다리는 동안 덮었던 천이라고 이해입니다. 이에 대해 다른 독자는 지저스에 대한 일체의 유물이나 기록은 이 땅에 남기지 않는다는 하늘의 방침에 따라 아무런 흔적을 남기지 않았으며, 따라서 이러한 수의도 남아 있을 수 없다는 주장입니다. 어쨌든 끝없는 논란의 대상이 되는 유물을 한

번 보시기 바랍니다.

아래 사진은 '수의' 의 모습.
왼쪽 사진 가운데 얼굴 모습이 뚜렷이 보인다.

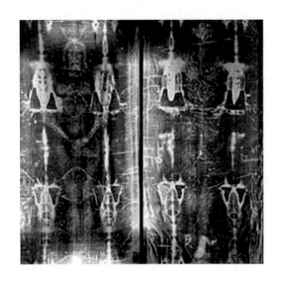

'토리노의 수의' 에 대한 자세한 내용을 담은 인터넷 주소.
http://www.shroud.com/

2010년 4월 9일

사건에 대한 시각과 이해

사건을 바라보는 인간의 시각과 이해는 사람마다 다릅니다.

최근에 발생한 천안함 사건을 계기로 여러 사람들과 이야기를 나누면서 어떻게 이렇게 서로의 생각이 크게 다를 수 있을까 하는 의구심이 들었습니다. 지난번 미국 쇠고기 파동 때 미국 쇠고기를 자기 아이에게 먹이지 않겠다고 주장한 30대, 그리고 노사모의 일원으로 노무현 전 대통령의 죽음을 애도한 50대의 사람과 대화를 나누게 되어, 이들에게 천안함 사건을 북한의 소행이라고 밝힌 정부의 발표를 어떻게 생각하느냐고 물었습니다.

두 사람의 공통점을 요약하면, 정부가 발표한 내용에 대해 미심쩍은 부분이 많아서 이를 그대로 받아들이지 못하겠다는 것이었습니다. 구체적으로 어떤 사항이 미심쩍은가 묻자, 사건 발생 후 정부는 처음부터 북한의 소행이라고 말을 한 후, 그 뒤 이에 짜맞춘 것 같은 심정이 간다는 것, 폭발력이 강한 중어뢰가 터졌는데 뒷부분에 있는 샤프트와 프로펠러가 온전히 남아 있었다는 사실이 불합리하다는 것, 어선에서 증거물을 끌어올린 뒤 사진촬영을 한 시간의 차이에 의문이 간다는 점, 어뢰가 물밑에서 버블 형태로 폭발했다면 물기둥이 보였어야 하는데, 이에 대해 초병이 처음엔 못 보았다고 하다가 나중에 보았다고 한 점, 사망자 이외의 다른 승조원들의 부상이 너무 경미하다는 점, 파손된 선체에 보이는 전선의 절단 흔적이 폭발로 인한 것으로 보이지 않는다는 점 등을 들면서 의문점이 많다고 주장했습니다.

이들의 주장을 듣고 보니 참으로 많이도 의심을 하고 있구나 하는 생각이 들었습니다. 이러한 주장에 대해 정부의 발표에 대해 긍정적인 입장에 있는 사람이 다음과 같이 반론을 제기했습니다.

증거물로 제시한 물건들이 만약 바다에서 수거한 물건들이 아니라면, 이를 누가 준비해 바다 밑에 고의로 빠뜨려 두었거나 선원들에게 이를 바다에서 수거한 것이라고 거짓말하게 하도록 그들에게 몰래 주었거나 미리 준비해야 하는데, 그럴 경우 이를 위해 몇 사람 아니 십여 명의 비밀 요원들이 작업하고 암약을 해야 하는데, 지금같이 서로를 믿지 못하는 경쟁과 감시의 여건에서 누가 목숨을 걸고 이러한 모험을 할 수 있을 것인가. 만약 이러한 조작을 수행하려면 국가적인 음모가 있어야 하는데, 발각되면 대통령뿐 아니라 정부가 무너질 사건이 발생할 텐데 정말 그러한 모험을 구상하고 기획하고 시도했단 말인가. 또한 세세한 의문들은 제쳐두고, 만약 승무원과 군인들이 이러한 발표에 연루되어 있었다면, 어떤 군인이 자기 동료의 목숨을 담보로 한 이런 음모를 숨길 수 있다는 말인가. 이러한 반론과 의문을 예상하고 정부가 미국, 스웨덴, 호주 등의 군사 전문가를 초청해 공동으로 조사를 했고, 이들이 모두 확인하고 동의를 했는데, 그러면 이들이 모두 음모에 가담했다는 말인가. 함정이 어뢰가 아닌 다른 사고로 침몰했다면 어떻게 그 파손된 선체를 앞으로 일반에게 공개 전시하겠다고 할 수 있을 것인가.

그러나 그들은 이러한 반론을 수긍하려 들지 않았으며, 끝내 의심을 풀지 않았습니다. 같은 사건을 두고 이를 보고 이해하는 견해는 이렇게 서로 다르고, 이러한 견해의 차이를 메우기가 힘들어 보였습니다.

인간은 많은 경우 이성보다도 감성이 앞서는 것 같습니다. 많은 사람들이 자기 부모나 자식이 저지른 행위라면, 그 행위의 잘잘못을 떠나서 무조건 옹호해야 한다고 생각하는 것도 아마 이런 감성에 연유한 것일 것입니다. 운동 경기에서 규칙보다도 자기편이 지면 무조건 상대편을 비난하고 공격적으로 태도가 일변하는 것도 이런 아집적인 본능에 의한 집단행동일 것입니다.

위의 천안함 사건의 경우도 아무리 증거가 뚜렷해도 이를 이성적으로 판단하기보다는 감성적인 편견으로 이를 받아들이는 인간의 본능이 밑바닥에 자리 잡고 있어서 근본적으로 수용이 힘들어 보입니다. 기독교나 불교 국가에서 태어나면 기독교인이나 불교인이 되기 쉽고, 특히 절대적인 영향을 끼치는 이슬람교의 부모와 사회에서 태어나고 성장하면 이슬람 교인이 될 확률이 결정적이듯이, 정부의 정책과 방향에 대해 부정적인 성향이 압도적인 분위기에서 성장하면 잠재적으로 이러한 성향이 뿌리 깊게 자리 잡고 있어서 어떤 경우에도 부정적인 반응을 보이는 듯합니다. 이성보다 감성이 앞서는 인간의 안타까운 약점 때문이라고나 할까요.

이를 부정과 긍정이 서로 조화를 이루면서 진화하는 세상의 원리인 것으로 이해하면서도 그 결과가 긍정의 방향으로 꾸준히 나아가기를 희망해 봅니다.

2010년 5월 24일

두 남자의 대화

두 남자가 대화를 합니다.

A: 이제부터 나는 내가 하고 싶은 대로 하면서 살겠네. 지금까지 가족과 나를 위해 돈을 벌려고 열심히 살아왔는데, 이제는 내 맘대로, 내 하고 싶은 대로 하면서 살아가겠네. 남에게 피해만 주지 않는다면 뭐든지 내 본능이 원하는 대로 하면서 살겠네. 자식도 필요 없어. 그놈들은 이제 내가 없어도 잘 먹고 잘살아 갈 수 있으니, 나하고는 상관없어. 정말 맘에 드는 여자가 생기면 사귈 것이네. 그 사람이 나에게 잘해 주고, 내가 정말 그 사람이 맘에 든다면 그를 선택할 걸세.

B: 그럼 부인은 어떻게 하고.

A: 솔직히 사정을 말하고 양해를 구해야지. 물론 마누라가 나를 위해서 노력했고 지금도 잘해 주고 있기는 하지만, 그러나 나는 섹스도 하고 싶고…. 마누라는 이제 싫다고 하니 어쩌겠나, 방법을 찾아야지. 마누라가 이해를 못 해주더라도 내가 하고 싶은 것을 안 하고 살 수는 없어. 죽으면 그뿐인데.

B: 부인이 불행해도 상관이 없다는 말인가?

A: 어쩌겠나. 한 번뿐인 인생인데, 죽으면 그만인데, 하고 싶은 대로 하고 죽어야지. 나는 무신론자야. 죽으면 모든 게 끝이지. 내세란 없어. 이 세상에 절대란 없다구.

빈 술잔을 서로 채워 주면서 그들은 대화를 이어갑니다.

B: 절대는 없을지 몰라도 우리가 인간으로 태어난 이상, 어쩔 수 없는 것들도 있지 않은가?

A: 무엇이 어쩔 수 없다는 것인가. 하고 싶은 대로 하면서 사는 것이 뭐가 잘못이란 말인가?

B: 나도 오래 전에 나보다 훨씬 젊은 여성과 사귀면서 성적인 도취에 빠져서 인생의 방향을 바꿀까도 생각한 적이 있었지. 인간에게서 먹고 사는 것처럼 성이 얼마나 중요한지는 이해해. 그러나 인간이 살아서 생존해야 하는 어쩔 수 없는 원칙이 있듯이, 인간에게 어쩔 수 없이 주어지는 여건, 피할 수 없는 상황은 받아들이고 인정해야 한다고 생각하네. 생존하려면 먹어야 하듯이, 부모가 자식을 돌보는 것은 어쩔 수 없는 본능이 아닌가.

A: 자식을 꼭 보호해야 한다는 법칙이 어디 있는가?

B: 물론 예외는 있겠지만, 모든 생명체는 종족을 계속 보존하기 위해 자식을 돌보는 본능이 주어져 있지 않은가. 이는 피할 수 없는 사실 아닌가. 마찬가지로 아름다운 것이 더러운 것보다는 좋지 않은가. 악한 것보다는 선하고 착한 것이 마음에 들고 기분 좋지 않은가. 이를 부정할 수는 없지 않는가. 배가 고프면 밥을 먹어야 하듯이 인간이 정신 활동을 하는 한, 어쩔 수 없이 주어지는 본능 아닌가.

A: 그렇기는 하네. 그러나 그것이 인생의 목적이 될 수는 없지 않은가. 아름답든 선하든 그것은 하나의 현상이지, 그것이 살아가야 하는 목적은 아니지 않은가.

B: 그러나 더럽고 악한 것보다는 아름답고 선한 것이 좋지 않은가. 나는 대학생 때, 전차 안에서 내 앞에 앉은 늙은 노인의 얼굴을 보면

서 생각했네. 노인의 이그러지고 추한 얼굴을 보면서, 나는 어떻게 늙을 것인가. 늙어서 내 얼굴이 어떠한 모습으로 변할 것인가. 어느 정도 원만한 모습을 가질 것인가. 얼굴이란 마음과 정신이 밖으로 그대로 반영되는 것인데, 어떤 정신을 가져야 바람직한 얼굴로 늙을 것인가. 그 생각을 잊지 않고 살아왔네. 지금도 내가 마음을 제대로 다스리지 못했을 때 내 얼굴을 바라보면 별 볼 일이 없어 보이네. 그러나 순수한 정신을 가졌을 때는 거울에 비치는 내 얼굴이 내가 보기에도 좋게 보이는 것을 보면서, 올바르고 밝은 정신을 가지려 애쓰고 있네. 내세나 영혼은 제쳐두고, 내가 내 모습이 보기 좋고 자식들이 나를 사랑과 존경의 마음으로 대해 준다면 얼마나 흐뭇한 일인가.

A: 그건 그렇기는 하네. 그러나 어쨌든 나는 이제 내 맘이 하고 싶은 대로 하면서 살아가겠네.

B: 그 맘 이해는 하네. 이제 그만 일어나세.

어느 새 밤이 깊었습니다.

2010년 5월 31일

나에게 친구가 있는가

어려운 질문입니다.

직장 동료, 학교 동문, 어릴 적 친구, 멀리 떠난 친구, 가끔 생각나는 친구, 이렇게 여러 부류의 친구를 생각하면서 그들이 정말 친구인가, 나에게 친구가 있긴 있는 건가 자문을 해봅니다. 기껏 한두 명 있을까 하는 생각이 듭니다.

흔히 말하는 친구란 무엇일까요? 어떠한 존재, 어떤 관계를 말하는 걸까요? 흔히 진실된 친구, 참된 친구 한 명이 있다면 행복한 사람이라고 말합니다. 친구란 서로의 생각, 가치관이 기본적으로 상통해야 하고, 상대의 생각과 행동이 이해되고, 나아가서 기쁨과 괴로움을 서로 나눌 수 있고, 주고받을 수 있는 관계의 사람 사이를 말할 것입니다. 그런데 누가 이런 관계를 가질 수 있단 말인가요. 주위를 둘러보면 자칫 친구라고 말하는 것은 그저 취미가 같으니 어울리거나 혼자 지내기 심심하니까 술친구로 어울려 잡담이나 하는 대상, 또는 술을 사주고 도움을 주니까 못 이기는 척하며 어울리는 경우가 대부분일 것입니다.

그러면 나는 어떤가요. 나 역시 그러한 부류의 하나에 불과하지 않은가요. 왜냐면 이런 관계보다 더 나은 수준에서 친교를 맺는 친우가 주위에 있는가 생각해 보면 긍정적으로 대답하기 어렵기 때문입니다. 그러면 반대로, 나라는 인간은 다른 사람에게 친구로서 대접을 받을 수 있는 대상이 될 수 있는가, 자신에게 묻지 않을 수 없습니다. 누가 나를 정말 그의 친구로 생각하는 사람이 있는가 하는 의문이 드는 것입니다.

어쩌면 어린아이들처럼 그냥 주어진 여건에서 어울리는 것을 친구라고 하지 않는다면, 아마 친구가 되기에는 조건이 따를 것입니다. 친구가 되려면, 먼저 친구가 될 수 있는 하나의 성숙한 인간이 되어야 할 것입니다. 적어도 인간적 가치를 추구하는 정신을 가져야만 상대를 친구로서 존중하고 흠모할 수 있기 때문입니다. 이러한 인간적 가치는 과학이나 문명의 발달과는 상관없이 예나 지금이나 같은 목표를 추구하고 있는 것으로 미루어 보아 어쩌면 인간이 추구해야 할 지고의 목표인지도 모릅니다.

자신을 자기가 들여다보았을 때, 먼저 자기 자신을 사랑하고 싶은 마음이 내키는 인간이 되어야 할 것입니다. 자기가 자기를 사랑하고 인정하지 못하면서, 어떻게 다른 사람의 인정과 사랑을 받을 수 있겠습니까. 육체적 생활에서 인간의 본능인 식욕과 성욕을 이해하고, 이를 여유 있게 즐기면서 너무 탐닉하지 않으며, 사회적 생활에서 자기만의 개성은 가지되 지나치게 사치하고 낭비하지 않을 것이며, 정신적 생활에서 남을 이해하고 가능하다면 남을 돕는 자세를 가질 것이며, 나아가 아름다움과 진실에 대해 긍정적이며 적극적인 사고를 할 수 있는 자세, 이러한 생활과 가치의 인간이 되려 노력하고, 이를 어느 정도 이루어야만 자신이 아름답게 보일 것이며, 아울러 친구로부터 그의 친구가 될 수 있는 대상이 될 수 있을 것입니다.

그러나 이는 우리들 하찮은 인간으로서는 아직 어려운 단계인지도 모릅니다. 그러나 이러한 가치를 깨닫지 못하고 노력하지 않는다면, 그 인간에게 있어서 성장과 성숙을 기대하기는 어려울 것입니다.

한 명이라도 친구다운 친구를 갖고 싶습니다.

그러려면 먼저 나 자신이 친구가 될 수 있는 인간이 되어야 합니다.

2010년 6월 11일

변함없는 인간의 성품

이삼일 전에 한 모임에 갔었습니다.

오랫동안 만나지 못했던 사람들이 서로 옛 얼굴이 보고 싶어서 만나는 자리였습니다. 꽤 오래 전, 한 직장에서 서로 어울렸던 사람들이 세월과 함께 각각 제 갈 길을 가다가 이제 다시 얼굴을 보게 되었습니다. 그 가운데 몇 사람은 계속해 소식을 전하거나 가끔 만나기도 해 서로 낯이 익지만, 그동안 한번도 만나지 못했던 사람은 정말 놀라웠습니다. 약속 장소에 나타나서 서로 옆에 있으면서도 서로를 알아보지 못했습니다. 두 사람을 아는 다른 사람이 나타나 인사를 하게 되면서 그제야 서로를 알아보고 손을 잡으며 반가워했습니다.

그러나 몇 분이 지나지 않아 이 오랜만에 만난 사람이 마치 그동안 계속 만나면서 지냈던 것처럼 금방 얼굴이 익숙해졌습니다. 옛날의 인상, 개성에 대한 기억이 되살아나면서 아무렇지 않게 대할 수 있었습니다. 더욱 놀라운 사실은 그렇게 얼굴이 바뀌었는데도 그 특징은 그대로, 아니 그 개성은 하나도 바뀌지 않았다는 사실을 깨달을 수 있었습니다. 옛날의 말버릇, 몸가짐이 그대로 나타났고 특히 그동안 사회의 여러 분야에서 높은 지위에 있으면서 성공을 했다고 과시해도 그 안에 바탕이 되는 인간은 변함이 없음을 느끼게 했습니다. 세월이 몇 십 년 흘렀는데도 옛날 그 사람과 같은 사람으로 알아볼 수 있다는 사실, 그 실체는 전혀 바뀌지 않았다는 현실이 놀라웠습니다.

이런 일을 겪으면서, 인간이란 저마다 독특한 개성을 가지고 있으며, 이는 한 번 형성되면 결코 바뀌는 것이 아니구나 하는 생각을 갖게 되었습니다. 그러면서 『유란시아』서에서 말하는 생명체의 '성품'

(personality)이라는 용어를 떠올리고 그 의미를 조금은 이해하게 되었습니다.

오래 전 이와는 약간 다른 한 경험을 한 적이 있습니다. 오랜 만에 만난, 옛날 한때 사귄 적이 있는 이성인 한 사람이 만나서 얼마의 시간이 지나지 않았는데 곧바로 옛날 관계의 수준을 재현하려 드는 사실에 깜짝 놀랐습니다. 경험에 따른 생각은 그 경험이 얼마를 지났더라도 같은 여건이 형성되면 곧바로 그 경험의 수준으로 올라가는 듯했습니다. 인간에게 경험이란 하나의 수준, 단계를 의미하며 그 경험을 통해 그 단계의 정신 수준을 통과하게 되지요. 이는 인간의 지식이나 감정에 있어서 복합적으로 작용하는 듯했습니다.

새삼 인간이 재미있고 흥미로운 대상으로 여겨졌습니다.

2010년 6월 18일

인생의 길에서 일어나는 우연한 만남들

우리 인간세상에서 사람과 사람의 만남은 참으로 귀중하고 영향력이 큰 것입니다. 가끔 여러 만남을 경험하면서 인간의 만남은 우연일까, 아니면 필연일까 하는 생각을 해보곤 합니다. 어떤 사람을 만남으로써 인생이 바뀌고 운명이 바뀌기도 하기 때문입니다.

한 『유란시아』 독자로부터 그가 『유란시아』서를 알게 된 동기를 듣고 참으로 흥미로웠던 적이 있습니다. 몇 년 전 서울에 사는 30대 초반의 한 청년은 미국 시장을 개척하기 위해 비행기를 타고 미국으로 가던 중, 옆자리에 앉은 미국인에게 실수로 커피를 쏟게 되었는데, 이를 계기로 그와 대화를 하다가 그의 집 창고를 활용해 미국에서 영업을 시작하게 되었습니다. 이 과정에서 그 미국인이 이 한국 청년에게 자연스레 『유란시아』서를 소개했던 것입니다. 이를 시작으로 이 청년은 지금 열심히 『유란시아』서를 읽고 있으며, 그것을 통해 어쩌면 가장 귀중한 진리를 얻게 된 것입니다.

오늘 아침 신문에 의하면, 지난 6.25 전쟁에서 사망한 한 미국 장교의 유해를 한국이 발견해 미국에 전달하여 그 유해의 안장식이 미국 워싱턴 국립묘지에서 개최되었다고 합니다. 이번 미국 여행에서 워싱턴을 방문해 한국전쟁 참전 기념비를 보았습니다. 거기에 적힌 문구에 54,246명의 미국 군인이 사망하고 8,177명이 실종되었다는 돌 기념물을 보았습니다. 그 당시 국제 정세에 따른 국가적 이익이나 정책을 떠나서, 한 국가의 생명이 다른 나라의 수호를 위해 몇 만 명 희생되었다는 것은 역사적으로 전례가 없는 획기적 사례입니다. 오늘의 우리가 자유국가로 있을 수 있는 것을 생각하면 생명을 바친 그들 한 명 한 명에게 감사의 마음을 바치지 않을 수 없습니다.

지난 주 캐나다 몬트리올에서 있은 『유란시아』 모임을 마친 후 뉴욕으로 열차를 타고 내려오면서 중간쯤에 있는 조그만 마을 화이트홀(Whitehall)이라는 곳에서 이틀간 머물며 휴식을 취했습니다. 식당 겸 여인숙을 경영하는 주인의 권유로 카누를 타고 챔버린(Champlain Lake) 호수의 조용한 물결을 즐기게 되었습니다. 사실 즐긴 것이 아니라 뜨거운 불볕 아래 땀 흘리는 탐험과 탐사의 강행군이었습니다. 사람이나 집이라곤 전혀 볼 수 없는 습지와 정글로 둘러싸인 적막한 호수를 두어 시간 거슬러 올라가다 조그만 모래톱을 발견하고 그곳에서 샌드위치를 먹었습니다. 그런데 그 곁으로 조그만 보트 세 대가 무언가 물밑을 들여다보면서 작업을 하고 있더니, 이 모래톱으로 와서는 역시 그들의 점심인 샌드위치를 먹었고, 그로 인해 같이 자리를 하게 되었습니다. 아무도 없는 곳에서 사람을 만나게 되어 호기심에 무엇을 했냐고 물었지요. 그러자 노인네 부부 두 분과 40대 여성 한 명, 20대 여자 대학생 한 명으로 구성된 이들은 자연보호의 일환으로 이 호수에 잘못 유입되어 자라고 있는 아시아계 식물의 일종인 water chestnut을 제거하는 봉사를 하는 중이라면서 그들이 채취한 식물을 보여 주었습니다. 그들의 설명에 따르면, 이 식물이 호수 바닥으로 뿌리를 내리면서 물의 자연스런 흐름을 막는다는 것이었습니다. 연로한 노인이 힘든 작업을, 그것도 무료로 봉사활동을 한다는 것이 존경스러웠습니다. 그런데 이야기 도중 우리가 한국에서 왔다고 하니까 반가운 얼굴을 지으면서, 남자 노인이 자기가 한국전쟁 참전용사라는 것이었습니다. 이 말을 듣고 그분을 대하니 너무 반가워 한국 국민의 한 사람으로서 감사를 드린다며 가슴으로 그분을 껴안아 드렸습니다.

이웃 버몬트 주 버닝턴에 사는 81세의 핸리 빙험(Harry S. Bingham) 씨는 그가 참전한 당시의 상황을 자세히 기억하면서, 그가 거쳐간 부산, 대구, 삼척 등 여러 도시와 마을의 이름들을 발음도 또렷하게 되뇌었습니다. 공병 장교였던 그는 KMAG 소속으로 한국군과 함께 작전을 벌였고, 한때 함흥까지 진격하면서 북한군의 귀순을 권유하는 전단을 뿌린 일 등 여러 가지 이야기를 하면서, 자기의 노력이 한국의 발전에 기여했음을 기쁘게 생각하고 있었습니다. 한 살 더 먹은 부인과 함께 자연보호 활동을 하는 모습이 아름다웠습니다. 잠깐의 만남을 기쁘게 생각하면서 서로 이메일로 소식을 나누기로 하고 우리는 헤어졌습니다.

나에게 직접적인 이익을 준 것은 아니지만 내가 살아가야 하는 나라에 도움을 준 분. 약속을 한 것이 아니라 우연히 지나치다 서로 만나게 된 분. 인생에 있어서 이러한 우연은 참으로 귀중하고 인생을 아름답게 하는 것 같습니다.

인간의 만남은 우연일까요 필연일까요.

2010년 7월 12일

대화의 주제

사람과 사람이 만나면 무슨 말을 하나요.

업무적인 만남이면 업무 이야기를 하고, 그에 곁들여 부수적인 이야기를 나누게 됩니다. 친구를 만나면 서로의 동정을 이야기하고, 공동의 취미가 있으면 이를 근거로 대화를 나누게 됩니다. 가족이 만나면 그 사이 못 보는 동안 있었던 일이나 덕담을 나눕니다. 연인이 만나면 무슨 이야기를 할까요. 가까움의 정도에 따라 온갖 이야기와 행동이 따를 것입니다.

이러한 만남의 대화 가운데 종교나 철학이 끼어들기는 상당히 어렵습니다. 종교는 자기의 주장이 너무나 강해 일방적이며, 철학은 하루아침에 얻거나 성립되는 것이 아니므로 간단한 대화로 서로를 이해하기 쉽지 않습니다.

그러나 사실 생활에서 먹고 사는 기본적인 대화도 중요하지만, 종교나 철학이 훨씬 근본적인 주제로서 대화를 나눌 만한 대상입니다. 가끔 가까운 분과 종교나 철학을, 서로 상대를 존중하면서 서로의 생각과 사상을 숨김없이 주고받는 기회를 가지면 더 없는 기쁨을 느끼기도 합니다.

명절날 가족들이 만나면 일반적으로 대화의 주제가 빈약합니다. 어떻게 지내느냐, 건강은 어떠냐, 누구는 어떻게 되었느냐, 등등을 말하고 나면, 가끔 정치나 세상 이야기를 나누기도 하지만, 이마저도 서로 같은 성향이 아닐 경우 깊은 속내를 내비치기도 어렵습니다. 종교는 더더구나 어렵습니다. 독실한 기독교인과 불교인이 만나면, 아니 기독교인일지라도 서로 종파가 다르기라도 하면 대부분 서로 건성으로 대할 뿐 거의 물과 기름의 관계나 다름없습니다. 인간은 형제간에도 다른 종교를 이해하기란 힘든 생리를 지니고 있습니다. 만약 가까운 사람들이 만난 모임에서, 세상 이야기와 종교에 대한 생각을 허물없이 편안하게 논하고 난후, 철학까지, 개인적인 사상의 수준까지 대화를 나눌 수 있다면 그것은 정말 최고의 경지, 분위기가 될 것입니다.

지금까지 살아온 경험으로 세상이란 무엇이라고 보는가. 친구란, 우정이란 무엇인가. 육체의 욕망이란 어떤 존재인가. 직장이란, 돈이란 무엇인가. 사람이 살아가는 의미와 목적이 무엇이라고 생각하는가. …. 어쩌면 대답이 어려울 수도 있고 결론이 없을 수도 있지만, 적어도 자기를 돌아보고 현재를 파악하고 방향을 타진해 보려 노력하는 것이 다른 무엇보다 의미 있지 않을까 생각해 봅니다.

이번 추석날 가족들이 만나면, 나는 이들 많은 철학의 주제들 가운데 어느 하나라도 건드려 볼 수 있는 기회가 있을 것인가 자문해 봅니다.

사람 사이의 대화란 쉽고도 어렵습니다.

2010년 9월 21일

생명과 마음

며칠 전 어느 방송국이 방영한 독도의 자연에 대한 프로그램에서, 바다 속의 문어가 새끼를 부화하는 장면을 보여 주었습니다. 커다란 문어한 마리가 수많은 알을 주렁주렁 새끼줄에 매달듯이 붙여서 바위 위에 낳은 후, 그 알이 부화할 때까지 몇 십 일을 자리를 떠나지 않고 지키면서, 부화가 잘되도록 공기를 불어넣어 주고, 다른 물고기가 알을 먹으려들면 온몸으로 막았습니다.

그러나 이는 대부분의 생물이 하는 행위입니다. 문어의 색다른 점은알들이 성장해 새끼로 변신한 후 밖으로 나오자 입으로 그들을 불어서멀리 흩어지게 한 후, 그는 그 자리에 쓰러져 죽고 말았습니다. 그 원기왕성하던 모습은 지칠 대로 지쳐서 생기를 잃은 후, 허연 물체로 변해 물결에 흔들리며 생을 마감했습니다.

여러 종류의 생물이 이 문어처럼 새끼를 탄생시키는 임무를 마친 후죽는 것을 우리는 알고 있습니다. 무엇이 이들을 이렇게 하도록 하는 것일까요. 생명체가 어떤 행위를 하게 하는 것은 본능, 마음입니다. 마음은생명에게만 있습니다. 마음은 전기 화학적인 작용을 하는 유기체가 형성되면 자동적으로 그 위에 작용을 하는 현상입니다. 그 유기체가 사라지면 마음의 작용도 사라집니다. 마치 텔레비전이 있으면, 그리고 제대로 회로가 연결되고 전력이 공급되면 그 위에 화면과 음향이 나오듯이, 육체가 형성되고 그 안에 전기 화학적 회로가 제대로 순환하게 되면 저절로 본능, 마음이 형성되어 작용을 합니다. 이러한 현상은 하나의 신비입니다. 바로 생명의 신비와 곁들인 마음의 신비입니다.

어떤 학설은 이 땅 위에 생명이 생겨난 후 수십억 년 동안 진화하는 과정에서 이러한 본능이 형성되었다고 주장합니다. 또 어떤 종교학자들은 하나님이 생명을 만들 때 이러한 마음을 주었다고 이야기합니다. 『유란시아』서는 이 두 가지가 복합적으로 작용했다고 설명합니다.

문제는 이러한 마음 중, 부모가 자식에게 일반적으로 베푸는 마음의 작용입니다. 물론 이러한 본능이 없다면 자손의 번식과 생명의 연장이 불가능하겠지만, 어떻게 그러한 본능, 마음이 모든 생명체의 근원이 되고, 그러한 정신이 모든 생명 존재의 중추적 존재 가치를 형성하게 되었는지 신기하기만 합니다. 이 부모의 본능, 마음, 정신, 사랑이 하등 동물에서부터 고등 동물, 인간, 심지어 신, 하나님까지 연결되어 우주 전체에 적용되어 작용하고 있습니다. 어쩌면 이 정신, 이러한 가치의 설정이 우주의 본능이기 때문인지도 모릅니다.

문어에게 이러한 모성애가 없다면 그 문어는 한갓 물질에 불과합니다. 그 물질에 이 본능이 있기 때문에 존재의 가치가 형성됩니다. 인간에게도 이러한 본능, 마음이 없다면, 육체는 가치 없는 한갓 고깃덩이에 불과할 것입니다. 우주에 있는 생명체에 이러한 정신이 없다면 모든 생명체는 물질에 불과하며, 그 이상의 정신현상은 허구에 지나지 않고 아무런 의미를 가지지 못합니다. 생명은 마음을 가질 때 존재 의미가 있으며, 마음이 그 열매 맺는 방향으로 나아갈 때 가치가 있는 것입니다.

이 아침, 이 소중한 마음을 다시 한 번 가다듬으려 합니다.

2010년 9월 28일

세상에 새로운 것

차를 바꿨습니다.

1997년도 출고였으니까, 올해로 14년 가까이 타고 다녔지요. 그러나 아직 채 10만km도 뛰지 못해 그런 대로 아직 쓸 만하다고 생각되어 그냥 계속 타려고 했으나 가족들이 옆에서 바꿀 때가 되었다고 권유해 그냥 새 차를 사게 되었습니다. 손때가 묻고 추억을 같이하면서 정들었던 차를 보내려니 마음이 찡 했습니다. 그동안 아무런 사고 없이 나를 잘 돌보아 주었는데, 나 좀 좋으려고 낯모르는 사람에게 멀리 떠나보내려니 어째 마음이 서운했습니다. 하나의 물건에 지나지 않았지만 인간처럼 기름을 먹고 힘을 얻어 움직이며, 그 안에 심폐 기능과 소화기관까지 갖추고 있는 데다 전기가 신경처럼 흘러서 스스로 작동하는 존재. 어쩌면 아주 약할지는 몰라도 조금의 감정과 느낌을 가지고 있는 존재일지도 모른다는 생각이 들 때도 있었습니다. 그러나 느낌이 있든 없든 그게 자동차로 태어난 생애요 팔자니 어쩌겠습니까.

새 차를 타니 우선 기분이 좋습니다. 인간은 대부분 새로운 걸 좋아하니, 왜 그런 걸까 하는 의문이 들었습니다. 당연히 보기 좋고 성능 좋고 새것이니까 그렇겠지요. 그러나 이제 어지간히 산전수전 겪은 나로서는 어째 멋쩍어서 새 차를 타고도 많이 좋은 체하지 않으려고 마음을 추스립니다. 지난 오랜 세월 동안 많은 새것을 가져보았지만, 얼마 지나지 않으면 그 흥이 점차 가셔져 아무렇지도 않게 되었던 것을 경험으로 아는지라, 이번에도 곧 흥이 사라질 텐데 생각하면서 자제하는 게 좀 낫지 않을까 생각해 봅니다.

어린 시절 진학해 새 학교에 처음 발을 들여놓던 그 날의 기분, 데이트

할 때의 가슴 졸임, 결혼할 때의 흥분, 새 집을 구입해 이삿짐을 들여놓았을 때의 기쁨, 처음 새 차를 구입했을 때의 기분. 이 모든 것들이 비록 기간의 길고 짧음은 있었지만 어느 날인가 문득 그 기분과 흥분이 사라지고 없어졌다는 것을 알았을 때의 느낌.

인간은 자꾸만 새것, 보다 나은 것, 보다 좋은 것을 추구해야 하는 본능의 병에 걸려 태어나는 존재인지도 모릅니다. 많은 물질적인 새것에 대해 어느 정도 경험하고 나면, 이제 물질적인 새것에 대해 면역이 생겨서 별다른 큰 흥분을 느끼지 못하는 것이 당연할 것입니다.

그러면 나에게, 나를 흥분시킬 또 다른 새로운 것은 무엇이 있을까요. 아직 그래도 나에게 남아 있는 것, 나를 흥분하게 하는 것, 그러한 대상, 어떤 기회가 나에게 아직도 있을 수 있다면, 그것은 이제 물질이 아니라 틀림없이 정신적인 순간일 것이라는 기대와 미련을 가지고 있습니다. 그 이유는 가끔 순수한 사람, 이해관계가 없는 사람, 마음이 통하는 사람과 대화를 나누고 오붓한 시간을 보내면, 그 이상 즐거운 것이 없다는 느낌을 느꼈었기 때문입니다. 마음 따뜻한 새로운 인간, 순수한 새로운 마음, 눈동자에 맑음과 아름다움과 깊이를 지닌 얼굴을 만난다면, 아직도 아니, 언제나 나는 기쁨을 느끼고 흥분할 것으로 기대합니다.

그러한 희망으로 멀리서 모르는 사람이 오거나 새로운 사람을 만날 기회가 있으면, 한 가닥 희망을 가지고 그를 만나는지도 모릅니다.

인간과 인간의 만남. 마음이 통하는 사람과의 만남.

그것이 진정 새로운 것일 것입니다.

2010년 10월 19일

진화의 신비

우리가 살고 있는 이 세상은 어떻게 변화할지 예측하기 어렵습니다. 10년 전, 누가 오늘 우리 앞에 전개되고 있는 지금의 일들을 짐작이나 할 수 있었겠습니까.

유럽에 EU 유럽연합이 구성되면서 유럽지역이 한 블록으로 통일되어 한 단위 공동체가 되리라고는 누구도 상상하지 못한 일이 벌어졌고, 이제 한국에는 세계 지도국 20개 나라가 모여서, 세계의 문제를 함께 논의하고 있습니다. 세계가 바야흐로 하나의 단위 체제를 향하여 치닫고 있는 것입니다. 앞으로 10년 뒤에 세계가 한 블록으로 구성될지 알 수 없는 일입니다.

시간이 지남에 따라, 세월이 흐름에 따라, 모든 것이 진화합니다. 생활의 바탕인 물질문명도 발달하고, 그 안에 살아가는 인간도 수명이 연장되고, 이들이 활동하는 사회적 여건도 발전한다. 존재하는 모든 것, 물질, 정신, 사회, 문화 모든 것이 진화합니다.

왜 존재하는 것은 진화할까요?

진화의 바탕, 뒷면에는 그 구성 요소들의 희생과 변화가 있습니다. 물질은 소비되어야 하고, 개인은 병들고 노쇠하여 죽어야 하고, 사회는 실수와 격변을 겪으면서 흥망성쇠를 넘어야 합니다. 모든 진화는 그 대가를 치러야 합니다.

앞으로 10년, 100년 뒤의 모습은 어떻게 변화하여 있을까요. 세월의 흐름과 함께 변화와 대가를 치르면서 발전하고, 진화하는 모든 존재의 끝은 무엇일까요. 과거 10년, 100년의 변화를 돌이켜볼 때, 앞으로 10년, 100년의 진화는 그 가속도로 인하여 짐작과 상상의 너머에 있을 것입니다.

10년이 지난 뒤, 10년 전이 될 지금의 오늘을 뒤돌아보는 내가 어떨지 궁금합니다. 그러나 그것은 10년 전에 10년 뒤인 오늘을 상상하지 못하였던 것처럼, 아마 딴 세상이 되어 있을 것입니다.

진화의 일원으로 열심히 사는 것, 그것만이 진화를 받아들이는 자세일 것입니다.

2010년 11월 12일

2010. 7월, 뉴욕 메트로폴리탄 미술관 피카소 특별전. 제목 "Woman in White" 피카소가 1923년 가을 파리에서 미국의 망명객 Sara Murphy 부인을 그린 초상화. 어린시절 이 그림을 미술 교과서에서 처음 보았을 때의 감흥이 떠올랐다. 선과 색깔의 융합이 형상을 만들어 하나의 상징이 되며, 이 상징이 의미를 창조하여준다. 상징으로부터 지적존재는 어떤 의미와 가치를 인식한다. 이는 우주가 움직이는 질서 중 또 하나의 신비한 작동 시스템이다.

피카소 특별전에 전시된 여러 소품들 중 하나. 고정적인 성에 대한 관념과 상식을 벗어나서, 자신을 드러낸 점이 돋보인다. 피카소가 그리면 예술작품이 된다.

열기구 풍선에서 내려다 본 터키 중부 카파토키아 마을. 이른 새벽, 열기구에 매달린 커다란 바구니에 올라, 버섯 모양으로 생긴 이상한 바위들과 집들이 옹기종기 모인 경치를 보는 것은 특이한 체험.

사암지반이 오랜 세월 동안 부서져 내리면서, 여기 저기 바위가 뾰족하게 남아있는 형태가 마치 버섯을 세워 놓은 듯하다. 고대 로마시대, 그리고 이슬람 전성기에 그리스도 교인들이 탄압을 피하여 이곳에 숨어 살았다 고 한다. 아직도 동굴 안에 교회의 흔적이 많이 남아있어서 기독교인들의 성지이다. 믿음을 지키기 위하여 바 위 토굴 안에서 생활하였을 그때를 상상하면, 인간과 종교 사이의 오랜 공존을 새삼 생각하게 한다.

일본 남알프스 어느 등산로 입구. 눈이 쓸어내리는 산, 짙은 숲, 낮게 흐르는 개천에 흩어져 있는 고목의 잔해. 오랜 세월의 고난이 잠겨있는 묵직한 경치가 깊은 인상을 준다.

일본 남알프스 어느 산에 핀 들꽃. 자주 빛 색깔, 흔한 모습이지만 깊은 산속에서 만나면 더욱 반갑다. 정(情)이 통하는 것처럼 느껴진다.

미국 뉴욕주 북쪽에서 캐나다로 연결된 챔버린 호수(Champlain Lake). 열대우림처럼 인적없이 적막한 호수를 카누를 타고 거슬러 올라갔다. 겨울이면 이 호수가 꽁꽁 얼어붙어서, 그 위로 썰매차가 다닐 수 있다고 하니, 어느 겨울에 설경을 보러 다시 가리라.

챔버린 호수. 주위에 인적이라곤 없는 모래톱에서 만난 노부부. 그들도 샌드위치를 먹으러 쉰 것이다. 이야기 도중, 이분 Bingham 씨가 6·25 참전용사임을 알고 가슴으로 껴안았다. 외래종 수초가 호수의 생태를 파괴한다고 이를 제거하는 환경운동에 참여한 것이다. 역시 참전용사의 정신은 나이가 들어도 살아있었다.

브라질 리오데 자네이로. 섬으로 가는 훼리 선상에서 눈에 들어온 소녀. 그냥 카메라에 표정을 담았다. 어린 아이 얼굴이 너무나 자연스럽다. 어디서 본 듯한 인상. 이 소녀는 앞으로 어떤 인생을 살아갈까.

프랑스에서 스위스로 넘어가는 산악열차 안에서 만난 소녀와 아버지. 휴가철이 아니어서 텅 빈 열차 칸에 손님은 우리들뿐. 가슴에 기대는 딸아이를 안는 아버지의 눈에 많은 사연이 서려있다.

　좋은 집에 살려 하고, 잘생긴 이성을 만나려 하고, 하고 싶은 것 맘껏 해보며 살려 하는 게 우리네 인생입니다. 그러나 그게 쉽지 않은 게 또한 인생살이입니다. 아름답고 예쁜 얼굴은 착하고 고운 마음씨가 반영된 것임을 알기에 인위적으로 얼굴을 고쳐서라도 그렇게 되려고 합니다. 어쩌면 그렇게 고치는 것이 인류의 정신을 성장시키는 진화를 앞당길지도 모를 일입니다.

　축 처진 생기 없는 얼굴에 힘없이 지팡이를 짚으면서도 오래도록 살려고 애씁니다. 어제가 없어졌듯이 내일은 없는 듯 오늘을 삽니다. 확신은 없지만, 아니면 자기 최면에 빠져서 절에도 교회에도 성당에도 다닙니다. 제대로 사는 길이 무엇인지 아무도 알지 못합니다.

　그러나 팽개치지 못하는 게 목숨이고 인생입니다. 언젠가 시원한 대답이 있을 세상이 올 것으로 믿습니다. 늙어도 품위 있고, 죽어도 슬프지 않는 날이 있을 것으로 믿습니다. 비바람 몰아치는 바위 틈새에 얼굴을 내미는 들꽃은 그저 마음을 가다듬게 할 뿐입니다.

　위로 향하는 마음, 이것만은 잃지 않으려 합니다.

2010. 11. 27
들 꽃